Maxime Chattam

Né en 1976 à Herblay, dans le Val-d'Oise, Maxime Chattam fait au cours de son enfance de fréquents séjours aux États-Unis, à New York et surtout à Portland (Oregon), qui devient le cadre de *L'Âme du mal*. Après avoir écrit deux ouvrages (qu'il ne soumet à aucun éditeur), il s'inscrit à 23 ans aux cours de criminologie dispensés par l'université de Saint-Denis. Son premier thriller, *Le 5e Règne*, publié sous le pseudonyme Maxime Williams, paraît en 2003 aux Éditions Le Masque. Cet ouvrage a reçu le prix du Roman fantastique du festival de Gérardmer.

Maxime Chattam se consacre aujourd'hui entièrement à l'écriture. Après une trilogie composée de *L'Âme du mal*, *In tenebris* et *Maléfices*, il écrit *Le Sang du temps* (Michel Lafon, 2005) puis *Le Cycle de la vérité* en trois volumes – *Les Arcanes du chaos* (2006), *Prédateurs* (2007) et *La Théorie Gaïa* (2008) – aux Éditions Albin Michel. Sa série *Autre-Monde* a paru chez le même éditeur, ainsi que *Léviatemps* (2010), *Le Requiem des abysses* (2011), *La Conjuration primitive* (2013), *La Patience du diable* (2014), *Que ta volonté soit faite* (2015) et son dernier roman, *Le Coma des mortels* (2016).

Retrouvez toute l'actualité de l'auteur sur :
www.maximechattam.com

QUE TA VOLONTÉ SOIT FAITE

DU MÊME AUTEUR
CHEZ POCKET

LE 5e RÈGNE
LE SANG DU TEMPS
CARNAGES
LA CONJURATION PRIMITIVE
LA PATIENCE DU DIABLE
QUE TA VOLONTÉ SOIT FAITE

LA TRILOGIE DU MAL

L'ÂME DU MAL
IN TENEBRIS
MALÉFICES

LE CYCLE DE L'HOMME ET DE LA VÉRITÉ

LES ARCANES DU CHAOS
PRÉDATEURS
LA THÉORIE GAÏA
LA PROMESSE DES TÉNÈBRES

LES ABYSSES DU TEMPS
(existe aussi en un volume)

LÉVIATEMPS
LE REQUIEM DES ABYSSES

MAXIME CHATTAM

QUE TA VOLONTÉ SOIT FAITE

ROMAN

ALBIN MICHEL

Les arts sont faits pour se croiser, s'entremêler, afin de s'enrichir mutuellement. À la lecture de ce roman je vous propose d'associer la musique, celle-là même qui m'a inspiré durant une large partie de l'écriture. La musique aide à se couper du monde, à s'isoler dans sa bulle de lecteur. Et celles qui accompagneront parfaitement ce livre, selon moi, sont :

– *House of Sand and Fog* de James Horner,
– *The Hours* de Philip Glass,
– *The Four Seasons* de Vivaldi recomposé par Max Richter.

FSC
www.fsc.org
MIXTE
Papier issu de sources responsables
FSC® C003309

Pocket, une marque d'Univers Poche,
est un éditeur qui s'engage pour la préservation
de son environnement et qui utilise du papier fabriqué
à partir de bois provenant de forêts gérées
de manière responsable.

ISBN 978-2-266-20708-9

À Nona, Susan, Guy et Dany
qui m'ont donné le goût de l'autrefois
et parce qu'ils sont d'où je viens.

« Il essayait de se souvenir du rêve mais il ne le pouvait pas. Du rêve il ne restait que l'impression qu'il avait produite sur lui. Il pensait que ces créatures étaient peut-être venues l'avertir. De quoi ? L'avertir qu'il ne pouvait pas ranimer dans le cœur de l'enfant ce qui était en cendres dans son propre cœur. »

Cormac McCarthy, *La Route*

« Mon intention n'est que mon intention, et l'œuvre est l'œuvre. »

Paul Valéry, *Cahiers*

Avant-propos

Dans bien des romans qui dissèquent ce que sont la violence et le mal, le lecteur est placé derrière le judas d'une porte qui le préserve au minimum, pour qu'il puisse observer, sans crainte, ce qu'il y a de pire en nous. Cette porte est la promesse tacite d'une littérature qui protège celui qui s'abandonne à elle. Dans ce livre la porte est grande ouverte. Ce roman, bien que violent, ne recherche aucune forme de surenchère, seulement à répondre à des questions. La plus terrible d'entre elles devrait éclore en vous une fois la dernière page de ce livre tournée. Mais pour cela, il va vous falloir emprunter des routes dangereuses. Soyez prévenu.

Et pour éviter tout malentendu, sachez que je ne suis pas le narrateur avec lequel vous allez faire connaissance, seulement celui qui a trouvé ce texte dans une vieille boîte poussiéreuse entreposée dans le grenier familial.

Edgecombe, 18 juillet 2014

1

C'était un de ces matins lents, lorsque l'aube grise et humide s'étire sans fin, rampe avec difficulté vers les nuages bas, comme si elle rechignait à éclairer une journée de plus sur la terre des hommes. Riley Ingmar Petersen bondissait entre les nids de boue, au milieu des hautes herbes et des bruyères fanées, pour suivre la démarche coulante des longues jambes de son père, Jon, qui filait avec sa masse posée sur l'épaule. Jon était sec, tout en nerfs, la peau si légère que les tendons vibraient au moindre geste, les veines saillantes, les muscles roulant comme les courants d'une mer imprévisible, capable d'exploser à tout moment dans une écume rageuse. Le fermier et son fils descendaient le vallon derrière leur propriété en direction d'un bois misérable, une poignée de hêtres, de peupliers et de frênes aux troncs droits, fins, décharnés, un bouquet d'arbres étiques, juste des hauts pieux formant un récif diaphane laissant filtrer un peu de cette aube fatiguée. Jon appelait ce morceau de terre la « lande inculte », car aucune semence n'y poussait, et même la nature, malgré son obstination séculaire, ne parvenait à tirer la moindre vigueur de cette matrice stérile.

La brume nappait le coteau de flaques éparses, des débris de nuages trop lourds pour monter au ciel, songeait Riley du haut de ses onze ans, lorsque ses cuisses se perdirent dedans en dessinant deux sillons évanescents. Cooper, le chien, le suivait au bout de sa longe, et il disparut tout entier, n'offrant qu'une laisse fantôme pour toute empreinte. C'était un petit bâtard chétif de quelques mois à peine que Riley avait trouvé la veille entre deux poubelles, tremblant de peur ou de froid, d'un gris et noir hirsute, le poil emmêlé jusque devant les yeux. Riley savait que son père détestait les chiens, il répétait qu'ils puaient, qu'ils n'étaient pas dignes de confiance, que ce n'était qu'un estomac de plus à nourrir ; pour autant, cette fois, Riley n'avait pas pu s'empêcher de consoler le pauvre animal, de le cajoler, pour finir par le ramener à la maison.

Son père l'avait transpercé du regard. Le garçon savait que l'expression exacte était « fusiller du regard », il n'était pas idiot, il allait à l'école et si ses notes n'étaient pas bonnes, ce n'était pas à cause d'une déficience intellectuelle, loin de là, mais seulement par manque d'investissement. Lorsque Jon avait donc découvert le chien, ses prunelles avaient glissé tout doucement vers son fils, et ce dernier avait cru entendre le crissement inconfortable d'ongles sur un tableau noir à mesure que les deux billes d'encre grossissaient de rage, au point qu'elles semblaient ne plus tenir dans leurs orbites, elles pivotaient en raclant jusqu'à l'os du crâne pour venir se figer sur Riley.

— Qu'est-ce que c'est que *ça* ? avait dit le père avec un dégoût qui n'était pas tant destiné à l'animal qu'à l'enfant.

— C'est… Cooper. Je l'ai trouvé en rentrant de l'épicerie.

— Tu sais ce que je pense des chiens, pourquoi tu as désobéi ?

Jon était grand, très grand, et quand il se rapprochait de son fils, celui-ci devait se tordre la nuque pour maintenir le contact avec le regard de son paternel. Riley savait que dans ces moments-là, il ne fallait surtout pas baisser les yeux. Ça, Jon Petersen ne le supportait pas. Il n'y avait que les mauviettes pour se défiler quand on leur parlait ! ne cessait-il de répéter. Fuir son interlocuteur du regard, c'était baisser les armes, se trahir, et si on se prenait une raclée ensuite, alors elle était méritée. Riley ne recula pas non plus. Il savait que c'était tout aussi important. Il se contenta de renverser la tête en arrière à mesure que l'éclipse lui tombait dessus, jusqu'à ce qu'il puisse sentir l'odeur aigre de sa transpiration et celle, camphrée, du tabac qu'il fumait. Son visage pâle ressemblait à une lune gibbeuse et menaçante, avec deux cratères sans fond côte à côte, deux abysses sans nom qu'aucun astronome n'aurait voulu sonder ni même baptiser. La lune venait de cacher l'ampoule nue et plombait Riley d'une ombre qu'il connaissait bien, il avait grandi dessous, il savait ce qu'elle abritait. Pourtant, cette fois, le gamin ne voulait pas céder. Il avait très envie de ce chien, et il avait bien senti chez le bâtard que c'était réciproque, un peu comme s'il y avait eu un coup de foudre entre eux. Riley voulait, pour une fois, s'affirmer sur ce qu'il désirait plus que tout. Il était grand temps, il avait onze ans. Ne pas tenir tête à son paternel, non, seulement imposer son caractère. Ça, il le croyait, ça pouvait passer. Voire faire plaisir à Jon, même s'il ne le dirait jamais. On aimait la virilité dans la famille. Le garçon prit alors son inspiration pour argumenter :

— Il pourrait nous servir, p'pa. Tu sais, il est malin, je le vois bien, il pourrait chasser les renards qui mangent nos poules, et c'est un bon gardien, ça se devine à son attitude.

Les billes de Jon avaient désenflé, elles ne menaçaient plus de rompre leur poche pour laisser dégouliner leurs ténèbres sur ses joues. À la place il n'y avait plus qu'une force invisible qui transperça littéralement Riley de part en part. Deux longues piques qui l'embrochèrent avec le désir de faire mal, de remuer les chairs, que ses organes se déchirent. À cet instant, Riley sut qu'être fusillé aurait été moins douloureux, et c'était précisément pourquoi son père avait remplacé les canons par des lames.

Et puis, aussi brusquement que le maïs se transforme soudainement en pop-corn dans la poêle, les pics s'évanouirent. Jon soupira, une expiration nasale sèche, résignée, et il fit signe à son fils de filer. Ils ne reparlèrent plus de Cooper de la soirée et Riley comprit que c'était la manière paternelle d'entériner la venue du chien. Il n'y aurait bientôt plus qu'indifférence résignée. Cooper faisait partie de la famille à présent.

Lorsque Jon réveilla Riley au petit matin, il lui avait découpé une tranche de pain et servi un jus d'orange. C'était son rituel pour l'encourager à prendre des forces lorsqu'il l'emmenait chasser, pêcher, et plus régulièrement entretenir la propriété – redresser les clôtures, nettoyer les outils de la ferme, rafistoler le poulailler après une attaque de renard ou remettre en état les planches de la grange que l'humidité finissait par corrompre. Une large tranche de pain avec du *cream cheese* à tartiner l'attendait, son petit déjeuner préféré.

Avant de partir, Jon lui lança une longe de cheval.

— Pour traîner ton clébard, pas envie de perdre du temps à lui courir après.

Riley eut du mal à étouffer son sourire. Son père appellerait sûrement Cooper le « clébard » ou le « clebs », jamais autrement, sa manière de montrer qu'il ne l'acceptait pas tout à fait, mais au moins il ne l'ignorait pas.

Cooper réapparut au bout de sa laisse dès qu'ils fendirent l'écharpe de brume qui ceignait l'orée du bois de la lande inculte, et Riley aperçut un gros poteau de travers, couchant en partie le grillage qu'il était censé retenir. Ils allaient passer leur samedi matin à retaper la clôture, il aurait dû s'en douter, un grand classique à la ferme.

Jon désigna un long tronc couché parmi les hautes herbes.

— Accroche ton clébard là et viens m'aider.

Riley obéit et releva la tête juste à temps pour distinguer un chevreuil déguerpir entre les buissons du bois. Celui-là avait de la veine que son père n'ait pas sa carabine avec lui, sinon il aurait garni l'arrière-cuisine des Petersen. Riley n'aimait pas la chasse. À vrai dire, traquer le gibier, viser et tirer était assez excitant en soi, mais c'était le dépeçage qu'il détestait. Le couteau qui tranchait la viande, tout ce sang, et la peau qu'il fallait récliner méticuleusement, ça, ça gâchait tout le plaisir.

— Bon, tu te réveilles, oui ? s'agaça son père.

Riley se redressa et approcha de la silhouette nerveuse de Jon dont les mains se terminaient par de longs doigts calleux qui se posèrent sur la tête de son fils. Ses pommettes pointues formaient deux angles tellement tendus que Riley supposait que c'était ça qui lui rosissait tant les joues. Des veines marbraient son visage, surtout sur le front, comme les planches vermicellées de la grange, mais cette fois en relief. Riley avait toujours trouvé amusantes les comparaisons possibles entre leur ferme et le corps de son père : aride, cabossé et retiré du monde. Ils vivaient à l'écart de la ville « parce que les péquenots du bourg puent », aimait à répéter Jon. Et Jon était lui-même lointain, physiquement distant. Comme s'il vivait entre deux strates de l'univers. Une démarche toujours silencieuse pour un pas pourtant assuré, le regard souvent perdu dans des paysages fuyants, et il parlait seul, soutenant une conversation avec l'éther – l'écho de sa seule folie pour toute réplique, songeaient ceux qui le voyaient faire.

Une timide brise matinale vint soulever les cheveux filasse du père qui ne sembla pas s'en soucier. Il fixait son fils. La lune aux cratères anonymes réapparut dans la blême clarté du matin. Riley réalisa alors que l'aube conjuguée à la brume buvait les couleurs. Tout était presque gris et blanc, une terre de contrastes, même le visage de son père n'était plus que pics et creux livides.

— Je ne sais plus quoi faire de toi, Riley, fit Jon sans aucune trace d'émotion.

Il se passait quelque chose. Cette fois l'enfant le sut plus certainement que les beaux seins et les mains peloteuses vont de pair, comme disait le paternel. Son regard glissa et les deux abysses s'ouvrirent au-dessus de lui, aspirant les reliquats de bonne humeur qui perduraient depuis la veille. Les pieds du gamin s'enfoncèrent dans la boue et il se raidit tout d'un coup. L'air autour d'eux était lourd et froid. Riley avala sa salive avec difficulté. Les flaques de brume se figèrent, les troncs cessèrent de grincer, et Riley crut même entendre les racines se recroqueviller en craquant dans la terre rocailleuse. Seul Cooper s'en fichait, jouant avec une brindille en se roulant au pied du tronc abattu.

Les narines de Jon sifflèrent tandis qu'il respirait profondément, sans lâcher son fils.

— Combien de fois il faudra que je te répète les choses pour que tu comprennes, hein ?

Riley devinait tous les frimas au pied du vallon qui se faufilaient sous ses vêtements, pour remonter le long de son échine et le tremper d'une sueur glaciale comme le spectre de toutes les choses mortes ici depuis la nuit des temps.

— Je ne suis pas un bon père pour toi ? Après tous les sacrifices ? Tout ce que je te donne ? Tout ce que je fais pour toi ? Mais tu n'écoutes pas. Tu n'en fais qu'à ta tête, tu n'obéis à aucune règle. Ça ne peut pas continuer ainsi.

Riley serra les mâchoires. Il savait qu'il allait y avoir droit. Il commit l'erreur de baisser le regard pour vérifier si son père portait sa ceinture en cuir avec la grosse boucle cuivrée, et la sanction s'abattit aussitôt : la gifle le cueillit sur l'oreille, lui claquant le tympan et lui cuisant instantanément la tempe. Verrouillé dans la boue, le garçon ne bougea pas. Et Dieu sait qu'il ne fallait surtout pas plier dans ces moments-là. Jon détestait la faiblesse. Rien au monde ne lui faisait piquer de telles colères que la moindre faille. Encaisser, surtout ne pas gémir, ne pas trembler, ne pas vaciller, sinon ce serait la pluie de coups. Oui, la haine de Jon pour les faibles tenait de la démence.

— Tu as besoin d'une bonne leçon, Riley.

La voix de son père ne trahissait aucun doute, aucune forme de clémence. Le gosse se demanda ce qu'il avait bien pu faire pour mériter ça. Était-ce l'école qui avait appelé pour se plaindre de son attitude ? Ou les parents de Ben pour raconter qu'il avait encore agressé leur fils ? C'était pourtant Ben qui le cherchait tout le temps, c'était lui qui…

Jon brandit la masse devant son fils.

— Il faut que tu comprennes, dit-il sentencieusement. Il faut que ça te rentre dans la tête. Et tu sais comment ton grand-père m'apprenait ?

Riley avait entendu cette histoire des centaines de fois. Ingmar, dont il portait le nom, était en réalité son arrière-grand-père, le père de Jon étant mort peu après leur arrivée sur le continent américain, en provenance de Suède.

— Avec une bonne leçon, résuma Jon. Mets-toi à genoux.

Riley fut encore plus déconcerté. Ça, ce n'était pas dans les habitudes du paternel. Qu'avait-il inventé encore ?

— À genoux, je t'ai dit !

Riley obtempéra sans discuter et la main de son père lui attrapa le visage pour lui tourner la caboche. Il tira si fort que Riley dut pivoter d'un quart de tour pour ne pas se faire briser la nuque. Il sentait les larmes monter. Ce n'était pas tant à cause de la douleur que de la peur. Son père l'effrayait. Il le terrorisait même. Surtout lorsqu'il revêtait le masque de la lune et parlait sur ce ton glaçant.

— Tu vas bien regarder et ne rien rater pour que ça te serve de leçon, gamin.

Jon se pencha et saisit Cooper pour lui poser la tête sur le tronc mort, et soudain Riley comprit. Tous ses muscles s'actionnèrent en même temps pour le faire se relever.

— Non ! aboya le garçon.

Le père balança l'extrémité coquée de ses godillots dans la poitrine de Riley. Le fils se renversa en suffoquant, émit un râle en cherchant à respirer, et porta ses mains à son sternum comme pour y trouver un moyen de réenclencher la machine. Sa bouche déformée était grande ouverte, la tête renversée dans les herbes. Un peu de boue s'enfonça dans son oreille.

Jon en profita pour tirer sur la longe de Cooper et fit plusieurs tours avec autour du tronc pour que le chien ait le moins de mou possible, et ainsi le coincer au plus près de l'arbre. Le chiot chercha à se défaire de cette étreinte avant de se résigner. Ses billes marron roulèrent de Jon à Riley.

Le fermier prit position, bien calé sur ses appuis, et attrapa le manche de sa masse enfoncée dans le sol meuble.

— Regarde bien, fiston, parce que je ne veux plus jamais que tu me désobéisses, tu entends ?

Jon arracha son instrument dans un bruit spongieux et il attendit que son fils ait recouvré ses esprits pour prendre tout son élan et éclater la tête du chien.

Une nuée d'étourneaux s'envola sous le choc. Ainsi rassemblés en escadron serré, ils ressemblaient à un rideau se levant sur un sinistre spectacle dont le pire restait à venir.

2

Avant d'aller plus loin, je me dois de vous avouer que cette histoire n'est pas vraiment la mienne. C'est la nôtre.

Qui je suis n'a que peu d'importance, ce qui compte, c'est ce que je sais et comment je vais vous le raconter.

Du tréfonds de mes convictions de lecteur, j'ai toujours considéré que le récit seul commande la liaison entre lui et son destinataire, la focalisation interne et la narration à la première personne ne relèvent que de choix artistiques et de besoins sémantiques, mais n'imposent rien. Peu importe le mode d'expression, c'est la captation qui domine. Celle du lecteur. Son vécu personnel. Et au fond, ce qui perdure, la rémanence émotionnelle définitive d'un livre dans la mémoire, c'est bien chaque lecteur qui se la construit, avec ses échelles d'intensité propres. En ce sens le livre échappe au contrôle de son auteur, quels que soient les procédés mis en œuvre pour en maîtriser l'impact.

Tout ça pour préciser que si je prends la parole directement dans ce récit, ce n'est nullement dans un but calculé, mais parce que le jour où j'ai décidé de coucher par écrit cette histoire, il m'est apparu aussitôt que sa principale difficulté serait d'en retranscrire l'improbable conclusion sans que frustration et incrédulité prédominent, au contraire que le lecteur en saisisse toute la portée révolutionnaire. Ma présence ponctuelle m'a paru nécessaire, média interlope mais fluidifiant pour ce qui va suivre. Un atténuateur tout autant qu'un guide doublé d'un traducteur en quelque sorte. Entre l'intimité des protagonistes de ce récit, la Grande Histoire qu'ils forment tous bout à bout lorsqu'on sait comment la lier, et son paroxysme débordant sur notre réalité à chacun, je le crois sincèrement.

C'est l'histoire d'un pouvoir qui nous effleure sans conscience, d'une transgression, d'une bascule. Et d'un acte citoyen, au nom du plus grand nombre, au nom de ce qui est juste. Mais avant tout, c'est le portrait d'une petite ville. La mienne.

Carson Mills.

Vous pourriez prendre n'importe quelle carte un peu froissée du Midwest américain, y chercher une zone rurale un peu reculée, pourvu qu'on y trouve des collines peu élevées, quelques cours d'eau, une poignée de larges bandes forestières et poser votre index pour y placer Carson Mills. Notre ville n'a rien de bien original, elle est sortie de terre à l'époque où l'homme construisait ses édens plus vite que Dieu lui-même créa le monde, au gré du chemin de fer, parce qu'il fallait un point de regroupement au milieu de ces interminables plaines vallonnées, une zone de stockage pour les rails, les traverses, les clous et les écrous qui formaient en ce temps-là le réseau sanguin du pays. Des baraques branlantes s'agglutinèrent pour les ouvriers, les tentes devinrent planches et bardeaux, des lopins se strièrent de légumes tandis que d'autres accueillirent du bétail pour nourrir tout ce monde, et en un rien de temps les filles débarquèrent pour égayer les soirées, l'alcool pour réchauffer les cœurs et une église s'improvisa pour surveiller l'ensemble en rappelant à tous qu'ils avaient une âme faillible. Une ville naissait aussi simplement que cela à cette époque. En quelques mois. Nous étions une terre d'opportunités, de rencontres, il suffisait d'être attentif et de savoir saisir sa chance. C'est pour ça qu'aujourd'hui encore, nous sommes un peuple mobile je pense. On passe de Cincinnati à Cleveland ou de Jacksonville à Portland au gré des offres, c'est dans nos gènes, l'Américain moyen déménage plusieurs fois dans sa vie, et ce n'est pas juste pour changer de quartier en général. A priori cela fait de nous la nation nomade la plus importante du monde. Pour des gens qui considèrent les gitans comme la vermine des villes, j'ai toujours trouvé ça plutôt cocasse.

Carson Mills de nos jours, c'est quelques milliers d'habitants à peine, ce qui en fait une toute petite ville selon les critères modernes, un village pour certains. Ce n'est pas que notre population ait décliné au fil des décennies depuis l'âge d'or du train, non, même si à l'époque nous étions plutôt une grande ville pour les standards en vigueur. C'est plutôt que le monde à l'extérieur de Carson Mills a grandi, les autres patelins ont enflé, c'est rien de le dire, et toute la nation s'est développée pendant que Carson Mills restait ce qu'elle avait toujours été. Un peu comme un gamin qui voit ses camarades de classe devenir adultes au fil des ans tandis que lui ne grandit jamais. À la longue, un gosse pareil finit par se terrer dans son coin, il ne se reconnaît plus chez les autres, et il préfère vivre à son rythme puisque personne ne lui ressemble plus. Et c'est exactement ce qu'a fait notre Carson Mills, se replier, vérifier qu'on ne touchait pas aux forêts qui l'entouraient, aux kilomètres de routes désertes pour l'atteindre, et elle s'est rassurée avec ses propres rituels.

Pour autant c'est un endroit où il fait bon vivre. Parce que les gens se connaissent, parce que ici les habitudes de chacun égrènent les journées avec la régularité confortable d'un métronome. Un centre-ville de petites constructions en bois qu'on dirait sorties d'un vieux film en noir et blanc, sa rue principale, Main Street, où tout le monde se croise, ses faubourgs résidentiels d'un calme léthargique, le tout cerclé de champs et de parcs à bestiaux remplis de cochons et de bœufs avant les collines boisées qui en délimitent les frontières. Voilà le portrait de notre bonne petite bourgade. En matière de politique, à Carson Mills, les débats sont vite clos, on est républicain ou on quitte le secteur. Et ce de génération en génération. Le maire enchaîne les mandats, tout comme le shérif, et tous deux appellent chaque habitant par son prénom. L'unique sujet de querelle que vous pourrez trouver pour diviser la ville, ce sont les églises. Luthérienne ou méthodiste. Chacun son choix, chacune ses ouailles et une frontière imperméable entre les uns et les autres, plus évidente qu'une différence de couleur de peau ; ce qui vous définit à Carson Mills, c'est la théologie de votre clocher. À titre personnel, je me garderai bien de valoriser l'une plus que l'autre, ça ne serait pas juste. En revanche, ce que je peux affirmer, c'est que c'est un différend religieux qui lança véritablement ce récit, du moins de mon point de vue. Car quiconque a été témoin d'une affaire si complexe qu'elle tire vers le romanesque le sait : il est toujours malaisé d'en déterminer l'origine précise, de fixer un point de départ. Il n'y a guère que dans les fictions qu'on est à même de cristalliser un événement, une attitude, une phrase, et de l'ériger en totem symbolique, d'en faire son incipit.

Pour ma part, j'ai pensé et revu ce récit sous toutes ses coutures, et s'il fallait extraire la genèse de tout ce qui suivit, j'opterais pour ce soir de juillet, il y a moins de quatre décennies, où Willema Hodgson, un peu fiévreuse, rêveuse, séduite par la profondeur du regard bleu de Lars Petersen (fraîchement débarqué de Suède sur les terres américaines, promesses d'espoir), envoûtée par son accent, glissa sur les pentes de la lascivité jusqu'à écarter les cuisses et se laisser corrompre. En ces temps, dans une région comme celle-ci, tomber enceinte à dix-neuf ans ne pouvait se régler que d'une seule manière pour préserver la dignité et l'honneur de tous : un mariage express entre les deux fautifs afin que l'accouchement puisse coïncider à peu près avec la nuit de noces. Un classique, me direz-vous. Sauf que les Hodgson étaient de fidèles méthodistes et les Petersen des luthériens convaincus, et qu'en la matière les deux chefs de clan, Saul et Ingmar, éprouvaient une ferveur et un attachement à leurs valeurs religieuses dépassant le cadre du schisme pour verser dans le pur fanatisme. Lorsque Saul Hodgson apprit qui était le père, il fallut que sa femme l'assomme avec une casserole en fer pour qu'il n'étrangle pas sa malheureuse fille. De son côté, Ingmar, avec sa méthode éprouvée, se contenta de secouer la tête et de cogner son fils jusqu'à ce que tous deux perdent connaissance, l'un sous les chocs répétés, l'autre d'épuisement. Mais dans tous les cas, Saul comme Ingmar implorèrent Dieu et sa bienveillance de pardonner leurs enfants pour leur folie tandis qu'ils essayaient de les tuer.

Un mariage entre méthodiste et luthérien, pour ces deux familles, était encore plus déshonorant qu'une grossesse hors union, quoi qu'aient pu en dire les femmes des clans respectifs qui furent les plus tempérées dans l'affaire. Saul barricada Willema pendant quasiment neuf mois, et fit savoir aux Petersen qu'ils n'auraient aucun droit sur l'enfant, ni moral, encore moins religieux. Lars en fut profondément affecté, car il aimait sincèrement Willema. Il faut dire que si lui avait les traits rugueux rehaussés par des pommettes hautes et des yeux fins qui témoignaient de quelque atavisme morphologique slave, elle avait tout pris de la germanique beauté dorée de sa mère, saupoudrée d'une once d'espièglerie irlandaise du côté de son père, ce qui la rendait particulièrement belle.

Cette passion bridée et les coups répétés furent probablement l'élément déclencheur pour expliquer l'apparition de Lars chez les Hodgson le soir de l'accouchement. Il voulait voir son enfant, et celle qui obsédait ses pensées depuis presque un an. Saul ne l'entendit pas de cette oreille et le chassa en lui lançant couteaux, bûches et marmites à grand renfort d'insultes. Une heure plus tard, la porte des Hodgson s'ouvrit brutalement, une silhouette trempée par la pluie froide fila devant la cheminée sur laquelle était en train de bouillir de l'eau avec des serviettes sales, et Lars Petersen fit feu avec sa carabine de chasse sur le patriarche méthodiste. Saul avait le cuir épais, le genre à mettre des heures à agoniser, le temps de se traîner en sang jusque dans la cuisine pour y attraper du bout des doigts son propre fusil, assez endurant pour y charger ses cartouches renversées sur le sol crasseux, une par une, avec application, pendant que ses femmes hurlaient. Un type assez têtu pour repousser la mort tant qu'il n'avait pas terminé ce qu'il venait de commencer. Mais peut-être pas assez résistant pour conserver toute sa lucidité, ça, nul ne le saurait jamais vraiment. Quoi qu'il en soit, la ferme fut illuminée par les coups de feu, empuantie par l'odeur de la poudre et celle du sang, et lorsque l'écho assourdissant des détonations s'évanouit, il ne demeura que les gémissements de Willema et les cris syncopés de son nouveau-né. Saul, Helga, sa femme, et Lars gisaient dans une mare d'un rouge sinistre où, certains auraient pu le jurer, le sang méthodiste ne brillait pas de la même couleur que le sang luthérien.

Le temps que les secours arrivent, en la présence d'Ingmar Petersen en personne, Willema, épuisée par l'accouchement, était morte. Le nourrisson ne dut sa survie qu'aux résidus de chaleur du corps de sa mère dont les bras le drapaient tel un suaire de peau laiteux et zébré de pourpre. Ingmar prit l'enfant et lorsque le shérif lui demanda des explications, le fermier fut si convaincant et déterminé que personne ne trouva à y redire. Le coup de folie des uns et des autres ne justifiait pas qu'on expédie un orphelin dans une pension anonyme à l'autre bout de l'État, loin de ce qui restait des siens.

Ingmar n'était installé à Carson Mills que depuis un an. Il avait perdu sa femme pendant la traversée de l'Atlantique, emportée par une fièvre soudaine, et maintenant son fils aîné. Il avait deux filles pour l'aider à tenir la maison et à présent une nouvelle bouche à nourrir. Il donna au nourrisson le nom de Jon car pour ce qu'il s'en souvenait, sur les terres de ses ancêtres, cela signifiait « Dieu est miséricordieux ».

Mais si Dieu l'avait été en épargnant sa vie, Jon Petersen, lui, ne le fut jamais. Il faut bien avouer que si la plupart d'entre nous pénètrent dans le monde par le biais des vivants, lui ne rencontra que des morts pour l'accueillir.

Il y a des signes qui ne trompent pas.

3

À l'âge de six ans, Jon n'avait pas d'autre passion que d'aller s'asseoir derrière la ferme familiale, au pied d'un monticule ocre, et de scruter pendant des heures, la tête penchée, les colonnes de fourmis qui y creusaient de fins sillons. De temps en temps il prenait une brindille et la posait sur leur chemin, juste pour voir leur réaction. Jon ne connaissait pas jeu plus amusant que les fourmis, elles proposaient une véritable interaction, une réponse à toute situation, ce qu'aucun train en bois ou figurine en plastique n'aurait jamais été en mesure d'offrir. Un ou deux copains de son âge auraient certainement été plus appropriés mais les Petersen vivaient un peu à l'écart, il fallait donc être très motivé pour venir à pied ou en vélo jusqu'ici, et à l'école, Jon n'était pas du genre très enthousiaste, ni bavard, ni joueur, c'était un garçon renfermé qui observait d'un regard froid ses camarades. Les autres adultes disaient de lui qu'il avait un « monde intérieur très riche », ce qui était un moyen élégant d'affirmer que Jon était asocial. Il ne s'était fait aucun copain, préférant décortiquer leurs attitudes dans la cour ou sur le chemin de l'école plutôt que d'entrer dans leur mascarade enfantine qui ne l'intéressait absolument pas. En définitive, Jon ressentait bien plus d'attirance pour le petit tertre organique derrière leur ferme que pour les fusillades virtuelles des garçons de son âge. Avec les fourmis, il pouvait agir à sa guise, elles ne pouvaient pas se plaindre, avec elles nulle rébellion qu'un peu d'indifférence ne pouvait dissiper, et puis la mise en scène de leurs spectacles était toujours surprenante, que ce soit pour réparer les dégâts causés par la pluie, pour découper et transporter le cadavre d'un bousier, ou même affronter d'autres cohortes venues d'ailleurs.

Un jour qu'Ingmar venait de lui chauffer les oreilles à cause de son manque d'intérêt pour l'école, Jon fouraillait distraitement avec sa brindille dans le tumulus des fourmis lorsque sa colère éclata. La frustration de prendre des coups pour ce qu'il estimait injuste déborda. L'école ne savait pas captiver son attention, et l'école était une invention des adultes, pourquoi donc devait-il en payer le prix, puisque c'était leur faute à *eux* si leur système ne fonctionnait pas avec tous les enfants ? Alors il écrasa son bout de bois sur un groupe d'insectes en pleins travaux d'amélioration. Plusieurs petits corps se tordirent, déboîtés, brisés, écrasés, les pattes et antennes s'agitant en convulsions désordonnées. Jon les examina, le nez à quelques centimètres de leur géhenne, et il ne parvint à s'arracher à sa fascination qu'une fois le dernier tremblement passé. Un frisson nouveau remonta de ses reins vers son cerveau reptilien, laissant dans son sillage une chair de poule granuleuse, et Jon ressentit pour la première fois une sorte de pétillement dans le bas-ventre, une nuée de papillons dansaient sous son estomac en le chatouillant de l'intérieur. Et c'était agréable. Il n'éprouvait aucune culpabilité, la notion même de regret le survola à peine, balayée qu'elle était par ce surprenant élan de puissance.

Jon prit une branchette et entreprit de semer la zizanie sur les pentes de la fourmilière, il le fit avec une application méthodique, diffusant le chaos et la mort pendant de longues minutes, avec toujours plus d'excitation, puis de rage, et lorsqu'il se redressa enfin, un champ de ruines gisait à ses pieds, avec des cadavres par centaines, sinon par milliers. Le gamin haletait, les pieds enfoncés jusqu'aux chevilles dans la poussière de son holocauste, le regard vers les nuages blancs qui flottaient par petites grappes sur une mer d'azur. Une légère écume s'était constituée aux commissures de ses lèvres et elle vibrait à travers son souffle chaud, comme les voiles d'un navire prises dans des vents sans cesse changeants. L'armada de papillons sous son estomac l'enivrait des caresses de leurs ailes surexcitées.

C'est ainsi que Jon découvrit pour la première fois le pouvoir divin de vie et de mort sur autrui. Certes il ne s'agissait que de fourmis, et pour lui c'était bien assez, il n'avait absolument pas envie d'autre chose, rien que de minuscules créatures incapables de lui résister, de crier, de se défendre, et c'était là tout l'intérêt. Il avait aimé contrôler. Maîtriser. Asservir. Détruire.

Hanna, la plus jeune de ses deux tantes, un baquet de draps propres à étendre entre les mains, avait assisté à la scène depuis la porte de derrière. D'abord curieuse puis incrédule, elle avait été saisie par une pointe d'inquiétude lui conseillant de ne rien dire, de détourner le regard. Il y a des moments dans la vie d'un jeune garçon auxquels il est préférable de ne pas assister, et celui-ci en était un, pensait-elle. Jon n'avait pas une enfance difficile à proprement parler, pas selon ses critères à elle, mais après tout il était né dans le sang, et cela devait bien peser sur sa pauvre âme. Hanna tira sur son baquet pour le caler sur sa hanche et haussa les épaules avant de prendre la direction des fils tendus entre le mur de la cuisine et un poteau couverts de longs clous. Après tout, c'était son droit : Jon découvrait la colère, le jeu, la frustration et tout cela devait bien s'exprimer d'une manière ou d'une autre.

Elle fit donc comme si elle n'avait rien vu et passa son chemin.

Plus loin, Jon fixait toujours les nuages, les bras écartés.

Il se faisait penser au Christ.

Que c'était bon d'avoir le pouvoir d'un dieu.

4

Un matin d'août, alors qu'il avait douze ans, Jon était assis sur une souche tordue dans une clairière en pente de la grande forêt qui bordait Carson Mills par le sud, et il étudiait les mouvements du monde animal. Il y avait bien sûr les oiseaux, quelques geais, des moineaux, des mésanges et même une buse, mais ce qui l'intéressait le plus c'était les mammifères, en particulier un couple d'écureuils qui virevoltaient de branche en branche. Jon avait passé une partie de l'été, outre les tâches quotidiennes de la ferme, à se promener dans les bois alentour, à contempler la nature, et s'il avait prononcé plus de cent mots en un mois et demi c'était un maximum. Les adultes n'avaient peut-être pas si tort finalement, il avait vraiment un monde intérieur riche. Il pêchait sur un bras de la rivière Slate Creek, il arpentait les landes pendant des heures, les mains enfouies dans la bruyère mauve, il décortiquait les feuilles nervurées de toutes les espèces d'arbres qu'il croisait, il fouraillait les trous entre leurs racines avec un bâton pour espérer y déloger une vipère ou une fouine, et de temps en temps il venait se planter derrière la ferme des Mackie ou des Stewart, dissimulé dans les fougères, pour espionner les allées et venues de toute la famille, intrigué par l'autorité excessive de la mère, par la bêtise d'une des filles ou par l'ivrognerie du père. Et chaque jour, il n'y avait que le rosissement de l'horizon pour lui rappeler qu'il devait se hâter de rentrer pour souper, la roue chromatique des cieux tournait, son horloge à lui, sa montre cosmique, avec la lune et le soleil pour aiguilles, un repère qui n'appartenait qu'à lui, songeait Jon fièrement.

Ce matin-là, il avait décidé de retourner à la clairière car il y avait repéré plusieurs fourmilières, trois beaux tumulus qu'il s'était gardés précieusement pendant tout l'été en prévision d'une séance de destruction euphorisante. Mais il ne voulait pas gâcher, et il ne s'agissait surtout pas de piétiner le premier amoncellement venu, certainement pas ! Jon avait remarqué que plus il s'intéressait à sa cible, plus il la détaillait sous toutes ses coutures, plus il faisait « connaissance » avec ses occupants, et plus le plaisir de la ravager était grand. Il y avait une étrange corrélation entre proximité, pour ne pas dire intimité, et jouissance d'anéantir ce qu'il appréhendait dans ses moindres détails. Détruire pour détruire, ce n'était en définitive qu'une réaction enfantine. Alors que là, à chaque coup de pied, à chaque explosion de terre, il *savait* réellement tout ce qui se passait au bout de ses poings, il avait conscience de tous ces petits corps qui s'envolaient, de toutes ces micro-existences qu'il déchiquetait, et finalement de toute cette civilisation qu'il mettait à sac parce qu'il les *connaissait.*

Et pour passer à l'acte, Jon l'avait appris avec les années, il fallait le bon état d'esprit. Pulvériser le premier tertre à sa portée sans raison, sans désir profond ne lui procurait aucune sensation, c'était même plutôt ennuyeux. Non, ce qu'il fallait, c'était sentir monter en lui la *pression*. Et celle-ci, durant l'été, n'avait pas grimpé bien vite. Elle s'accumulait par fines strates, au gré des remarques désobligeantes de son grand-père, de ses tantes, au fil des tâches ménagères qui lui tombaient dessus et dont on l'obligeait à s'acquitter dans un temps imparti afin qu'il ne traîne pas. Et puis aussi à mesure que les semaines passaient, car Jon avait compris que la pression montait toujours toute seule, c'était comme s'il était né avec un robinet intérieur qui fuyait un peu, jour après jour son réservoir se remplissait inlassablement. Mais rien au monde ne faisait monter la pression plus rapidement que l'école. Pour être plus précis, ses camarades et les professeurs. Leurs regards suffisaient parfois, mais bien souvent c'était leurs réactions à son égard : cette espèce d'agacement qu'ils manifestaient à son encontre, ces messes basses entre eux sur son passage, comme s'il était anormal. Jon les détestait de plus en plus et ne pas être retourné à l'école de tout l'été avait considérablement fait retomber la pression. Bien entendu, avec Ingmar ou ses tantes, il était allé en ville plusieurs fois, et là aussi, même s'il ignorait pourquoi, ça remplissait son réservoir. Moins vite que l'école, mais tout de même plus qu'en restant à la ferme. À cause des ricanements, des persiflages dans son dos. Le monde ne l'aimait pas, il en était parfaitement conscient. Tous se moquaient de lui, tout le temps.

En fin de compte, il avait contenu la pression durant tout l'été, et maintenant que la fin du mois d'août approchait, il sentait qu'elle était sur le point d'éclater. Le temps était venu. Ce n'était pas une sensation de crue subite et totalement imprévisible qui l'inondait comme cela arrivait parfois après une profonde humiliation, non, c'était davantage une lente accumulation, il se faisait penser à un de ces barrages de castors qu'on trouvait plus bas sur les ramifications de la rivière, qui contenait l'eau jusqu'à former une retenue trop importante qu'il fallait vider avant qu'elle n'emporte tout sur son passage. Prendre les devants avant que ça ne soit elle qui explose et que Jon perde le contrôle.

Après avoir passé plusieurs journées dans la clairière en juillet, il était revenu dernièrement pour reprendre l'étude des fourmilières en vue d'une destruction imminente. Il attendait le bon moment, qu'il sente l'excitation s'emparer de lui, qu'il ne tienne plus en place, qu'il n'ait plus que ça à l'esprit, et que les papillons se mettent à danser à nouveau dans son ventre. Ce n'était plus qu'une question de jours, sinon d'heures.

Tout entièrement plongé dans la contemplation du ballet des écureuils, il ne prêta pas attention aux silhouettes qui approchèrent en silence dans son dos, et lorsque les trois adolescents firent craquer des brindilles sous leurs semelles, il était trop tard pour s'éclipser. Ils étaient autour de lui.

— Tiens, le débile de la colline ! s'exclama le plus âgé.

Jon les reconnut tout de suite. Celui qui venait de parler s'appelait Tyler, c'était un garçon d'au moins trois ans de plus que lui, des épis de blé en bataille sur le crâne et un regard aussi tranchant que le coupe-chou d'Ingmar. Les deux autres étaient ses sbires, un grand maigre que Jon connaissait à peine et Roger Tronkhstein, le frère idiot d'une fille qui était en classe avec Jon et qu'il aimait bien pour sa douceur.

Jon se leva de sa souche, il avait toujours eu un bon instinct pour sentir venir les ennuis et tout son être lui dictait de filer d'ici au plus vite. Tyler l'arrêta d'une main sur la poitrine.

— Ils t'ont rien appris chez toi ? La politesse pour commencer ? Pas un bonjour, pas un au revoir ?

— Laisse-moi, Tyler, fit Jon en fixant le grand blond droit dans les yeux.

— Qu'est-ce que tu fiches ici ? Tu te branles ?

Jon s'empourpra. Il avait les joues et les oreilles en feu, honteux à l'idée qu'on puisse le voir en train de se toucher. C'était tout nouveau pour lui, il le découvrait à peine, et il n'en maîtrisait pas bien les tenants et les aboutissants, sinon que c'était vraiment quelque chose de personnel, à pratiquer loin des regards, un peu comme la défécation, même si ça lui plaisait de plus en plus, et davantage que d'aller aux toilettes.

Tyler ricana.

— Oh merde, regardez la tronche de pivoine ! Il se branlait vraiment !

— Non ! Pas du tout !

L'expression de Tyler changea brutalement. Il passa d'une forme de moquerie méchante à quelque chose de plus froid, de plus cruel, sans se départir de son rictus mauvais, ses lèvres charnues lui dévorant le bas du visage.

— Y en a en ville qui disent que t'es un dégénéré, que ta vraie mère c'est une de tes tantes, c'est vrai ça ?

Cette fois Jon préféra garder le silence.

— Et t'as vu son père ? renchérit le grand maigre derrière. Il est tellement vieux que c'est de la poudre qui pue qui lui sort des couilles !

— C'est normal que tu sois idiot avec ça, railla Tyler.

Jon fit un pas de côté pour essayer de se soustraire à l'emprise. Les mots ricochaient sur lui, il en avait déjà entendu beaucoup, et parfois de bien pires, il savait courber l'échine et ne pas y prêter attention.

— Hey, où tu vas comme ça ? insista Tyler en faisant lui aussi un pas pour bloquer le chemin.

— Je rentre, fichez-moi la paix.

— Ty ! appela Roger. Je crois que je sais ce qu'il faisait là, le débile, regardez les fourmilières ! Ma sœur m'a dit qu'un jour elle l'a vu en écraser une !

Tyler dévoila ses dents déjà jaunes de tabac dans une parodie de sourire.

— Alors, le dégénéré, on se garde les plus grosses rien que pour soi ? Moi, si j'avais une tante comme la tienne, j'en aurais rien à foutre des fourmis ! Comment elle s'appelle déjà ?

Jon détourna le regard, cherchant une échappatoire.

— Il en a deux, intervint le grand maigre.

— La jolie, la plus jeune, précisa Tyler. Hein, comment qu'elle s'appelle déjà ?

Le petit dur donna une tape sur l'épaule de Jon pour appuyer la question.

— Hanna, lâcha Jon à contrecœur, devinant qu'il n'aurait pas la paix tant qu'il ne jouerait pas un peu le jeu de son adversaire.

— Ah oui, *Hanna* !

Tyler avait prolongé le premier « a » du prénom avec un râle lubrique. Les deux autres de sa bande rirent bêtement. Jon était de plus en plus mal à l'aise. Il ne comprenait pas pourquoi Tyler insistait de cette manière, il ne lui avait rien fait, tout ça commençait à lui faire peur.

— Moi, si c'était la mienne de tante, je lui fourrerais les doigts dans la chatte tous les soirs avant de me coucher. Et peut-être même pas que les doigts !

Les trois s'esclaffèrent grassement.

— Je l'ai vue se baigner dans l'étang derrière la voie ferrée, intervint Roger, elle était complètement à poil ! Elle a une paire de seins ! Tout roses et bien lourds !

— T'entends ça, débile ? insista Tyler. Je suis sûr que dans la chatte de ta tante, il fait plus chaud qu'en enfer, et ça, ça vaut toutes les fourmilières du monde !

La remarque saisit Jon autant qu'elle le choqua. Il y avait quelque chose d'insane et pourtant d'étrangement fascinant dans ce que venait d'affirmer Tyler.

— Elle doit bien avoir le feu au fion avec des nichons pareils ! lança Roger.

Jon en avait assez entendu. Cette fois il prit son courage à deux mains et repoussa le bras de Tyler pour forcer le passage.

— Minute ! aboya le grand blond en l'attrapant par le col. Si tu partages pas ta tante, faut bien que tu te fasses pardonner, nan ? Rob, tiens-moi ce crevard.

Le grand maigre saisit Jon par les bras et lui donna un coup derrière le genou, l'obligeant à se mettre à terre. Tyler défit la boucle de sa ceinture et ouvrit son pantalon.

— Tu crois que tu peux me la sucer ?

Jon détourna la tête. Rob et Roger, eux-mêmes surpris, se raidirent.

— Ty, qu'est-ce que tu fais ? demanda le premier.

— Ta gueule et tiens-le. Alors, le débile ? Tu me

réponds ? Tu crois que tu pourrais me la prendre dans la bouche aussi bien que ta tante ?

Cette fois ce fut à Roger d'intervenir.

— Déconne pas, Ty, il serait capable de te la trancher avec les dents.

Mais la brute sortit son sexe tout blanc de son slip et l'exhiba devant le visage de Jon. Ce dernier s'arc-bouta pour s'en éloigner le plus possible, ce qui provoqua l'hilarité de Tyler.

Un jet chaud et nauséabond commença à couler sur Jon. Rob le lâcha subitement en jurant et le jeune garçon comprit que Tyler était en train de lui uriner dessus à grands éclats de rire. Jon roula sur le côté pour échapper à la pisse jaune et s'écrasa dans un massif de ronces qui lui déchirèrent la chemise aux épaules.

Tyler remballa ses gloussements et son sexe avant de se diriger dans la clairière.

— Il partage rien, ce con ! Ni sa tante, ni sa bouche, ni ses jeux ! Bah, tiens pour la peine !

Il donna un violent coup de pied dans la fourmilière qui se brisa en deux, puis un autre, et encore un autre, avant de la piétiner et d'aller en faire autant avec la deuxième puis la troisième. La poussière des ruines s'entortillait autour de lui sous le regard sceptique de ses deux camarades.

Une boule s'était creusée dans le ventre de Jon. Il se sentait sali, mortifié, rabaissé plus bas que terre, en deçà de la condition humaine. Mais étrangement, ce qui lui fit le plus mal, ce fut de voir *ses* fourmilières se faire massacrer par un autre, un impropre qui était en train de saccager ce qui avait cristallisé tout son plaisir de l'été.

Tyler s'en donnait à cœur joie en criant, éclaboussant de terre le visage de Jon. Éclaboussant son amour-propre. Mais surtout il anéantissait le réceptacle de la pression.

La vue de Jon se brouilla à mesure que les larmes montaient.

En lui le barrage était en train de céder.

5

La roue chromatique avait tourné jusqu'à remplir le cadran de l'horizon de ses volutes sombres aux motifs étoilés. Jon ne serait pas à la maison pour le souper ce soir, et il s'en fichait. Ingmar le tancerait vertement pour ça, peut-être même qu'il lui collerait quelques coups de ceinturon, parce que faire attendre toute la famille pour le repas, ce n'était pas du tout respectueux, mais Jon était prêt pour ça. Il avait le sens des priorités, il l'avait toujours eu, depuis tout petit, et lorsqu'une chose lui paraissait importante, rien d'autre n'existait plus, il focalisait tout son esprit sur ce qui comptait, et parvenait à faire abstraction du reste, même quand le reste consistait à recevoir une bonne correction.

Jon était assis sur une petite pierre blanche, à l'abri derrière une haie de lauriers dont il avait arraché une poignée de feuilles pour les écraser entre ses doigts, et il patientait en respirant leur parfum qui éloignait les moustiques. Il savait qu'il n'attendait pas pour rien, il connaissait la région mieux que quiconque, il savait par où passer, les moindres raccourcis étaient siens, et il s'était coulé à toute vitesse à travers les friches de l'ancienne scierie pour longer la voie ferrée des trains de marchandises, celle qui obligeait à emprunter le pont au-dessus de la rivière, un fil de funambule sans parapet, avec le risque de se retrouver coincé au-dessus du vide, un train surgissant par-devant ou dans le dos. La plupart des gamins de Carson Mills ne s'y aventuraient pas. Pas avec des rochers pointus comme une mâchoire de requin ouverte en contrebas, affleurant les remous de la Slate Creek. Mais Jon n'était pas la plupart des gamins. Lui, la rivière, il l'avait traversée pour s'éviter le long détour par l'ouest, et il était parvenu jusqu'à son poste d'observation avant que quiconque n'ait pu le rattraper.

Avec la nuit qui rampait de plus en plus haut dans le ciel et la lune qui musardait quelque part sous le tapis terrestre, Jon n'y voyait plus très bien, surtout qu'elle tirait dans son sillage une lourde couverture de nuages d'un noir abyssal. Mais il entendit très bien les craquements des pas et le froissement du pantalon qui se rapprochaient. Il se pencha lentement pour ne pas se faire repérer et malgré la pénombre envahissante, il reconnut la silhouette de Tyler qui rentrait à la ferme de ses parents.

Le blond lui passa devant sans rien remarquer et Jon sortit de sa cachette sur la pointe des pieds. Étrangement il n'avait ni les mains moites ni le cœur battant, rien qu'une excitation lointaine qui lui faisait garder tout son sang-froid. Et tandis que Jon se rapprochait de Tyler par-derrière, dans l'obscurité, la démarche silencieuse, il se demanda si c'était là ce que ressentaient les loups lorsqu'ils traquaient leur proie, se glissant dans leur traîne, le regard acéré, la vision périphérique s'effaçant progressivement pour qu'il n'y ait plus que la cible en vue. Jon avait l'impression que Tyler était en couleur et tout le reste en noir et blanc. Il était presque à son niveau. Cette fois son cœur s'accéléra un peu, et les papillons se déployèrent dans son ventre. Ses doigts blanchirent aux jointures lorsqu'il resserra sa poigne sur la barre de fer qu'il avait ramassée dans la friche, quelques heures plus tôt. Ses bras se déplièrent pour prendre leur élan.

Et Jon frappa. Visant l'arrière des genoux. Il cogna de toutes ses forces. Toute la frustration, le désespoir, l'humiliation qu'il avait ressentis lorsque Tyler avait détruit ses fourmilières se libérèrent d'un coup au moment où la barre heurta la chair, projetant l'adolescent au sol, le nez dans les herbes. Tyler eut une sorte de hoquet de surprise plus qu'un cri de douleur et, paniqué, il commença à se retourner quand le gourdin s'écrasa sur sa main droite jusque sur sa pommette qui explosa sous l'impact. Cette fois il beugla, un cri de cochon, et ses jambes s'agitèrent dans l'air pour tenter de repousser son assaillant. Mais il ne voyait rien et Jon avait déjà changé de position pour taper de son arme les flancs de Tyler. Plusieurs côtes se brisèrent. L'autre main encaissa le choc suivant, les doigts prenant aussitôt une position terriblement douloureuse et anormale, tels des rameaux brisés au bout d'une branche. La semelle de Jon s'abattit sur les grosses lèvres de Tyler pour les fendre comme la pulpe d'une clémentine trop mûre. Le petit fermier insista, encore et encore, jusqu'à entendre les crissements des fragments de dents dans la bouche de l'adolescent au sol, et lorsqu'il fut certain que Tyler gémissait trop pour se défendre et convulsait de douleur, il s'assit à califourchon sur son torse et fit pleuvoir une grêle infernale de phalanges sur son visage. Le regard affûté du prédateur s'était évaporé, Jon n'y voyait plus grand-chose, tout était brouillé par l'exaltation, la frénésie. Il haletait, un filet de sueur au creux de sa colonne vertébrale mouillait le rebord de son sous-vêtement. Jon voulait transformer les traits de Tyler. Les rendre méconnaissables. En faire une bouillie infâme que personne n'oserait plus jamais regarder. Jon ne pensait plus à rien d'autre. Il était submergé par la rage. Envahi par les flots bouillonnants de la pression.

Et Tyler, lui, enflait. Ses yeux disparaissaient sous ses arcades déformées, son nez s'empâtait, ses pommettes gonflaient, ses lèvres germaient. Une purée sanglante se répandait jusque dans ses oreilles.

C'était sa faute si tout ça arrivait. Entièrement sa faute si, peu à peu, son identité se gommait. Il n'aurait pas dû venir dans la clairière ce matin-là. Jon ne lui avait rien demandé. Encore moins de s'en prendre à lui. Pourtant le jeune garçon aurait pu passer l'éponge, il était prêt à accepter les sarcasmes et les jets d'urine, il n'était pas du genre courageux, ni même bagarreur. Son écorce était poreuse, il savait encaisser, courber l'échine et attendre qu'une tempête passe en la traduisant en cicatrices. « Ce qui ne te détruit pas te rend plus fort », répétait sans cesse Hanna, et Jon aimait bien cette idée.

Mais détruire les fourmilières, c'était priver Jon de son défouloir. Et la pression avait besoin d'être déversée quelque part. Les fourmilières, c'était l'abus de trop.

Jon avait le souffle rauque, poussant de temps à autre des hennissements de plaisir. Il avait tant donné que la tête lui tournait, il ne se rendait même pas compte qu'à chaque fois qu'il démolissait un peu plus Tyler, son propre corps réagissait. Les papillons étaient à présent des centaines dans son ventre, et ils tourbillonnaient, le flattant en une divine caresse intérieure qui ne tarda pas à l'inonder d'une écume tiède.

Quand il se redressa, la tête de Tyler ressemblait à une pastèque lâchée depuis le sommet du clocher sur le goudron du trottoir. Il respirait encore, un sifflement plaintif, et ses doigts tordus essayaient de bouger mais c'était tout.

Jon le fixait, de la bave sur le menton. La fièvre de l'orgasme teinté d'une rage diabolique lui faisait briller le regard. Ses poings le cuisaient et il avait tellement bandé le moindre des muscles de son corps qu'il avait l'impression d'avoir couru toute la journée sans s'arrêter. Il tenait à peine debout, les jambes flageolantes.

Il ignorait si Tyler survivrait et s'en moquait.

Seul comptait le battement frénétique des papillons qui s'estompait peu à peu. L'orage était passé, laissant derrière lui un petit être épuisé et gorgé d'électricité.

*

Le lendemain matin, la voiture du shérif quitta la propriété des Petersen après une conversation d'une heure. Ce n'était pas un des adjoints qui s'était déplacé mais le shérif en personne. C'est dire l'importance de la situation car il n'était jamais revenu chez les Petersen depuis l'« incident » entre Lars et les Hodgson, malgré les nombreuses occasions qu'il aurait eues de le faire, Ingmar ayant souvent été à l'origine de bagarres après des soirées trop arrosées en ville ou simplement à cause de sa propension à générer des conflits religieux entre fermiers.

Ingmar guetta à travers la fenêtre la vieille Chevrolet blanc et noir qui disparaissait derrière l'enfilade de chênes. Il était si près de la vitre que son souffle embuait le paysage par vagues diaphanes. L'homme aux joues creuses respirait lentement. Rakel, sa fille aînée, entra dans la pièce où flottaient encore les effluves des œufs et du bacon frit du petit déjeuner. Elle avait entendu une partie de la conversation seulement, la toute fin, et elle n'avait pas bien compris de quoi il retournait, sinon que c'était la faute de Jon ; toutefois elle savait que c'était grave et s'attendait à trouver le père dans une de ses colères froides, les pires. Au lieu de quoi elle le découvrit étrangement calme, accoté contre le trumeau.

— Qu'est-ce qu'il voulait ?

Un soupir du père recouvrit le jardin derrière la vitre d'une fine brume plus éphémère qu'un papillon de nuit.

— Me dire que Jon a été trop loin.

— Qu'a-t-il fait ?

— Il s'est battu avec le petit Clawson. Il l'a expédié à l'hôpital.

— Cette brute de Tyler ? Jon ? Mais il est trois fois plus petit que lui ! Comment a-t-il fait ça ?

— Le garçon est défiguré, les os en miettes. Il en a pour des semaines avant de sortir. Le shérif a confisqué le fusil d'Ed, il craignait qu'il ne vienne ici pour s'en servir contre nous.

Rakel porta les mains à sa bouche, affolée.

— À ce point ? Mais qu'est-ce qui lui a pris ? Et le shérif veut enfermer notre Jon ?

— Non. Il a d'autres chats plus importants à fouetter, et il a raisonné les Clawson. Ils ne porteront pas plainte si nous payons tous les frais. Il y en a pour une fortune et ils n'ont pas l'argent.

— Qu'est-ce qu'on va faire ?

— On va payer.

— Mais…

— C'est acté, la coupa Ingmar sans décrocher de son poste d'observation. Ne discute pas.

Rakel n'en revenait pas. Comment leur Jon, si frêle, avait-il pu mettre Tyler dans un pareil état ? Et qu'est-ce qui l'avait poussé à un tel déferlement de haine ? Elle alla s'asseoir sur un tabouret et s'accouda au vieux poêle à bois du salon. Les questions se bousculaient sous son crâne. Comment allait Jon ? Qu'est-ce que les gens de la ville diraient encore après ça ? Comment allait-on payer ? Mais ce qui l'étonnait le plus, c'était l'apparente décontraction du père. Cela n'augurait rien de bon pour la suite. Il n'existe pas furie plus grande que celle qui ne s'annonce pas, et c'était surtout vrai chez Ingmar Petersen.

— Avant de t'en prendre à Jon, tu devrais lui demander pourquoi il a fait ça. Il a peut-être une bonne raison ou…

— Rakel, Jon ne s'est pas contenté de casser la figure à un autre adolescent, il lui a totalement démoli le visage. Le garçon sera probablement défiguré jusqu'à la fin de sa vie et je ne te parle même pas du reste de son corps.

La main de Rakel s'enfonça dans ses cheveux déjà zébrés de gris malgré sa courte trentaine, et elle entortilla plusieurs mèches au bout de son index, ce qu'elle faisait lorsqu'elle était particulièrement nerveuse. Elle ne comprenait pas la sérénité du père, cela ne lui ressemblait pas, et plutôt que de la rassurer cela l'effrayait. Elle craignait le pire.

— Papa, tu devrais attendre un peu avant d'aller voir Jon, réfléchir à tout cela, insista-t-elle.

Ingmar se détacha du spectacle de la fenêtre pour toiser sa fille.

— Ne t'inquiète pas, je ne vais pas le tuer.

Et de fait, il parlait sans serrer les mâchoires, ce qu'il faisait normalement lorsqu'il luttait pour se maîtriser. Au contraire, il paraissait presque calmé.

— Tu n'es pas fou de rage ? demanda-t-elle du bout des lèvres.

— Non.

Cette fois Rakel crut avoir rêvé, il fallut qu'elle se penche pour être sûre d'avoir bien compris.

Ingmar plissa les lèvres et son regard tomba sur le plancher sale et irrégulier du salon.

— Tu me trouves trop sévère avec lui ? Parle-moi franchement.

Rakel cessa de s'enrouler les cheveux autour du doigt et se redressa, curieuse et un peu désemparée.

— Eh bien… non, je ne crois pas. Pas plus que tu ne l'as été avec nous. Et Jon est parfois *difficile*. Tes punitions ne sont jamais gratuites.

Le fermier acquiesça, le regard perdu dans le vide.

— Depuis qu'il est tout petit, il est compliqué, lâcha-t-il. Et ce n'est pas ma dureté qui l'a abîmé, non, je ne crois pas. Il a une racine pourrie en lui. Je le sens. Je le sais.

— Jon est différent, mais de là à dire qu'il est corrompu, tu y vas fort.

— Ce qu'il a fait hier à Tyler Clawson va nous coûter cher, mais c'est peut-être mieux ainsi. Quand il y a tant de colère, tant de mauvaises choses chez un garçon de l'âge de Jon, c'est parfois mieux que ça puisse sortir, d'une manière ou d'une autre. Sinon, Dieu seul sait ce que ça finit par faire germer avec le temps. Il faut qu'il s'en libère. Il y a beaucoup de choses en Jon que je ne comprends pas, et je doute que lui-même puisse un jour les comprendre véritablement, mais ce que je sais, c'est qu'il faut qu'il puisse les exprimer. À sa manière.

— En se battant ? Jusqu'à fracasser un garçon de trois ans son aîné ?

Ingmar haussa les épaules.

— Le Mal a besoin de vaisseaux vivants pour se transporter, dit-il, et je crois bien que notre Jon est de ceux-là. Il a été choisi. Je prie pour que le Malin ait quitté notre garçon en même temps que la violence s'écoulait hors de son âme.

Derrière la porte, le gamin avait tout entendu. Mais il n'en avait cure. Il n'avait d'yeux que pour ce qui se passait dehors, derrière la ferme. Une question lui trottait dans la tête encore et encore depuis la veille sans qu'il parvienne à se la retirer de l'esprit. Au début c'était avec les intonations de Tyler qu'elle se répétait inlassablement, mais depuis le réveil, c'était avec sa propre voix qu'elle résonnait.

Jon observait Hanna à genoux en train de cueillir des légumes dans le potager. Et il se demandait si c'était vrai qu'elle avait la chatte plus chaude que l'enfer.

6

La beauté n'était pas un critère estimable chez les Petersen. Pire, elle était presque suspecte, source de conflits, d'ennuis, et nul ne cherchait à s'embellir d'aucune façon possible ; une perte de temps, d'argent et une source de vanité qui ne pouvait que déplaire au Seigneur. Personne sauf Hanna.

La jeune femme avait à peine connu sa mère, elle n'en gardait qu'un vague souvenir constitué d'attitudes, d'une présence floue et lointaine. Elle ignorait si elle avait été belle mais elle le supposait à la façon dont leur père parlait parfois d'elle, et cela la faisait rêver. En revanche elle avait vu sa sœur Rakel, de treize ans son aînée, prendre peu à peu le rôle de la maîtresse de maison disparue, au point de lentement s'oublier. Le poids de son fardeau l'avait tant fait plier, qu'elle ne distinguait même plus son reflet dans le miroir piqueté de la salle de bains. Le travail avait meurtri son corps déjà peu séduisant, elle avait de vraies mains de fermière, crevassées, rougies, et menacées par l'arthrose, le dos voûté, le cheveu filasse et le visage strié par les rides de l'effort. Hanna ne voulait pas devenir comme sa sœur même si elle ne pouvait l'avouer à personne, ce n'était pas chrétien ; Rakel qui avait tant donné pour les siens ne devait pas inspirer de pitié, au contraire, elle aurait dû susciter l'admiration. Pourtant, approchant ses vingt et un ans, Hanna aspirait à tout autre chose. Elle était née belle et jusqu'à présent, la vie à la ferme ne l'avait pas trop abîmée. Hanna avait appris à l'intégrer, à l'école tout d'abord, puis en ville, à travers le regard des hommes. Elle plaisait et cela ne la laissait elle-même pas indifférente. Rakel était déjà vieille fille, mais sa cadette, elle, ne comptait pas passer le restant de ses jours ici sous le toit de son père. Surtout maintenant que Jon avait grandi, il avait quinze ans, et que chacun avait trouvé sa place. Ainsi, à chaque fois qu'il s'agissait d'aller faire une course en ville, c'était Hanna qui se portait volontaire, lorsqu'il fallait remplir des documents administratifs, c'était elle aussi, pour vendre l'excédent de légumes du potager, c'était encore elle. Tous les prétextes étaient bons pour se confronter au monde, pour sortir, voir et se faire voir.

Depuis peu, elle avait ajouté un motif supplémentaire à la longue liste : le travail. Fred Tanner, le patron du petit restaurant derrière le cinéma, lui avait offert un poste de serveuse. Fred aimait s'entourer de jolies filles pour le service, il savait que ça plaisait aux clients, et Hanna, avec son grain de beauté au-dessus de la lèvre, ses grands yeux noisette aux cils interminables et ses longues mèches brunes torsadées, ne manquait pas d'émouvoir certains mâles, et pas seulement parmi les plus jeunes. Au début Ingmar avait refusé jusqu'à l'idée : aller servir dans un *diner*, le soir de surcroît, n'était pas digne d'une luthérienne sérieuse et d'une Petersen respectable. Mais le salaire était bon et les affaires de la ferme trop aléatoires pour qu'il fasse la fine bouche très longtemps. Face à l'entrée d'argent régulière Ingmar s'était résigné, non sans redoubler de sermons sévères à l'égard de sa fille.

Pendant trois mois elle travailla trois soirs par semaine au restaurant, avant d'être appelée à faire les soirées des samedis également. Du moins officiellement. Car en vérité Hanna avait fait la rencontre d'un garçon, Thomas Dickener, et elle en était tombée amoureuse. Très appréciée de sa clientèle qui se montrait généreuse, Hanna se servait de l'argent des pourboires de la semaine pour se constituer un petit salaire supplémentaire qu'elle donnait à son père. Elle ne tarda pas à remarquer qu'il lui suffisait de mettre un décolleté pour gagner quelques extras qu'elle se gardait pour elle afin de sortir le samedi soir avec Thomas, même si c'était souvent lui qui payait tout ; cela lui permettait au moins de s'acheter de nouveaux vêtements, en douce, qu'elle dissimulait dans le vestiaire du *diner*, avec ses blouses échancrées qui n'auraient pas du tout plu à Ingmar Petersen. Hanna n'était jamais aussi heureuse d'aller travailler que lorsqu'elle quittait la ferme le samedi en fin d'après-midi, et elle ne craignait pas d'être confondue dans son mensonge dans la mesure où personne dans son clan ne sortait en ville le soir. Même Ingmar, qui avait autrefois l'habitude d'aller boire quelques verres au billard, ne quittait plus son toit depuis quelque temps. À mesure qu'il vieillissait, il se renfermait sur lui-même, ce qui était une bonne chose, songeait honteusement Hanna. Car s'il l'avait surprise ainsi, elle ne doutait pas un instant qu'il l'aurait enfermée pour le restant de ses jours dans le placard de sa chambre.

Ce jour-là, Hanna entra par la porte arrière du restaurant et sonda son casier dans le vestiaire. Il était tout encombré de flanelle, de mousseline, de soie et de lin multicolores. Plusieurs paires de chaussures à talon s'entassaient et Hanna devait les retenir avec le bout du pied pour éviter qu'elles ne se déversent sur le sol lorsqu'elle ouvrait la porte métallique. Indécise, elle opta en fin de compte pour une petite robe bleu marine à fleurs rouges pour profiter de la douceur de ce soir de la fin mai. Elle adorait la silhouette que lui dessinait cette coupe, et elle savait que Thomas ne pouvait s'empêcher de scruter, la pupille gourmande, ses seins ainsi mis en valeur.

Talita, une grande serveuse blonde qu'Hanna considérait comme son amie, sortit des toilettes en réajustant son tablier.

— Hanna et son dressing magique ! plaisanta-t-elle en se regardant dans la glace au-dessus des lavabos du vestiaire. Tu le vois ce soir ?

— Il m'emmène au cinéma.

— Ah, le cinéma… Cette formidable antichambre du coït !

— Pardon ? fit Hanna en feignant d'être choquée.

— Oh, ne me la fais pas à moi, on sait ce qui s'y passe dans cette grande salle obscure. Une main parci, une autre par-là… Et toi qui portes une robe ! Tu as raison, ce sera plus pratique.

— Taly, Thomas n'est pas ce genre de garçon.

— Il *est* ce genre de garçon. Ou il n'en est pas un du tout. Vous ne l'avez pas fait ?

— Quoi, comment ça ? Tu veux dire…

— Te faire sauter ?

Cette fois Hanna sentit le rouge lui monter aux joues pour de vrai.

— Non.

— Ce sera ton premier ?

— Oui, avoua presque honteusement la jeune femme.

— T'arrête pas aux premières fois. Tu verras, le sexe c'est comme la cigarette, au début c'est désagréable et ensuite tu ne peux plus t'en passer.

Hanna hésita à se confier sur ce qu'elle ressentait à propos de Thomas. Sa gêne. Elle avait un côté fleur bleue presque ridicule à son âge, elle le savait, mais elle voulait que ce garçon soit le bon. Ne pas s'offrir bêtement, être sûre. Elle avait veillé sur sa virginité comme sur un petit coffre précieux, et elle n'entendait pas tout ruiner au premier émoi. Pourtant Thomas n'était pas juste une amourette de passage, elle le sentait. C'était peut-être lui le bon. *C'est sûrement lui.*

Talita, qui se recoiffait, aperçut l'air préoccupé de sa camarade dans le reflet du miroir et elle s'arrêta avant de se retourner.

— Tu l'aimes ? demanda-t-elle.

— Oui.

— Autant qu'un milk-shake fraise à la crème de Fred ?

— Taly !

— Autant ?

— C'est pas comparable !

— Tu te damnerais pour ça. Tu en mangerais sur un lit de cafards si on t'en offrait un ! Alors ? Autant qu'un milk-shake fraise à la crème ?

— Beaucoup plus !

— Alors vas-y. Offre-lui ton premier sang.

Hanna souriait.
— C'est comme ça que tu as su, toi ? En comparant avec ton plat préféré ?
— Non, moi j'ai attendu de trouver le mec que mon père détesterait le plus, et lui je lui ai tout donné.
— Steven ?
Talita haussa les sourcils et inclina la tête, l'air de dire que son amie était loin du compte.
— Ah non, c'était bien avant lui. Il s'appelait Spyder.
Hanna pouffa.
— C'est pas un nom ça !
— Non, c'est pas un nom, c'est pour ça que je l'ai pas épousé. C'était son surnom, à cause de sa bagnole je crois. Je devrais pourtant m'en souvenir, c'est dans sa caisse qu'on l'a fait.
— Dans une voiture ? Ça ne manquait pas un peu de romantisme ?
— Tu pourrais le faire chez toi avec ton vieux à côté, toi ?
Hanna haussa les épaules.
— Non, bien sûr que non.
— Et c'est mieux qu'une chambre miteuse de motel en bord de route, crois-moi. Bref, Spyder avait une belle voiture mais c'était tout ce dont il savait se servir. Grosse bagnole, petite libido. J'espère que ton jules fera mieux. Il a quoi comme bagnole ?
— Une vieille Chevy déglinguée !
— Ouh ! Alors toi tu vas jouir, ma cocotte. Je te déteste.
Sur quoi Talita lui adressa un clin d'œil avant de prendre la direction de la salle. Avant de sortir elle pivota vers la jeune femme.

— Tu vas le présenter à ta famille ?
— Non.
— Tu devrais. Si tu l'aimes vraiment, ils finiront par l'apprendre et une histoire d'amour qui commence dans la haine familiale, c'est jamais bon, crois-en mon expérience.

Hanna regarda son amie disparaître et soupira. Tout le problème était là. Jamais Ingmar ne pourrait accepter Thomas. L'idée même de voir sa fille cadette un jour quitter la ferme pour un autre homme serait déjà difficile à encaisser, mais après ce qui était arrivé à son unique fils, Lars, jamais il ne pourrait tolérer qu'elle s'unisse à un Juif. Seul un bon luthérien serait digne de sa petite Hanna. Les querelles entre luthériens et méthodistes faisaient rage, mais au moins elles concernaient des catholiques entre eux. Introduire un Juif dans la famille serait une déclaration de guerre, ni plus ni moins. Brasser les sangs, pourquoi pas, mélanger les origines, les classes sociales, à la rigueur, mais pas les religions. Il n'y avait qu'un chemin vers Dieu.

Thomas l'attendait devant le cinéma. Il portait une veste en tissu noir et aux manches en cuir blanc et il avait les cheveux brillants de gomina. Lorsqu'il aperçut Hanna traverser la route dans sa direction, son visage s'embrasa : ses yeux s'ouvrirent en grand, ses joues s'empourprèrent, l'illuminant de l'intérieur, et son sourire déversa toute la joie du monde. Il lui offrit une rose coupée court sur laquelle il avait enfoncé une épingle afin de l'accrocher sur la bretelle de sa robe. Il avait des gestes un peu gauches, et des rires trop forcés, mais il savait prendre soin d'elle : en payant son ticket, en lui tenant la porte pour qu'elle passe en premier, en lui offrant du pop-corn, et en veillant à ne jamais s'asseoir avant elle, même sur un strapontin de cinéma. Ils discutèrent un peu bêtement pendant les publicités, s'effleurant du bras ou du genou, et lorsque le film commença, Thomas osa poser sa main sur celle d'Hanna, qui aussitôt mêla ses doigts aux siens.

Lorsqu'ils ressortirent, Hanna était fascinée par la ville de New York qu'elle avait vue dans le film. Ses perspectives architecturales sans fin, son dynamisme, sa modernité, et sa foule conquérante : New York rutilait et fourmillait de possibilités. Si le futur à Carson Mills consistait en un unique embranchement qui se prenait autour de la vingtaine, l'avenir à New York était une forêt de ramifications offrant des milliers d'options possibles à tout moment de l'existence.

— Je veux aller à New York plus tard, avoua-t-elle avec la conviction que sa vie était là-bas.

Thomas ne trouva rien à y redire, ce n'était pas le boulot qui manquait dans une grande ville pareille, et si son bonheur à elle c'était d'y emménager, alors il leur payerait le bus voire le train pour s'y rendre. Il avait parlé avec spontanéité, sans calcul, et en l'entendant envisager sa vie avec elle de cette manière, Hanna sut que c'était le bon.

Ils prirent un milk-shake fraise à la crème chez Fred, qu'ils partagèrent (ce qu'Hanna n'aurait fait avec personne d'autre), et marchèrent le long du parc de l'Indépendance avant de monter dans la voiture de Thomas. Il avait pour habitude de la conduire jusqu'à la jonction de la route avec le chemin de la ferme Petersen, pour ne surtout pas se faire voir du vieil Ingmar, et il se gara sous le premier grand chêne de l'allée avant de couper les phares. L'autoradio jouait un morceau de The Monotones, « Book of Love », et Hanna prit cela pour un signe. Lorsque Thomas se pencha vers elle pour l'embrasser, elle glissa sur la banquette pour venir se serrer contre lui. D'un baiser timide leur étreinte vira à la fougue passionnée. La langue de Thomas avait le goût du milk-shake fraise à la crème et cela rendit Hanna encore plus amoureuse. Lorsqu'il osa une main moite sur ses seins, la chair de poule lui couvrit les bras et les cuisses, et une douce chaleur commença à couler entre ses jambes, une boule irradiante qui dansait dans son bas-ventre. Le cœur battant, Hanna voulait se coller à lui, complètement, intégralement, qu'aucune parcelle de son être ne puisse lui échapper, qu'ils fusionnent, qu'ils se mêlent, au-delà de la peau, par la chair, les organes, jusqu'à l'âme. Elle voulait boire ses pensées, respirer le même air, partager le même sang, ne faire qu'un avec lui. La main de Thomas s'immisça sous la robe, dans le soutien-gorge, et la chaleur de ses doigts caressant les tétons durs d'Hanna déclencha une onde de désir plus forte encore. Leurs langues agissaient comme le ressac de l'océan, infatigables, s'enroulant en brassant l'écume de leur pétulance amoureuse. La main de Thomas fut lentement aspirée par la gravité sexuelle et, lorsqu'il effleura les rebords brodés de la culotte d'Hanna, tout son être frémit en découvrant qu'il pouvait franchir le Rubicon sans être repoussé. Ils y étaient. Sur le seuil du monde. La matrice de toutes les histoires humaines, quintessence des motivations, des espoirs, des conquêtes et des déchéances. Ils étaient sur le point d'écrire l'histoire, la leur, d'un geste, d'une envie, d'une harmonie qui graverait à jamais cet instant dans le marbre de leur vie, un acte de chair comme marqueur temporel, pour y cristalliser une émotion, un parfum, une sensation, un visage, des soupirs et, en définitive, juste une impulsion. Celle du passage à l'âge adulte. La première d'une longue série initiatique qui ne se solderait probablement que par la mort.

Et puis tout bascula. Thomas parut plus indécis, lui-même dépassé et embarrassé, la pupille dilatée par l'effroi et l'émerveillement en même temps, crispé sur ses propres sensations. Hanna perçut ce changement et la magie s'estompa, l'euphorie retomba et elle se dégagea de son étreinte. Ils échangèrent quelques mots confus, Thomas était rouge, et la jeune femme réalisa que c'était son corps à lui qui l'avait trahi. À mesure que la tension sexuelle retombait dans la voiture, elle comprenait que ce n'était pas grave, qu'ils avaient franchi un palier, et que c'était probablement mieux ainsi. Même dans ce moment de flottement, elle l'aimait. Elle voulait tout de lui. Ses fiertés et ses hontes. Elle l'embrassa sur la joue, tendrement, et lui fit promettre de passer la voir au *diner* mardi soir.

Il lui manquait déjà lorsqu'elle vit les phares de la voiture s'éloigner dans la nuit. Une chouette apprenait à son petit à ululer quelque part dans la cime invisible des chênes et Hanna trouva cela émouvant. Elle était heureuse.

7

Jon était occupé à faire du caramel d'insectes. C'était une de ses principales occupations lorsque le sommeil se refusait à lui. Il quittait son lit trop chaud, s'habillait en vitesse, en général avec sa salopette en jean, et sortait par la fenêtre de sa chambre pour aller se promener sur les terres de la ferme, sous l'œil inquiet de la lune. L'une de ses grandes trouvailles était d'allumer une bougie et d'attendre que des papillons de nuit se présentent, attirés par la lumière, pour les capturer et les rapprocher de la flamme entre ses doigts. Les bestioles dégageaient une odeur de caramel savoureuse en se tordant et en convulsant à mesure qu'elles brûlaient, et Jon adorait ces instants de cruauté culinaire rien qu'à lui. Il y avait là toute l'ironie du monde, songeait-il : à suivre aveuglément la lumière, on finit plongé dans le pire des ténèbres.

Ça et asperger le cosmos, une autre de ses inventions. En franchissant les quinze ans, Jon avait pris trente centimètres de plus, et s'il était toujours aussi sec, sans un gramme de graisse sous la peau, son corps tout en nerfs lui conférait à présent une apparence de jeune adulte. Et en la matière, tout se réveillait en lui, pire, l'éclosion virait à l'obsession. C'était souvent ce qui l'empêchait de dormir, en particulier les nuits les plus tièdes. Il avait besoin de marcher, de respirer le grand air, et lorsqu'il n'en pouvait plus, alors il dégrafait les boucles de sa salopette et sortait son « bazar » pour pénétrer le monde de sa fièvre turgescente. Il observait les étoiles, inspirait à pleins poumons les arômes de lavande ou de sève et jouissait du bonheur de ne ressentir aucune limite, aucune barrière, pas même physique. Il copulait avec le vide, se répandait dans l'infini, jusqu'à féconder ses plus sombres pensées. Il aspergeait le cosmos en imaginant baiser le cul de l'enfer, là où les chattes brûlaient en dégageant un parfum caramélisé, suintantes de désir, en sifflant son nom. Car depuis que Tyler Clawson lui avait mis cette idée en tête, Jon n'avait plus qu'une référence : celle qu'il côtoyait chaque jour, avec ses seins bien lourds et ronds, avec sa chatte consumée par les tisons du diable, ces courbes qu'il ne pouvait s'empêcher d'espionner le soir lorsqu'elle se déshabillait, laissant souvent la porte de sa chambre entrouverte, en particulier depuis qu'il avait lui-même faussé un des gonds – sa tante Hanna.

Ce soir-là, il avait marché un moment pour s'épuiser, avant de comprendre qu'il était dans un de ces moments où la fatigue ne comptait plus, totalement balayée par les pulsions. Jon avait besoin de s'enivrer de plaisirs. Il avait presque un rituel désormais qui commençait par allumer une bougie et faire du caramel avec les insectes qui passeraient à sa portée. Le reste suivrait à son rythme, lorsque l'excitation serait à son comble. Et il avait déjà brûlé vifs une dizaine de papillons, une chenille, un scarabée et même une libellule trouvée sur une feuille, lorsqu'il aperçut des phares approcher du chemin. Par prudence, il souffla la flamme et se recroquevilla derrière un fourré de grosses mûres que Jon avait appris à ne plus dévorer car elles lui donnaient une chiasse infernale.

Ce ne fut qu'après une longue minute d'observation, quand la voiture se fut immobilisée à quelques dizaines de mètres, que Jon osa se rapprocher, comprenant que le contact coupé signifiait qu'elle n'allait pas rouler jusqu'à la ferme. Il s'arrêta lorsqu'il trouva un bon poste d'observation derrière un chêne. La lueur du plafonnier révéla le visage d'Hanna. Elle était en train d'embrasser un type que Jon n'avait jamais vu, et à la manière dont ils se serraient l'un contre l'autre, sa tante en était grand fan pour ainsi dire. Jon fronça les sourcils. Il distinguait leurs langues brillantes jaillir d'entre leurs lèvres pour se tortiller l'une contre l'autre, la salive étinceler brièvement comme des fragments de miroir réfléchissant leur ardeur aveuglée, et le ballet de leurs mains avides de luxure courant sur les vêtements à la recherche d'une faille, d'une ouverture. Le gars en débusqua une en s'immisçant dans le décolleté, et l'araignée de doigts dégoûtante s'introduisit pour tapisser le sein chaud de sa présence molle.

Jon assistait au spectacle la bouche bée, tellement fasciné qu'il ne pouvait même pas cligner des yeux au risque d'en perdre une miette. Sa tante se cambrait pour venir se frotter contre le conducteur, tout entière vouée à l'appel du stupre, l'attirant à lui, et Jon pouvait presque l'entendre gémir. Tyler avait raison. *La chatte plus chaude que l'enfer. Une vraie pute.*

La pression au niveau de l'entrejambe de Jon devenait terrible, comme s'il allait exploser. Ça bouillonnait tant que le remugle lui remontait dans le ventre, jusqu'à la tête. Une matière rouge, aveuglante, un voile enivrant qui infusait le cerveau, dans la moindre pensée, qui distordait la raison, qui étouffait la morale, jusqu'à faire pulser à ses tempes un rythme lancinant, fascinant. Ses pupilles se figeaient, elles luisaient dans la nuit d'un halo carmin, vicieux, et ses mâchoires roulaient sous ses joues fines. Jon respirait fort par le nez, les mains crispées sur la proéminence entre ses cuisses.

Lorsque sa tante finit par sortir de la voiture, Jon était déçu de n'en avoir pas vu davantage, la tête lui tournait presque de frustration. Il ne réfléchissait plus, tout entier absorbé par l'envie. Il attendit la suite, et sa tante fit de grands signes à la voiture qui s'éloignait. Lorsqu'elle se retourna, elle souriait bêtement.

Jon essayait de penser, mais il n'y parvenait toujours pas, il ne savait quoi faire, aveuglé par la matière rouge qui affluait depuis les entrailles de son sexe douloureux. Lorsque Hanna se mit à remonter le chemin en direction de la ferme, il ne se posa pas plus de questions et jaillit de son antre pour la rejoindre. La jeune femme étouffa un cri en se plaquant contre un tronc pour ne pas tomber, et elle reconnut Jon sans que celui-ci sache si elle était soulagée ou effrayée. Elle balbutia quelques mots, essentiellement pour savoir ce qu'il faisait là, ou pour s'assurer qu'il n'avait rien vu, et Jon secoua la tête.

— Ingmar va t'enfermer dans ta chambre jusqu'à tes trente ans, dit-il sur un ton froid. Tu ne reverras plus jamais ce mec, et tu n'iras plus jamais travailler de ta vie.

En un instant Hanna bascula de la mielleuse euphorie

de l'amour à l'âpre réalité des vils instincts. Engourdie par le choc, elle secoua la tête, terrifiée, songeant probablement à ce qu'elle éprouvait pour Thomas, à ses rêves d'avenir, peut-être même à New York qui se disloquait sous les traits d'Ingmar Petersen et son courroux.

— Ne lui dis rien ! supplia-t-elle. Tu n'es pas obligé ! Ce sera notre secret !

Elle cherchait à captiver le regard de Jon, pour solliciter sa pitié, mais il était rivé plus bas, sur ses seins.

— Ta vie sera foutue, Hanna, adieu ce connard, adieu la ville le soir, adieu le restaurant, adieu la débauche.

— Non ! Jon, je t'en supplie, ne dis rien !

— Je vais me gêner ! Pourquoi je me tairais ?

— Mais… pour… pour moi. Par compassion.

— J'y gagnerais quoi ?

Hanna était désemparée.

— Eh bien… ma reconnaissance…

— Qu'est-ce que ça peut me faire ? Non, tu vas tout perdre !

— Je te payerai ! Je te donnerai de l'argent pour ton silence !

— J'en ai pas besoin.

Elle tomba à genoux devant son neveu, les larmes aux yeux.

— S'il te plaît ! Ne répète rien ! Je ferai ce que tu veux !

Le visage de Jon s'illumina et il posa un index sur ses lèvres. Une détermination comme jamais Hanna n'en avait contemplé embrasait ses iris incandescents ; elle regretta aussitôt d'avoir cherché sa compassion. Puis il fit le tour pour se positionner derrière elle.

D'un geste brusque il la poussa en avant et elle tomba à quatre pattes sur l'herbe. Les mains du garçon se posèrent sur l'ourlet de sa robe, qu'il fit doucement remonter. Hanna lâcha un non outré et voulut se retourner, mais d'un coup de poing sur les reins Jon la saisit d'effroi.

— Tu te tais maintenant, commanda-t-il froidement, et je me tairai aussi. Ton avenir, Hanna, c'est tout ton avenir qui se joue, là.

Quand il recommença à la caresser, elle se défendit encore en feulant, en pleurant, agitant les bras comme un chat hystérique, et Jon la calma d'un coup de pied dans les côtes pour lui couper le souffle. Les yeux de la jeune femme zigzaguaient dans l'obscurité, paniqués, incrédules, comme si le monde ne pouvait être aussi cruel. Elle était sidérée, incapable de réagir, totalement terrorisée et sonnée.

Il la poussa dans les fourrés et remonta la robe, mais cette fois sans aucune douceur. Il n'y avait rien que de l'avidité dans son geste. Et une froideur inhumaine.

Hanna cria un peu et Jon ne put s'empêcher de penser à ce qu'elle répétait tout le temps. *Ce qui ne te tue pas te rend plus fort, alors ferme-la !* Elle avait mal et cela gonfla encore plus le sexe de Jon qui ressentit quelque chose de similaire à ce qu'il éprouvait lorsqu'il détruisait les fourmilières. Cette sensation de pouvoir, de contrôle total. Il la dominait et il aimait ça au-delà de tout. Et lorsqu'il remarqua qu'elle saignait un peu sur lui, que son sexe avait le pouvoir de transpercer, de fendre, tel un glaive dévastateur, Jon explosa dans la moiteur sulfureuse qu'était le « cul diabolique » de sa tante comme il l'appelait. Il déversa toute la pression de sa courte existence en un bref instant, vidant en quelques coups de reins toute la frustration, la haine et la rage qu'il avait accumulées. Tout ce qu'il avait de noir en lui fut aspiré dans ce déversoir à merde qu'était la chatte d'Hanna.

Ce soir-là, Jon comprit à quoi servaient les femmes, et il sut également que le foutre était la matière du pire, l'incarnation des aspirations négatives des hommes.

Lorsqu'il se retira, il mira longuement le sexe d'Hanna. Malgré le sang, il le trouva beau. Il lui faisait penser à une fleur, sans qu'il sache bien laquelle. Il finit par lui jeter sa culotte qu'il avait arrachée, et alla uriner dans un coin pendant qu'elle se rhabillait en sanglotant, sous le choc.

Jon avait le sentiment de palpiter entièrement. C'était merveilleux. Il n'était plus qu'un immense pore ouvert sur le monde, libre et lavé de tous ses péchés, de toute sa colère. Son cœur battait vite, mais son esprit tournait au ralenti.

Ils rentrèrent sans un mot. Hanna alla se coucher, les bras serrés contre le ventre, et lorsqu'elle se réveilla le lendemain matin, elle comprit que ce n'était pas un cauchemar en sentant la brûlure qui lui cuisait l'entrejambe. Elle ouvrit la porte et trouva une fleur fraîchement cueillie disposée sur la poignée.

Un coquelicot bien rouge.

8

Finalement, un matin d'octobre, Hanna s'envola avec une valise et ne laissa aucun mot pour les siens sinon une poignée de coquelicots fanés. Elle était parvenue à convaincre Thomas de l'emmener à New York, et c'est sans sa fille préférée qu'Ingmar fêta son anniversaire. Elle appela trois semaines plus tard, pour rassurer son père, lui dire qu'elle était dans un appartement du Queens, et que lorsque le vent soufflait depuis le sud pour dégager l'horizon, elle pouvait voir un bout d'océan depuis sa fenêtre. L'océan c'était l'éternité mise en images, dit-elle un sourire dans la voix. Ingmar l'écouta sans l'interrompre, il l'entendit exposer son amour pour Thomas, un Juif qu'elle allait épouser, son besoin impérieux de partir loin de Carson Mills, de se confronter à la grande ville, la vraie citadelle de la civilisation, pour s'épanouir, et dire qu'elle ne reviendrait pas. Lorsqu'elle eut terminé et attendit sa réaction, Ingmar raccrocha méticuleusement, sans avoir prononcé une seule syllabe, et il se pencha pour décrocher le fil du combiné. Ce fut la dernière fois de sa vie que le vieil homme entendit sa cadette, même s'il soupçonnait Rakel d'avoir des nouvelles de temps à autre.

Les premiers flocons de neige tombèrent le jour de la fête des morts. Ils chutaient avec une grâce qui leur était propre, lentement malgré leur épaisseur, et les premiers furent aussitôt absorbés par la terre, mais ce n'était qu'un lit préparatoire pour accueillir ce qui allait se déverser des cieux dans les jours à venir et napper toute la vallée d'un linceul grisâtre.

Ce matin-là, le vieux téléphone en bakélite de Jarvis Jefferson sonna longuement, faisant résonner son tintement strident dans toute la maison, jusqu'à ce qu'Emma, sa femme, qui était en train de recouvrir ses rosiers avec une toile de jute, ne l'entende et vienne décrocher. Elle chercha Jarvis et le trouva au sous-sol, occupé à poncer son rocking-chair.

— Tu es devenu sourd ou quoi ? s'exclama-t-elle. Le téléphone a sonné sans discontinuer !

— Je savais que tu finirais par y aller, Rosie.

Jarvis était le seul à l'appeler par son second prénom. Compte tenu de sa passion pour les fleurs, il avait toujours considéré que ça lui allait mieux qu'Emma. C'était plus noble, plus rond aussi.

— J'étais en train de couvrir mes rosiers et tu me fais remonter et tout salir !

— Tous les ans c'est la même chose, tu attends le dernier moment pour enfermer tes satanés arbustes, tu ne vas pas dire que c'est de ma faute si tu ne t'en es pas occupée de tout l'automne, si ?

— Je te l'ai déjà dit : si je les enferme trop tôt ils pourrissent avec la chaleur. Bon, c'est Doug au téléphone, tu le prends ou pas ?

Cette fois Jarvis redressa sa haute carcasse des pieds de son fauteuil préféré et regarda sa femme.

— Douglas ? Et qu'est-ce qu'il veut celui-là ?

Douglas était son adjoint principal, le plus compétent, et contrairement à Bennett qui était un véritable assisté, il était capable de gérer à peu près tout type de situation. S'il appelait un jour de congé, c'était qu'il y avait un vrai problème.

— Il m'a juste dit qu'il voulait te parler. Je l'envoie promener ?

— Non, non, je vais le prendre, fit Jarvis en déposant la feuille de papier de verre sur son établi.

Emma observa son mari lui passer devant, l'air préoccupé, et en voyant la façon dont sa tête penchait un peu en avant par rapport à son buste, elle se dit qu'il avait décidément pris un coup de vieux depuis le départ de leur dernier fils pour Denver, où il espérait monter son garage automobile. Jarvis avait dépassé la cinquantaine, ses cheveux autrefois noirs étaient à présent bien grisonnants, tout comme sa moustache broussailleuse, et la couperose des ailes de son nez s'étendait à présent jusqu'aux pommettes. Il était shérif de Carson Mills depuis près de vingt ans, et inutile d'envisager de lui conseiller d'arrêter pour prendre un peu de repos : ce n'était pas un métier pour lui, c'était une responsabilité, une mission. Il connaissait Carson Mills et ses habitants depuis qu'il y était né, et veiller à leur tranquillité relevait davantage d'une destinée inéluctable que d'un choix bassement humain.

Jarvis grimpa les marches en bois du sous-sol en faisant claquer les semelles de ses bottes de cow-boy, et Emma eut à peine le temps de vider une bouteille de Lucky Lager à moitié bue dans l'évier du sous-sol et d'éteindre les lumières pour remonter rejoindre son mari qu'il avait déjà raccroché et enfilait sa veste en tweed aux coudes élimés.

— Tu pars ?

— C'est la fille des Mackie, dit-il d'un air sombre. Roy dit qu'elle a été violée.

— Oh mon Dieu.

— Je vais retrouver Doug sur place. La gamine refuse d'être examinée par un médecin.

— Ils savent qui a fait le coup ?

— Elle n'a rien dit.

— Attends, tu ne vas pas sortir uniquement avec ça sur le dos, il neige !

Emma sortit le manteau en mouton retourné du placard sous l'escalier de l'entrée et le tendit à son mari avant de filer dans la cuisine. Elle en revint avec une boîte en fer toute cabossée dans laquelle elle avait jeté à la hâte une bouteille de bière et un sandwich sous papier plastique.

— Tiens, prends ça, tu en as probablement jusqu'à ce soir, au moins tu mangeras quelque chose dans la journée.

Jarvis cala la boîte sous son bras. Il savait que Rosie lui offrait le sandwich qu'elle s'était préparé pour sa réunion de bridge – celui avec les tranches de dinde au miel dont elle raffolait et qu'elle achetait tout spécialement chez Marvin, le traiteur derrière l'église luthérienne, accompagnées de gros morceaux de pickles. Il l'embrassa en guise de remerciement, trop préoccupé par ce qu'il venait d'entendre pour mettre des mots, attrapa son chapeau beige et fila au volant de son pick-up personnel.

La ferme des Mackie se dressait à l'ouest de Carson Mills,

nichée entre un étang bourbeux et une succession de buttes couvertes d'herbes jaunies où paissaient leurs brebis et moutons. Jarvis se gara à côté de la voiture noir et blanc de Doug, face à l'étable branlante. Depuis combien de temps Roy n'avait-il pas remis un coup de propre sur ses biens ? Tout tombait en ruine ici, jusqu'au fermier lui-même, un rouquin voûté qui paraissait le double de ses quarante ans, maigre comme un coyote l'hiver. Une corneille crailla, aussitôt reprise par une autre qui entonna la même lugubre antienne depuis les branches des hauts sapins qui bordaient la ferme à l'ouest, sorte de presqu'île végétale qui s'aventurait depuis la grande forêt délimitant le territoire occidental des Mackie au loin.

Jarvis réprima un soupir. Ce n'était pas une bonne journée, il pouvait le sentir dans l'air, à travers tous ces flocons qui se déversaient lentement depuis les entrailles des cieux. L'essentiel de ses ennuis se résumait à des bagarres d'ivrognes le soir, quelques querelles entre voisins, et de temps à autre des chapardages dans le centre-ville. Parfois, un vagabond de passage semait la zizanie avant d'être reconduit manu militari par les hommes de Jarvis jusqu'aux frontières du comté, et il arrivait une fois tous les trois ou quatre ans qu'une bande de motards délurés improvise un arrêt à Carson Mills, en général sous l'étroite surveillance du shérif. Mais ce que Jarvis détestait le plus, c'était les affaires de mœurs. Il n'était pas à l'aise avec ça, il ne savait pas vraiment comment les gérer. Les maris qui frappaient leurs femmes, les histoires d'adultère qui explosaient au grand jour, les gamins en fugue d'une autorité trop lourde, et en dernier lieu, les saloperies d'agressions sexuelles. Car même ici, il ne fallait pas s'y méprendre, ils en avaient leur lot au fil des décennies. Jarvis le répétait à chaque fois : partout où il y aurait des hommes, il y aurait de ces « saloperies d'agressions sexuelles ». C'était dans le sang des bonshommes. Chez certains gaillards, ça leur montait au crâne comme une limonade trop secouée, et ça explosait implacablement.

L'hiver s'installait sur le territoire, cela ne faisait plus aucun doute, il faisait déjà si sombre en milieu de matinée qu'une lueur orangée brillait derrière les fenêtres crasseuses de la ferme. Jarvis cogna à la porte et découvrit presque toute la famille rassemblée autour de la grande table en bois, assise sur les bancs, tandis que Doug dans sa tenue officielle kaki attendait debout au fond de la pièce qui servait de salon et de cuisine. Roy se leva pour saluer le shérif, il semblait encore plus voûté que d'habitude, les yeux rougis par la fatigue et la colère, et Jarvis nota immédiatement qu'il sentait l'alcool. Probablement le whisky de contrebande qu'il achetait une bouchée de pain à l'un de ces cultivateurs de maïs du nord. Jarvis n'avait jamais voulu mettre son nez là-dedans tant que ça ne faisait pas de grabuge, c'était des affaires d'adultes dont il préférait se tenir éloigné. La paix à Carson Mills relevait d'un assemblage de tolérance et de fermeté dont seul le shérif appréhendait le maillage complexe.

Maggie, la femme de Roy, se tenait là avec le fils dont Jarvis ne se rappelait plus le prénom, ainsi que deux filles. Il ne savait plus bien combien les Mackie avaient d'enfants, mais ce dont il était certain c'était qu'il manquait la plus grande, la rousse que tout le monde en ville regardait comme une bête de foire à cause de ses trop longues jambes, sa crinière flamboyante et sa démarche sautillante.

— Merci d'être venu, Jeff, fit Roy en allant s'asseoir à côté de sa femme.

Jarvis détestait qu'on l'appelle ainsi. Déjà l'appeler par son prénom l'aurait passablement irrité, mais faire de son patronyme un diminutif relevait du manque de respect. Compte tenu des circonstances, le shérif préféra ne rien dire.

Douglas brandit une tasse en fer-blanc.

— Café, patron ?

Jarvis secoua la tête et se rapprocha de la tablée. Tous paraissaient prostrés, accablés par l'épreuve.

— Est-ce que vous êtes sûrs de ce que vous avez dit à Douglas ? demanda le shérif sur un ton aussi doux qu'il le put.

Roy fixa un point au-delà de la table, dans le néant, puis il respira profondément et pivota vers sa femme. Maggie se redressa vers Jarvis, ses grands yeux globuleux emplis de larmes.

— Elle a été agressée, shérif, dit-elle en contenant son émotion.

— Cette nuit ?

Maggie acquiesça.

— J'ai vérifié la fenêtre de la chambre de la gamine, intervint Douglas, il y a des marques toutes fraîches, elle a été forcée.

Ignorant son adjoint, Jarvis se pencha vers Maggie.

— Raconte-moi, dit-il de sa voix grave.

— Je l'ai trouvée ce matin, prostrée dans son lit. Elle pleurait beaucoup. Elle a refusé de me dire quoi que ce soit, mais quand j'ai vu son état et la façon dont elle marchait jusqu'aux toilettes, j'ai compris. Surtout qu'il y avait du sang sur ses draps et…

La suite demeura un instant en suspens au bord de ses lèvres avant de s'évanouir quelque part entre les deux interlocuteurs.

— Et quoi donc, Maggie ? insista Jarvis.

La fermière eut un regard gêné autour de la table, vers les siens, avant d'ajouter, du bout des lèvres :

— Je crois que c'était du foutre.

Jarvis passa la main nerveusement sur sa moustache. C'était devenu un tic avec les années, bien qu'il refusât de le considérer ainsi ; tous les hommes avec une moustache se la lissaient régulièrement, pensait-il, parce que c'était agréable, et aussi évident que de se passer la main dans les cheveux pour les recoiffer.

— Et elle, qu'est-ce qu'elle a dit ? demanda-t-il en fouillant sa mémoire pour se remémorer le prénom de l'aînée des Mackie.

— Louise a rien dit, répliqua Roy, pas un mot.

Louise. Louise la grande rousse. Se taisait-elle parce qu'elle était choquée ou parce qu'elle connaissait son agresseur et en avait peur ?

Jarvis jeta un coup d'œil au garçon de la famille. Il devait avoir onze ans à tout casser. Cela réglait un problème. Trop jeune pour être suspecté.

— Et personne dans la famille n'a rien entendu ou vu, compléta Douglas, j'ai déjà fait le tour de la question.

Personne n'avait signalé la présence d'un rôdeur en ville ces derniers temps, pensa Jarvis, et l'ouest du comté était particulièrement sauvage et désert, pas le genre d'endroit où un nouveau venu se serait aventuré, il n'y avait rien à y faire. Qui étaient les voisins les plus proches ? Les Stewart. Non, rien à craindre de ce côté. Puis, plus loin au sud, les Petersen.

Les doigts sur la moustache de Jarvis s'immobilisèrent. Les Petersen. Famille à problème. Le grand-père renfermé et colérique, ancien buveur, et ses filles loufoques, la jolie qui s'était enfuie récemment et la vieille acariâtre. Et surtout le petit. Jon.

— Elle n'a pas dit un mot ? insista Jarvis.

Maggie secoua la tête.

— Vous permettez que je la voie ? s'enquit-il.

Maggie se leva pour se diriger vers une porte fermée, et Jarvis l'arrêta d'une main levée, son regard le plus ferme pour afficher sa détermination.

— Seul, dit-il.

Il entra après avoir frappé trois coups et repoussa le battant aussitôt derrière lui. Il ôta son stetson qu'il garda contre la poitrine, et s'approcha du lit où était recroquevillée Louise sous une couverture en laine. Aucune lampe à pétrole ou bougie n'était allumée dans la chambre et la lumière bleutée du matin neigeux tamisait la pièce jusqu'à gommer certains angles de ses ombres profondes. Un paquet de draps froissés s'entassaient à ses pieds. Maggie avait pensé à ne rien laver et tout conserver, déjà un bon point. Jarvis tira une chaise depuis le bureau et s'assit à califourchon dessus. Pour ne pas heurter la gamine, il se garda bien de la toucher, même s'il avait envie de lui caresser les cheveux ou la main pour la rassurer.

— Louise, tu me reconnais ? Je suis le shérif Jefferson. Tu sais pourquoi je suis ici, n'est-ce pas ?

La touffe rousse bougea de sous les couvertures et les mèches bouclées glissèrent pour laisser apparaître un visage crispé. Elle devait avoir seize ou dix-sept ans tout au plus, estima Jarvis, et le regard d'une belette acculée par un prédateur.

— Un homme est venu à toi cette nuit, c'est bien ça ?

Alors qu'il avait espéré un instant qu'il s'agissait surtout d'une affaire d'amoureux imprudents et que la mère s'était méprise sur la nature de la situation, en avisant l'état de l'adolescente le shérif comprit qu'il n'en était rien.

— Il t'a fait du mal, pas vrai ?

Cette fois, après une légère hésitation, Louise acquiesça timidement.

— Il… Il t'a fait des choses…

Jarvis détestait aborder ce sujet avec une femme, a fortiori avec une gamine, et il jura intérieurement en cherchant ses mots.

— Je veux dire, il t'a *pénétrée* ?

Louise respira profondément et son corps se resserra pour prendre le moins de place possible au milieu du lit. Elle hocha la tête.

— Je voudrais bien arrêter celui qui t'a fait du mal cette nuit, tu sais ? Est-ce que tu l'as vu ?

Louise secoua la tête après un court moment de réflexion.

— Tu n'as aucune idée de qui ça pourrait être ?

Cette fois les larmes noyèrent le regard de jade avant qu'elle ne fasse non de la tête. Jarvis soupira, déçu. Il essaya de lui arracher au moins un signe distinctif, une description sommaire, corpulence, taille, coupe de cheveux, mais la jeune femme ne put que pleurer davantage. Elle avait été réveillée en pleine nuit par son agresseur, frappée, violentée, et elle n'avait que l'état de choc pour tout souvenir.

Jarvis préféra en rester là, il ressortit pour faire le tour de la maison lui-même, avant que la neige n'ait enseveli toute trace, mais la terre trop dure n'avait pas été marquée de la moindre empreinte. Il nota en effet les éraflures sur le montant de la fenêtre donnant dans la chambre de Louise ; c'était d'ailleurs la seule abîmée, elle avait été forcée avec un tournevis ou un objet dans ce genre, et compte tenu de la piètre qualité du bois, il n'avait pas fallu insister longuement pour l'ouvrir. Les volets étaient cassés, manifestement depuis longtemps, mais Jarvis avait remarqué une paire de gros rideaux à l'intérieur. Et puis même s'ils n'avaient pas été tirés, de nuit, il semblait improbable de pouvoir distinguer Louise en train de dormir dans son lit. Non, l'agresseur savait où entrer. Il connaissait la ferme et ses occupants, ce n'était pas un rôdeur de passage, pas un opportuniste à la recherche d'un mauvais coup. L'expression déplut aussitôt à Jarvis qui s'en voulut de penser en ces termes.

Il recula pour prendre ses distances avec la petite ferme. Donc c'était un gars du coin. Quelqu'un qui voyait passer Louise la grande rousse, qui savait où la trouver. Un type assez sûr de lui pour la violer juste à côté de ses parents, ou totalement inconscient. Un récidiviste peut-être, suffisamment expert en la matière pour savoir comment la faire taire d'une main sur la bouche tout en l'obligeant à écarter les cuisses… Ce n'était pas l'œuvre d'un amateur mais bien d'un vieux routard du crime. Jarvis connaissait les trois ou quatre individus de Carson Mills qui avaient déjà commis des agressions sexuelles ou qui en étaient en tout cas capables. Il allait commencer par interroger ceux-là, et ils avaient intérêt à disposer d'un alibi tenace s'ils ne voulaient pas qu'il leur botte le cul jusqu'à les envoyer sur cette fichue Lune dont la télévision parlait tout le temps. Du cosmonaute il allait lui en expédier, lui, à la grande gibbeuse !

En retournant près de la fenêtre, Jarvis remarqua une forme colorée sur le sol et s'accroupit pour l'examiner. Ni lui ni Douglas ne l'avaient vue avant parce qu'elle était en partie recouverte de neige. En soi, elle n'avait rien d'anormal, sauf à cette période de l'année, et il se demanda un instant si ce n'était pas le genre d'indice à prendre en compte, avant de secouer le menton. C'était certainement Louise qui l'avait mise là sur le rebord de sa fenêtre. Il avait du pain sur la planche. La journée ne faisait que commencer.

Jarvis reposa la petite chose fragile qu'il avait trouvée sur le tapis de neige qui commençait à voiler le paysage.

Un coquelicot séché, tout écrasé comme par un trop long séjour entre les pages d'un livre.

9

Le viol de Louise Mackie resta sur le cœur de Jarvis Jefferson comme un caillot irréductible, se rappelant de temps à autre à son souvenir avec une pointe douloureuse dans la poitrine. Dans les semaines qui suivirent l'affaire, le shérif interrogea tous les suspects possibles, explora leurs alibis dans le détail, il sonda les rares voisins en quête du moindre témoignage, et retourna par trois fois s'entretenir avec la victime qui n'avait rien de plus à lui raconter. L'ordure s'en tira à bon compte et Jarvis pensa pendant de nombreuses années qu'il mourrait avec cet échec, un de plus parmi la petite poignée accumulée au fil des décennies, ceux-là mêmes, songeait-il, qui finiraient un jour par l'emporter dans la tombe, chacun formant à sa manière une tache de ténèbres sur son âme qui nidifiait à terme pour le cancer ou la crise cardiaque. Il était loin, à cette époque, d'imaginer que tout finirait par ressortir, et d'une manière totalement inattendue.

Mais ce qu'il sut instinctivement, c'est que cette période de la vie de Carson Mills était une heure sombre de sa construction, une période creuse, un trou de civilisation dans lequel s'engouffra aussitôt une eau trouble et limoneuse, comme pour mieux en recouvrir l'abysse. Ce genre de moment où la part d'humanité recule, et où l'animal sauvage qui sommeille encore en l'homme reprend un peu de terrain. Jarvis avait toujours considéré l'évolution ainsi : une bataille de longue haleine entre l'intelligence, fruit de milliers d'années de développement qui tirait notre espèce vers le haut, et ses racines bestiales, terreau de nos instincts les plus vils qui nous avaient permis de survivre si longuement au milieu d'un territoire pourtant hostile. Ainsi, lorsque Louise fut violée, la lumière quitta provisoirement la petite ville et une flaque d'obscurité la recouvrit, réveillant le pire des hommes. Les bagarres du soir se multiplièrent, Dereck MacHanoran tira sur son beau-frère une nuit et le tua sur le coup avant de refuser d'expliquer son geste ; il s'en trouva aussitôt certains pour affirmer que c'était parce que le beau-frère entretenait une relation impropre avec sa propre sœur, épouse de Dereck. La foudre tomba sur le clocher de l'église méthodiste, brisant tous ses vitraux, ce qui était un signe particulièrement effrayant pour beaucoup de fidèles, et un veau à deux têtes naquit la même nuit, ce qui termina de convaincre les plus pieux que le Malin œuvrait dans les faubourgs de Carson Mills. Pour Jarvis Jefferson qui croyait moins aux signes qu'aux faits, bien qu'il fréquentât l'église méthodiste, ce fut le cadavre de Theresa Turnpike qui lui fit comprendre qu'ils étaient entrés dans un tunnel de ténèbres et qu'il fallait à présent redoubler de vigilance pour préserver le village et ses habitants.

Theresa Turnpike était l'assistante sociale des enfants de la ville. Pas officiellement, car son véritable métier était bibliothécaire, mais tous les gamins qui rencontraient des difficultés savaient qu'ils pouvaient venir la trouver, ils gagneraient une oreille attentive, quelques conseils, et parfois, lorsque c'était vraiment nécessaire, une aide concrète qui consistait en un bon repas chaud, une couche pour une nuit ou deux, voire une intervention auprès de la famille, de la mairie, et dans certains cas les plus extrêmes directement auprès des instances de l'État à Wichita. Theresa Turnpike était ainsi : au-delà des livres elle savait lire les êtres humains, et en particulier les plus jeunes. Au fil des années ils échangeaient son nom, en douce, dans la cour des écoles, ou dans une contre-allée, comme s'il s'agissait d'un secret, à la manière de deux résistants français sous l'occupation nazie qui partageaient le nom d'un chef de réseau pour quitter le pays vers l'Angleterre. Theresa recevait les gosses à la bibliothèque, et en général ils avaient tous le même mode opératoire : un premier passage pour tâter le terrain, sous prétexte d'emprunter un livre, n'osant rien demander, ne surtout pas se compromettre. Ceux-là, Theresa les repérait tout de suite, elle avait l'œil pour ça. D'abord ils n'avaient pas de carte de membre, et pendant l'inscription ils la détaillaient sous toutes les coutures, surtout lorsqu'elle leur tournait le dos pour remplir la carte et la tamponner, sans jamais remarquer qu'elle pouvait observer leur reflet dans le petit miroir sur lequel était gravée une citation de Mark Twain. Puis ils furetaient parmi les étagères, sans réellement chercher, jetant des coups d'œil furtifs vers la bibliothécaire plus que sur les tranches multicolores, et empruntaient un livre sans intérêt pour leur âge, pris au hasard, avant de le poser timidement sur le comptoir en formica. Ceux-là, Theresa leur rendait leur carte et se penchait en avant pour leur attraper la main et leur dire à chaque fois la même chose : « Tiens, bonne lecture. Et si la prochaine fois tu as besoin d'aide, n'hésite pas, je suis là pour ça. » Elle n'allait pas plus loin, jamais. Le reste du chemin, c'était à eux de l'effectuer. Mais elle savait que cette phrase restait dans leur esprit à résonner encore et encore, et que chacun l'entendait comme il avait envie de la comprendre. Les plus motivés finissaient par revenir, guettant les autres usagers de la bibliothèque pour s'assurer qu'aucun ne pouvait écouter, et ils ne tardaient pas à dire à Theresa qu'ils avaient entendu parler d'elle, que peut-être elle pouvait en effet les aider. Dans les cas les plus graves, elle notait qu'ils ne lui demandaient pas directement son assistance, ils commençaient plutôt par « J'ai un problème, madame Turnpike ». Elle leur donnait alors rendez-vous à l'heure de sa pause déjeuner, et parfois il lui arrivait même de fermer boutique, et personne en ville, à commencer par le maire, n'aurait vu à y redire.

Tous connaissaient son investissement pour les enfants, sa dévotion, au point qu'ils étaient nombreux à considérer que rarement quelqu'un avait si mal porté son nom[1] tant elle agissait gratuitement, par pure bonté et amour des autres. Les mauvaises langues, en général sous l'autorité de Mrs Bromish (grande organisatrice des soirées Tupperware de Carson Mills, présidente du club de bridge, et farouche militante de l'Église méthodiste), clamaient que c'était parce que Theresa Turnpike n'avait elle-même jamais eu d'enfant, faute d'être parvenue à séduire un mari, son

1. Aux États-Unis, *turnpike* est le nom de certaines autoroutes à péage.

cœur n'ayant de place que pour les livres, mais pour d'autres, elle était simplement une femme affable et diligente, sauf lorsqu'on rappelait qu'elle était l'une des rares démocrates de la ville, voire, se murmurait-on comme s'il s'agissait de danser le sabbat, une ancienne sympathisante socialiste que le maccarthysme n'avait pas débusquée.

Son corps fut retrouvé dix jours après le viol de Louise Mackie, le long de la voie ferrée à l'est de la ville, dans une zone d'entrepôts abandonnés qui avaient servi à l'époque de la ruée vers l'Ouest avant d'être peu à peu désertés à mesure que les trains vers la Californie ou l'Arizona n'empruntaient plus cet axe et de devenir de vastes halls sifflants dans lesquels se cachaient parfois les bootleggers durant la Prohibition. C'était à présent un endroit sordide que même les couples en quête de tranquillité évitaient, seulement fréquenté par quelques chiens sauvages, quelques ivrognes de passage et, disait-on, les hommes mariés cherchant une expérience contre-nature avec un autre homme.

La découvrant là, le shérif et son adjoint Bennett demeurèrent une longue minute, chapeau sur le cœur, devant le triste spectacle de son cadavre allongé face contre terre, les membres dans une position étrange, qui ne laissait planer aucun doute quant à son sort. C'était une fin de matinée glaciale, la neige tombée quelques jours plus tôt n'avait pas tenu, mais un vent froid venu de l'est battait la lande et sifflait entre les façades des rues. Un coup de fil anonyme au bureau du shérif, une voix masculine, chevrotante, avait prévenu qu'il y avait un mort près des « entrepôts de la honte, une femme, paix à son âme ». Les « entrepôts de la honte », c'était ainsi qu'on surnommait la zone dans les bonnes familles de Carson Mills, à cause de ses mœurs non conformes. L'homme avait raccroché aussitôt, et Bennett était formel : pour lui c'était un témoin de passage, probablement un « client » possible du secteur qui était tombé sur le cadavre, ce n'était pas l'assassin, il y avait « trop d'émotion, de vibratos », dans son appel.

Lorsque le shérif se pencha pour poser deux doigts sur le cou de Theresa Turnpike, à la recherche de son pouls bien entendu évaporé, le froid de sa peau confirma qu'elle était morte depuis un long moment déjà. Au moins un jour ou deux. Son visage était tourné sur le côté, laissant distinguer la partie gauche de ses traits, et Jarvis fut profondément ému de constater l'air inquiet qu'elle arborait encore, même longtemps après sa mort. C'était triste pour une femme si bonne de mourir ainsi, dans la violence. Elle ne méritait pas ça, pas du tout. Ce fut pire encore lorsqu'ils la retournèrent, dévoilant le masque boursouflé et violacé qu'était le reste de son visage : on l'avait battue à mort. Jarvis nota plusieurs ongles arrachés, aussi droits que le capot d'une voiture en pleine révision, au moins deux doigts cassés, et il supposa qu'à l'hôpital d'Enid où elle serait examinée, on rédigerait un rapport mentionnant de nombreuses ecchymoses sur tout le corps. Mais ça, c'était pour les médecins, pas pour lui. Jarvis n'avait aucune envie de contempler le corps dévasté de Theresa Turnpike. D'une manière générale, il n'aimait pas voir les corps morts de gens qu'il avait connus, encore moins ceux de femmes, cela le mettait particulièrement mal à l'aise, question de pudeur, et de respect.

Jarvis lissa sa moustache plusieurs fois, avec application, main ouverte, l'épaisseur des poils venant se prendre dans l'angle formé entre son index et son pouce dépliés.

— C'est pas un gars du coin qui lui a fait ça, analysa Bennett. Personne par ici aurait fait de mal à Theresa.

Jarvis fit la grimace. Il ne partageait pas cet avis.

— Au contraire, Benny, c'est par chez nous qu'il y a toutes les raisons de lui en vouloir. Theresa se mêlait de pas mal d'histoires de famille, elle a souvent remué la poussière que certains planquaient sous leur tapis, et il y a quelques pères et mères dans le comté qui se sont vus perdre leurs enfants à cause ou grâce à elle.

Car Theresa Turnpike avait fait placer une bonne demi-douzaine d'enfants dans des familles d'accueil au cours des vingt dernières années. Des enfants maltraités, battus jusqu'au sang, terrorisés par leurs propres parents, sans compter tous les autres pour lesquels elle n'avait rien pu faire.

— Le gars s'est acharné sur elle, tu as vu sa pauvre caboche ? ajouta Jarvis. Il était en colère. C'est quelqu'un d'ici, j'en suis sûr. Quelqu'un qui lui en voulait beaucoup. Tu sais où elle en était de ses affaires avec les gosses ces derniers temps ?

— Non, rien entendu depuis le fils d'Edwin James.

Le shérif se souvenait bien de Marcus James. C'était ses copains de classe qui étaient allés trouver la bibliothécaire tant le gamin craignait de se confier. Il se faisait tabasser presque tous les soirs par son alcoolique de père. Marcus avait peur, et il avait refusé de parler même devant Theresa, a fortiori devant les hommes du shérif, et ce malgré les bleus qui couvraient ses bras.

Le lendemain, il avait manqué l'école et il était revenu le lundi suivant avec une dent en moins et la lèvre fendue. Jarvis s'en voulait encore énormément. Il avait tardé à intervenir, si bien que c'était Theresa Turnpike elle-même qui était montée jusqu'à l'appartement au-dessus de l'atelier de confection textile désaffecté pour menacer Edwin avec un manche à balai cassé avant que l'alcoolique ne la repousse d'une gifle cuisante. Le lendemain matin, Jarvis avait été rendre visite à Edwin en compagnie de Douglas, ils lui avaient donné une bonne rouste pour lui rappeler qu'à Carson Mills personne n'était autorisé à se comporter ainsi. Douglas lui avait même vidé sur la tête les trois bouteilles de whisky trouvées dans ses placards, lui brûlant les pommettes et les arcades ouvertes, afin de lui signifier qu'ils l'avaient désormais à l'œil. Si Marcus retournait à l'école avec ne serait-ce qu'une rougeur, le shérif et son adjoint reviendraient et cette fois colleraient le père au trou pour quelques semaines, loin de sa bibine. Au fond, ni l'un ni l'autre ne souhaitaient en arriver là, Edwin était l'unique parent de Marcus et aussi le seul capable de rapporter de quoi le nourrir et payer le loyer, l'enfermer aurait été une punition pour le fils également, mais ils espéraient l'avoir recadré pour au moins un moment. C'était tout ce qu'ils pouvaient faire pour limiter les dégâts. Ainsi en allait-il de la justice à Carson Mills.

Jarvis Jefferson regarda alentour. Les rues de la zone ferroviaire étaient désertes, seulement peuplées de cartons élimés, de fragments de tissu agrippés dans les arbustes, flottant tels les drapeaux d'un équipage disparu depuis longtemps. La plupart des minuscules fenêtres rondes des entrepôts étaient brisées, et celles qui restaient intactes renvoyaient des morceaux de nuages gris, semblables à des yeux hantés par le spectre du néant, comme si elles refusaient de regarder ce qui se passait par ici. Ce n'était pas un endroit pour Theresa Turnpike. Comment avait-elle échoué ici ? Jarvis fut pris d'une subite et impétueuse envie de fumer. Il avait arrêté à la demande d'Emma parce qu'elle ne supportait pas l'odeur que ça lui donnait, en particulier son haleine, et par amour pour sa femme, il s'était débarrassé de cette mauvaise mais si plaisante habitude vingt ans plus tôt, après dix-sept ans de loyaux services au rythme d'un paquet et demi par jour. C'est qu'Emma savait y faire lorsqu'il s'agissait d'obtenir ce qu'elle voulait ! Un savant dosage, connu seulement des femmes, de sourires, chantages, menaces et compliments, et Jarvis avait renoncé. Alors qu'il aurait suffi qu'elle lui fasse son regard tendre, celui-là même qu'elle avait jeté sur lui le soir du bal de l'Indépendance quand il l'avait embrassée pour la première fois (cela lui paraissait une éternité et pourtant, le souvenir de sa femme juste avant qu'il ne pose ses lèvres sur les siennes demeurait vivace et aussi précis qu'une photographie), pour qu'il cède à tous ses caprices. Mais la nicotine vous colle à la peau plus sûrement que de la sève fraîche et cette saleté est capable, même après très longtemps, de ressortir de sa cachette pour inonder votre sang de ses arômes, jusqu'à vous faire tourner la tête de désir.

— File-moi une cigarette, Benny, ordonna Jarvis.

— Shérif, je vais encore avoir des ennuis avec Mrs Jefferson.

— T'occupe. Donne-m'en une.

— Elle va le sentir.

— Je prendrai une pastille à la menthe.

— Il va vous en falloir toute une boîte si vous espérez échapper au nez de votre femme.

D'un geste de la main, Jarvis exigea sa cigarette. Il aspira la première bouffée avec la délectation d'un junkie prenant sa dose. La fumée inonda ses poumons, se déversa dans son organisme frémissant et satura ses papilles jusqu'au cerveau. Il la recracha par les narines et fixa la petite tige de tabac incandescente. Il toussa un peu, juste pour se réacclimater à son nouvel oxygène. C'était une vraie saloperie, mais une saloperie si merveilleuse. Elle l'encrassait autant qu'elle comblait les manques. La fumée savait se nicher dans les trous, elle remplissait ses failles, pour qu'il se sente plus serein.

D'une pichenette il expédia sa cigarette contre un quai de chargement. Il aimait trop sa femme pour s'empoisonner davantage. Elle allait le lui faire payer cher en plus. Ça lui coûterait toute une soirée à lui masser les pieds avec sa crème si grasse qu'il fallait se laver les mains pendant dix minutes pour s'en nettoyer, et certainement l'interdiction de l'embrasser pendant un jour ou deux, le temps que sa fichue moustache ne sente plus rien d'autre que les vapeurs d'eau de Cologne du peigne avec lequel il la coiffait tous les matins.

Jarvis posa une main sur le poignet froid de Theresa Turnpike.

— Je suis désolé, Theresa, dit-il tout bas.

10

La vie d'un homme est l'unique véritable horloge du monde. Pour ce qui était d'Edwin James, son visage lui servait de cadran, les aiguilles du temps y avaient planté leur marque, jusqu'à greneler sa peau de dizaines de minuscules cicatrices, de sillons de la profondeur de quatre décennies, et les tavelures qui encombraient son faciès ressemblaient aux chiffres des années passées.

Dès qu'il vit le shérif, il recula précautionneusement d'un pas, à quoi Jarvis Jefferson répondit en lui rappelant que s'il n'avait pas touché son fiston, alors il n'avait aucune crainte à avoir. Les deux hommes parlèrent longuement, le shérif sondait son interlocuteur à chacune de ses questions : est-ce qu'il avait vu Theresa Turnpike récemment, quelles étaient leurs relations, ce genre de choses. Edwin n'éluda rien. Il avoua détester cette « fouine à purin », il répéta que si elle venait lui prendre son fils, il la poursuivrait jusqu'en enfer pour le lui faire payer, que Marcus était bien, ici, avec son père, que lui-même avait calmé son « lever de coude », il essayait de moins boire, en tout cas les soirs où il était seul avec son gamin. Car

Edwin avait une relation désormais, avec une serveuse du *Loup solitaire*. Ça c'était nouveau. Jarvis imagina de suite de quel genre de fille il pouvait s'agir. Le *Loup solitaire* était un bar à la sortie de la ville, au nord, un lieu de perdition prisé par les marginaux, quelques jeunes et les gens de passage en quête d'une vie nocturne. Lorsque Jarvis lui expliqua que Theresa Turnpike était morte, assassinée, Edwin eut deux réactions. Tout d'abord un rictus mauvais, où transpirait un peu de sa morgue, avant de réaliser ce que ça impliquait et de lever aussitôt les mains devant lui en signe de protestation. Il répéta bien dix fois que ce n'était pas lui, qu'il n'avait rien fait, et il fallut que Jarvis hausse le ton pour le faire taire. Pour finir le shérif lui demanda s'il avait une cigarette et, un peu décontenancé, Edwin lui tendit un paquet de Pall Mall.

— Tu fumes toujours la même marque ? demanda Jarvis.

— Pour sûr, quand on est habitué, pourquoi changer ?

Après une hésitation, Edwin ajouta :

— Vous savez, je la déteste cette vieille harpie, mais de là à la flinguer, quand même…

Theresa ne s'était pas fait tirer dessus, mais le shérif préféra ne pas corriger.

— Je te crois, Edwin. Je te crois.

Jarvis résista à la tentation de lui emprunter une cigarette, avant de s'en retourner à la voiture. Ils n'avaient pas trouvé grand-chose sur la scène de crime, mis à part plusieurs mégots qui encadraient le corps. Et à bien observer, Bennett avait même découvert une marque de brûlure sur le front de la pauvre femme. Une auréole de peau consumée, et pourtant pas cloquée, ni purulente. Jarvis savait que c'était parce qu'elle était déjà morte quand on lui avait écrasé la cigarette sur la tête, son organisme n'avait pas réagi autrement qu'un napperon sous l'effet de la brûlure, sans plus. Il y avait décidément beaucoup de haine autour de cette femme. Au point de la battre à mort, puis de fumer quelques cigarettes autour de son cadavre, probablement pour réfléchir à quoi en faire, avant de l'humilier une dernière fois en mutilant sa dépouille. Ce qui intéressait Jarvis, c'était la marque des mégots. Des Herbert Tareyton, et pas n'importe lesquelles, pas celles, modernes, avec un filtre comme on en trouve habituellement, non, les Tareyton anciennes, avec leur bout en liège si caractéristique. Jarvis les connaissait bien pour en avoir beaucoup fumé à une époque, justement à cause de ce goût si particulier. Le genre de paquet qu'on ne voyait plus si fréquemment de nos jours.

En s'asseyant sur le cuir grinçant du siège de son véhicule, Jarvis raya provisoirement de son esprit le nom d'Edwin James. Il le croyait, l'homme s'était confié sans calcul sur sa haine de la bibliothécaire, avant de réagir spontanément à l'annonce de son décès. Et puis ce n'était pas les bonnes clopes.

Jarvis prit la direction de son bureau mais avant d'y entrer il traversa la route pour pénétrer dans la boutique d'Al Metzer. Les deux hommes se saluèrent, ils se connaissaient depuis l'enfance, ils avaient le même âge à quelques mois près, même si Al pesait à présent plus du double du poids du shérif.

— Tu as toujours des Herbert Tareyton, Al ? Celles qui ont le bout en liège à la place du filtre ?

Le gros bonhomme se retourna vers le mur de

paquets colorés et se pencha difficilement pour en saisir un blanc avec une couronne bleue au centre.

— Tu te remets au tabac ? C'est Emma qui va être contente.

— Tu en vends encore souvent ?

— Celles-là ? Non, plus trop, il n'y a que les vieux habitués, les irréductibles.

— Tu pourrais me faire une liste des noms ?

Al fronça les sourcils, ce qui sur son visage bouffi était assez comique.

— C'est une requête officielle ?

— On va dire ça.

— C'est grave ?

Jarvis se contenta de plisser les lèvres et Al acquiesça, il connaissait assez son ami pour savoir quand il était inutile d'insister, Jarvis pouvait garder le plus sombre des secrets jusque dans la tombe s'il l'estimait nécessaire.

— Je vais t'écrire ceux auxquels je pense, mais ça fait pas grand monde et j'en oublierai forcément.

— Dorénavant tu penseras à noter les noms de tes acheteurs pour ce modèle précis.

— Compte sur moi. J'ai eu peur pendant un moment, j'ai cru que tu te remettais à fumer.

Jarvis étudia brièvement les rangées de paquets multicolores. Il reconnut aussitôt ses préférés.

— Donne-moi plutôt un paquet de viande séchée, je n'ai rien avalé depuis ce matin, lâcha-t-il un peu nerveusement.

Jarvis n'avait pas franchi la porte de son bureau que Diana, sa secrétaire, lui sauta dessus.

— Il faut que vous alliez chez les Monroe, Elaine a appelé.

— Pas le temps.
— Elle a dit que c'était urgent.
— Theresa Turnpike est morte, Diana, assassinée.
Diana lâcha sa tasse de café qui se brisa à ses pieds, inondant le tapis cherokee d'une auréole marron. Après un moment de stupeur, la secrétaire bafouilla des excuses et s'agenouilla pour ramasser les morceaux. Jarvis se pencha à ses côtés pour l'aider.
— Et vous… vous savez qui l'a tuée ? demanda-t-elle.
— Non. Bennett est rentré ?
— Pas encore.
— Appelez Doug, dites-lui qu'on va avoir besoin de lui aujourd'hui.
— Très bien, shérif.
— Elle voulait quoi, Elaine Monroe ?
Les doigts de Diana tremblaient en saisissant les fragments de sa tasse. Jarvis lui fit signe d'arrêter, il n'avait pas envie qu'elle se coupe et ajoute du sang sur son tapis.
— Elle a appris pour Louise Mackie. Toute la ville est au courant à présent. Et… Elaine croit que sa fille a subi la même chose la nuit passée.
Cette fois, ce fut Jarvis qui laissa filer les morceaux de tasse entre ses mains.

*

Les Monroe habitaient dans le quartier sud de Carson Mills, là où à la place des petits bâtiments mitoyens de deux étages du centre on trouvait des maisons plus larges, cerclées de jardins avec balancelles en bois et tonnelles festonnées de roses les beaux jours, le genre de coin où les rues restent propres et les voitures stationnées rutilent. Les Monroe occupaient l'une des plus belles demeures, blanche et vaste, semblable à l'une de ces plantations anciennes de Louisiane, avec ses hautes fenêtres arrondies et ses colonnes immaculées portant un balcon qui l'encadrait sur ses quatre flancs.

Cormac Monroe attendait Jarvis sur le perron, un cigare à la main. Le shérif remontait la longue allée jalonnée de petits réverbères. De gros flocons se mirent à danser sous ses yeux, sortis de nulle part sinon du ventre fuligineux qui plombait le ciel à si basse altitude qu'on pouvait croire que les clochers venaient de l'éventrer et qu'il se vidait de sa bourre comme une immense peluche informe.

— Vous auriez dû vous garer sous l'auvent, shérif, fit Cormac, plutôt que de vous arrêter en bas, ça vous aurait épargné d'être mouillé.

— Oh, à mon âge un peu d'exercice ce n'est pas mauvais, répondit Jarvis en retirant son chapeau en guise de salut.

Jarvis n'avait jamais été à l'aise avec Cormac Monroe. C'était aussi idiot qu'agaçant, mais la stature de l'homme l'impressionnait et lui imposait une déférence qu'il ne maîtrisait pas. Cormac était riche et puissant, arrière-petit-fils d'un orpailleur que le trébuchet avait rendu millionnaire en quelques années. Il détenait la principale banque de la ville, son journal ainsi qu'une partie de la coopérative agricole locale du fait qu'un tiers des champs autour de Carson Mills lui appartenait, sans compter toutes ses affaires à Kansas City, ce qui était bien trop loin pour intéresser les gens du coin.

Il va sans dire que ce que Cormac Monroe voulait, la

ville le lui donnait. Pour autant, il ne s'en était jamais servi, il y avait une éthique chez les Monroe qui les rendait non seulement admirables, mais aussi, parfois, presque suspects. Ils approvisionnaient l'essentiel du budget des œuvres caritatives du comté, s'investissaient personnellement dans des projets de développement industriel pour lesquels ils n'étaient pourtant pas directement impliqués, ne manquaient jamais une messe le dimanche à l'église luthérienne, et s'attachaient à ce que le journal garde son indépendance, y compris lorsqu'il s'agissait de critiquer certaines actions de gestion dictées par Cormac. Et surtout, contrairement aux deux autres grandes familles de Carson Mills, les Monroe ne s'engageaient pas en politique. Tant qu'il avait le champ libre pour batailler dans le domaine financier et économique local, Cormac Monroe ne se mêlait jamais des affaires de la mairie. Jarvis Jefferson avait toujours bénéficié de son soutien sans jamais avoir à le demander, et cela l'embarrassait un peu, il détestait les chiens capables de mordre la main qui les nourrit, et pour autant, il aimait à croire qu'il ne devait rien aux Monroe car il ne leur avait jamais rien quémandé. Et puis il y avait ce rapport qu'il entretenait depuis toujours avec les gens fortunés : c'était plus fort que lui, face à eux Jarvis se sentait intimidé, comme si leur argent leur conférait une aura précieuse, ce qui était, il en convenait lui-même, complètement idiot mais irrépressible.

Cormac fixait le shérif de ses billes sombres. Il avait un air de Cary Grant avec sa raie parfaitement tracée sur le côté et ses cheveux de jais. Lorsque Jarvis eut monté les marches du perron, l'homme d'affaires lui posa la main sur l'avant-bras.

— Merci d'être venu, shérif, dit-il tout bas, sans lui faire face. Je ne suis pas tout à fait sûr qu'Elaine soit dans le vrai dans cette affaire, mais je vous saurais gré d'au moins lui donner le sentiment de l'écouter attentivement.

Jarvis hésita. Il avait remarqué que dans les cas de viol, il n'était pas rare que le père de famille minimise la gravité de la situation, souvent pour étouffer le scandale, pour protéger sa progéniture du qu'en-dira-t-on, et surtout pour préserver les chances de faire un bon mariage, ce qui en définitive rendait les enquêtes compliquées. Cette fois, sachant la présence d'un prédateur potentiel dans la région, le shérif était enclin à plutôt croire une mère suspicieuse qu'un père protecteur. Il préféra acquiescer en silence et suivit Cormac Monroe à l'intérieur de la bâtisse jusque dans un salon de la taille de la maison de Jarvis, décoré avec de grands tableaux, des bouquets de fleurs touffus (ce qui étonna le plus le shérif compte tenu de la période de l'année) et de longs canapés blancs couverts de coussins.

Si Cormac avait une certaine ressemblance avec Cary Grant, Elaine, sa femme, lorgnait vers Kim Novak avec son front haut sous des mèches blondes et son teint de porcelaine. Malgré les circonstances, elle avait une pointe de fard à joues, les yeux parfaitement encadrés de khôl, et les lèvres minutieusement dessinées d'un rouge vif. Elle se leva pour accueillir le shérif qui, pendant un instant, se crut au milieu d'un décor de cinéma, entouré par deux stars attendant que les caméras s'arrêtent pour sourire, se taper dans le dos et reprendre une attitude plus décontractée. Mais rien de tout cela ne se produisit, et la tension qui électrisait la pièce, jusqu'à hérisser le duvet sur la nuque de Jarvis, ne se dissipa nullement. C'était la première fois qu'il pénétrait chez les Monroe, et rien que leur intérieur l'écrasait un peu.

D'une voix blanche Elaine lui proposa un thé chaud qu'il refusa poliment. Elle était assise sur le rebord du canapé, face à Jarvis, tirée à quatre épingles dans son tailleur immaculé en laine bouclette qui semblait plus doux qu'une peau de bébé, et elle se frottait les mains nerveusement, fixant le shérif d'une froideur bleue qui contrastait avec son apparente affabilité.

— J'ai appris pour Louise Mackie, dit-elle d'un coup. Je crois qu'il a recommencé depuis, chez nous.

Ses paupières cillèrent brièvement et, lorsqu'elle rouvrit les yeux, ses iris glacés avaient roulé vers son mari, comme pour le mettre au défi de s'opposer à elle. Cormac lui répliqua d'un sourire convenu. Manifestement il n'entendait pas contredire son épouse, mais tout en lui trahissait son scepticisme.

— Vous pensez à... votre fille ? demanda Jarvis du bout des lèvres.

Elaine bomba la poitrine pour se donner une contenance, ses seins tendirent le mohair de son pull. Malgré le drame qui se jouait en elle, ses entrailles bouillonnantes, sa rage à fleur de peau, son âme maternelle en furie, Elaine Monroe conservait toute sa dignité, au risque de paraître insensible, d'une distance insupportable. Mais Jarvis sentait bien qu'elle luttait pour ne pas exploser.

— Ezra n'est plus la même depuis quelques jours.

— Depuis quand exactement ? Diana, mon assistante, m'a dit que ça datait de la nuit dernière.

— Non, c'est la nuit dernière que je l'ai retrouvée en train de pleurer dans les toilettes, c'est là que j'ai compris, mais elle est différente depuis environ cinq jours. Elle me soutient que ça n'est rien, que c'est à cause de ses… vous savez, des choses de femme, mais je n'en crois pas un mot. Elle nous fuit, elle se terre dans sa chambre la plupart du temps, et rase les murs quand elle sort enfin, elle ne mange plus, ses yeux sont rouges tant le sel de ses larmes les lui brûle, et elle qui était si drôle et vivante n'est plus qu'un spectre !

Les mots avaient littéralement giclé de la bouche d'Elaine Monroe, comme si elle les avait soigneusement répétés pendant des heures pour être enfin prête au moment voulu. Jarvis se frotta les mains. Dieu ce qu'il avait envie d'une nouvelle cigarette. Rien qu'une bouffée ou deux, pour se donner un peu de consistance, pour se remplir.

— Qu'est-ce qui vous fait penser qu'elle a été… ? osa Jarvis, sans parvenir à prononcer le mot, pas devant eux, pas pour qualifier leur fille.

— Samedi dernier, j'étais absente, partie pour voir ma sœur à Tulsa, Cormac était à ses réunions de travail, celles qui se terminent en parties de cartes si vous voyez ce que je veux dire.

Elle jeta un nouveau regard à son mari et cette fois Jarvis eut l'impression qu'elle le clouait au mur avec des yeux pareils, du genre de ceux que seuls les femmes parviennent à invoquer.

— Ezra aura seize ans au printemps, reprit Elaine, elle est assez grande maintenant pour rester seule à la maison, surtout qu'il y a du personnel qui loge derrière, elle n'est pas véritablement seule. C'est elle qui l'a demandé, elle a insisté il y a deux mois pour qu'on ne fasse plus venir Lavinia pour la garder, elle voulait plus d'indépendance, de confiance. Et Cormac pensait que c'était le bon moment, il aime responsabiliser les uns et les autres.

— Vous êtes rentrée le soir même ?

— Non, j'ai dormi chez ma sœur pour m'épargner la route de nuit, je suis rentrée dans la matinée. Ezra était dans sa chambre. Sur le coup je n'ai rien remarqué, elle a dit qu'elle ne se sentait pas bien le midi et n'est pas descendue déjeuner. Je me suis doutée, le soir suivant, qu'il y avait un problème, pourtant elle m'a soutenu le contraire, elle a mis son masque de femme et m'a offert un sourire feint pour essayer de me rassurer. On ne dupe pas une mère dans ces circonstances. J'ai d'abord cru à un amoureux, j'ai attendu qu'elle soit à l'école pour fouiller sa chambre, et je n'ai rien trouvé. Mais je suis du genre tenace, shérif, une vraie hyène quand il s'agit de ma progéniture.

Jarvis la croyait sans peine, il suffisait de l'écouter débiter son discours : elle martelait chaque mot avec une précision presque dérangeante, et ses yeux ne souffraient aucune contradiction.

— C'est au sous-sol que j'ai été prise d'un doute. J'ai trouvé ses draps fraîchement lavés.

Sa tête pivota vers son mari et elle enchaîna en haussant un peu le ton pour anticiper tout contre-argument :

— Le personnel ne change les draps que le jeudi, jamais en début de semaine, justement pour que nous ayons des draps propres pour le week-end, sauf cas exceptionnel. J'ai demandé à Precious – c'est notre intendante – si Ezra leur avait demandé de le faire, ce n'était pas le cas. Ezra avait lavé elle-même ses draps. Elle ne le fait jamais. Et vous savez ce que j'ai retrouvé à côté du bac ? Le pot de gros sel.

Jarvis se recula dans son canapé et croisa les bras devant lui. Il vivait avec la reine de l'organisation et de l'intendance depuis près de trente ans, et à la longue, il avait tellement entendu Emma répéter toutes ses petites astuces qu'il les connaissait par cœur. Du gros sel dans de l'eau froide pour faire disparaître les taches de sang des vêtements : ça c'était une règle de base, surtout avec trois fils à la maison.

— Ça pourrait coïncider avec ce qu'elle vous a dit qu'elle avait, si je peux me permettre, fit remarquer Jarvis qui ne parvenait pas à savoir s'il était face à une mère autoritaire dépassée par l'attitude de sa fille ou s'il y avait réellement quelque chose de dramatique là-dessous.

— Pas si vous connaissiez mon Ezra, shérif. Son attitude a changé du jour au lendemain. Elle s'est recroquevillée dans son cocon, elle ne rit plus, elle est absente, sa tête est ailleurs, et je le vois dans ses yeux : quelque chose s'est cassé. Et si vous voulez tout savoir, je sais au jour près quand ma fille est une femme, c'est le genre de chose qui ne m'échappe pas, et ça n'est pas la bonne période du mois.

Soudain Elaine se pencha en avant et pour la première fois depuis qu'il avait franchi le seuil de la maison, Jarvis fut rassuré que tout y soit si vaste, car ainsi la femme de Cormac ne put lui saisir le poignet, ce qu'il aurait détesté, devinant comme sa poigne devait être froide et désagréable. À la place, elle lui verrouilla l'âme dans l'étau de ses prunelles bleues et ajouta d'une voix presque tremblante :

— On lui a volé son innocence, shérif. Ma fille a été violée, ça ne fait aucun doute. C'est le même homme qui s'en est pris à Louise Mackie, j'ai entendu toute l'histoire, il les attaque chez elles, dans leur lit la nuit, des adolescentes fragiles, incapables de se défendre. C'est lui, shérif, j'en suis certaine. Et je veux que vous l'arrêtiez immédiatement. Je veux que tous vos hommes travaillent jour et nuit pour l'identifier et le mettre derrière les barreaux, je veux voir sa cervelle cuire sur la chaise électrique au point de lui couler par les oreilles, est-ce que je suis bien claire ?

Cette fois, elle n'avait pas prononcé un mot plus haut que l'autre, rien qu'une lente énumération de sa volonté, sans ciller. Jarvis avait la bouche sèche. Il regarda la théière en porcelaine qui fumait encore, et hésita à se servir lui-même avant de se raviser. Il pouvait presque entendre la voix de sa femme et sentir sa tape sur ses doigts pour qu'il se tienne mieux.

Cormac sortit un briquet de sa poche et ralluma son cigare éteint, s'enveloppant de volutes grises et odorantes comme d'un costume fantôme.

— C'est vous qui êtes rentré ce soir-là si je comprends bien ? demanda le shérif à l'homme d'affaires qui hocha la tête en tirant copieusement sur sa vitole. Vous n'avez rien noté ? Une porte forcée, une fenêtre entrouverte ?

— Non, et vous connaissez le climat ces jours-ci, je l'aurais remarqué.

— Vous êtes monté voir votre fille ?

— Non, je suis rentré un peu tard, et je ne vais plus l'embrasser pour la nuit depuis longtemps, c'est… c'est presque une femme maintenant.

— Pourrais-je lui parler ?

— Elle ne vous dira rien, répliqua Elaine aussitôt, vous devez me croire sur parole. L'intime conviction d'une mère. Tout ce que vous verrez, c'est une Ezra qui jouera à se montrer aimable, souriante et qui niera être victime de quoi que ce soit. Mais je la connais mieux que quiconque, et moi je le *sens*. Si votre femme vous affirmait qu'elle *sait* qu'il est arrivé quelque chose à votre enfant, lui feriez-vous confiance ?

— C'est un peu plus compliqué que ça, madame Mon…

— Shérif, si votre femme se plantait devant vous là, maintenant, avec la certitude chevillée au corps qu'il est advenu un drame à votre enfant, l'écouteriez-vous ?

Face à la détermination absolue d'Elaine Monroe, Jarvis ravala ses arguments et se mordit la lèvre inférieure avant d'acquiescer doucement.

— Je crois bien que oui, lâcha-t-il.

— Alors vous savez quoi faire.

Ce coup-ci, c'était lui qui était épinglé au mur par les deux faisceaux bleus des yeux d'Elaine. Jarvis se sentait désemparé. Il poussa un soupir sans fin, puis se leva, son chapeau à la main.

— Dans ce cas, je ferais bien d'y aller avant que la neige ait tout recouvert, dit-il.

— Vous avez besoin d'aide ? proposa Cormac.

— Non, laissez, je vais me reconduire dehors tout seul, je connais le chemin. Ah, et ne soyez pas effrayés de me trouver dans votre domaine, je vais tout de même jeter un œil aux huis, on ne sait jamais.

Elaine se redressa et vint se planter devant le shérif. Cette fois rien ne put y faire lorsqu'elle posa sa main sur la manche de son bras : malgré le tissu, il crut discerner la morsure du gel.

— Je veux être la première avertie lorsque vous trouverez l'ordure qui lui a fait ça.

Jarvis ne répondit pas et se passa la main sur la moustache avant d'adresser un salut du menton et de s'éloigner. En passant devant Cormac Monroe, celui-ci cracha une bouffée de fumée âcre et avertit :

— Je compte sur vous, shérif, pour que tout cela demeure discret. La réputation de notre fille est en jeu. C'est une affaire entre vous, nous, et cet homme.

Jarvis posa son stetson sur ses cheveux grisonnants et sortit.

11

Emma mit à peu près dix secondes avant de se pencher sur la moustache de son mari pour la renifler et se reculer comme s'il était le diable en personne. Elle ne dit pas un mot, pointa seulement un index menaçant sur lui, tout le courroux du monde peint sur son visage habituellement si doux, et Jarvis sut qu'il était dans le pétrin. Elle lui fit la tête pendant cinq jours, ce qui ne l'empêchait pas de lui préparer son déjeuner dans sa boîte en fer qu'elle lui laissait sur la table tous les matins avec son manteau en mouton retourné, mais pour le reste il dut se contenter du strict minimum. Il lisait son journal le soir, à côté d'elle, pendant qu'elle tricotait en silence pour Leister, le deuxième garçon que leur fils aîné et sa femme venaient d'avoir. Ses enfants lui manquaient, la vie de famille, le bruit dans la maison, les journées toujours trop chargées, tout cela n'était à présent plus qu'un souvenir nostalgique. Heureusement il avait Rosie, même si elle lui faisait payer d'avoir retouché à la cigarette – il savait que ça lui passerait, tant qu'il se tiendrait à carreau, loin de l'appel du tabac. Ils avaient de la chance de s'être trouvés, quand il y pensait. Si bien s'entendre, après trente ans de mariage, ça n'était pas si commun, y compris chez les gens de sa génération. Les autres vivaient côte à côte par habitude, dans une sorte de mutualité bienveillante pour certains, neutre pour les autres, quand ça n'était tout simplement pas la guerre déclarée. Mais Rosie et lui s'aimaient réellement et il ne faisait pas l'ombre d'un doute qu'ils mourraient ensemble, avec leur alliance décatie autour du doigt. C'était sa fierté, ça et ses fistons, même s'ils vivaient trop loin désormais. Jarvis ne les voyait pas assez à son goût. Il était peut-être temps qu'il lève le pied, qu'il songe à remiser son écusson. Après tout Douglas était compétent, il était prêt à assumer le rôle, avec lui Carson Mills serait en sécurité. Oui, peut-être fallait-il songer à s'arrêter, avoir un peu de temps pour soi, pour Rosie, pour les garçons. Et puis ici les choses commençaient à le dépasser. D'abord la pauvre Louise Mackie, puis le meurtre de Theresa et maintenant cette histoire avec les Monroe que Jarvis ne savait pas bien comment interpréter. Était-ce le monde qui soudain ne tournait plus rond ou lui qui devenait trop vieux pour ces conneries ?

Emma cessa de le traiter avec cette indifférence blessante du jour au lendemain : il avait purgé sa peine. Le mercredi matin elle se réveilla et leur confectionna le petit déjeuner qu'elle monta dans la chambre. Ils grignotèrent leur bacon et leurs œufs au plat au lit, comme lorsqu'ils avaient vingt ans, et Rosie lui proposa d'aller ensuite faire un tour en ville ensemble, elle avait sa liste de courses et ils n'avaient pas pris le temps de se promener tous les deux depuis une éternité. Jarvis approuva, un peu surpris. Il pouvait s'accorder la matinée, les enquêtes suivaient leur cours,

Doug pouvait assurer. De toute manière, ils n'avaient aucune piste sérieuse, et ce n'était pas faute d'avoir cherché : ils avaient interrogé tous les gars de passage, les vagabonds, quelques marginaux bien connus et les rares bonshommes que le shérif estimaient capables de pareilles choses, rien n'en était sorti. Avec Doug et Bennett il y avait pourtant passé des heures chaque jour, dimanche compris, sans résultat. D'autre part, Al Metzer lui avait dressé une liste des rares acheteurs de Herbert Tareyton à bout en liège et aucun n'avait le profil d'un criminel. Trois étaient des femmes et quatre des hommes sans histoires que Jarvis avait questionnés sans rien noter de suspect. Mais de l'aveu même d'Al Metzer, d'autres acheteurs avaient pu lui échapper, et puis il n'était pas le seul vendeur de cigarettes de l'État. Après tout ça, Jarvis s'avouait un peu découragé, et presque honteux. Carson Mills était sa ville, lui était responsable de faire régner l'ordre public et d'y rendre justice lorsqu'on s'en prenait à ses concitoyens. Ne pas avoir le moindre suspect dans une – voire deux – affaires de viol et un meurtre lui faisait mal. Il avait besoin d'un peu de recul, souffler quelques heures pour s'éclaircir les idées.

Il accompagna Rosie chez Mo's pour faire les grosses courses d'épicerie – il en profita pour glisser dans son panier deux boîtes de porc aux haricots à la tomate de chez Campbell, ses préférés, qu'il aurait l'occasion de déguster quand sa femme serait à ses soirées de bridge – avant qu'ils n'aillent chez le traiteur derrière l'église pour acheter les fameuses tranches de dinde au miel. Dès qu'ils croisaient quelqu'un, Jarvis inclinait la tête et pinçait le rebord de son chapeau entre son pouce et son index en guise de salut ; il savait que Rosie adorait ce cérémonial, même après vingt ans d'habitude, elle était fière d'être la femme du shérif et Jarvis sut qu'il devait résoudre ces affaires, pour son orgueil, pour l'honneur de la ville, et pour que Rosie puisse continuer à marcher dans les rues avec ce petit air satisfait, presque vaniteux.

Sur le chemin pour se rendre chez Marvin le traiteur, ils croisèrent Connie McCarthy, une amie du club de bridge. Rosie lui parla un moment pendant que Jarvis en profitait pour lire les titres du journal local, assis sur le banc tout proche. Lorsque sa femme revint le chercher en le prenant par le bras, elle lui dit :

— Il faudrait que tu ailles jeter un œil du côté des Petersen, tu sais, ces fermiers un peu… *durs* qui vivent à l'ouest. Connie pense que c'est le petit qui s'en prend aux chats et aux chiens de la ville.

— Jon ?

— Oui. Tu te rappelles que je t'ai raconté que plusieurs familles avaient perdu leur chien ou leur chat ces derniers mois ? Je t'ai demandé de t'en charger, mais tu n'as rien fait.

— Rosie, les chats et les chiens c'est pas la priorité, si tu vois ce que je veux dire. Surtout en ce moment.

— C'est la priorité de ces familles ! Qu'aurais-tu fait si Raffy avait disparu du jour au lendemain ? Tu imagines la tête des garçons ?

— Raffy est mort à seize ans dans son panier, ce qui est plus qu'une belle vie pour un chien, bâtard de surcroît.

Jarvis n'appréciait pas qu'on mêle son ancien chien à cette discussion, il avait particulièrement aimé cette tête de mule qui lui manquait encore, même dix ans après son départ. Mais Rosie était partie comme un train de marchandises lancé à pleine vitesse, impossible à stopper.

— Crois-moi, quand il faut expliquer à tes enfants qu'ils ne reverront plus jamais leur animal préféré, sans savoir comment le justifier, au moment des élections du shérif tu y repenses à deux fois avant de voter !

De mieux en mieux. Si on continuait dans cette voie, Jarvis finirait par faire campagne autour des animaux de compagnie pour assurer son mandat.

— J'ai envoyé Bennett, se défendit-il, et il n'a rien trouvé de particulier. Les chats et les chiens, ça va et ça vient, ils vivent leur vie, ils partent chasser le mulot et se perdent, ils se font écraser…

— Bennett ne retrouverait pas sa propre femme s'il la perdait dans les rayons de chez Buck's à Wichita ! C'est à toi que j'ai demandé ! fit Emma en enfonçant son doigt dans l'épaule de son mari au point de lui faire mal.

— Ouch, Rosie ! C'est bon ! J'ai compris. Dis à Connie et à ses amies que je vais aller voir Jon Petersen. Ingmar va encore me tomber dessus parce que c'est sur son petit-fils que les soupçons se portent, le vieux croit que tout le monde regarde Jon de travers parce qu'il est né dans le sang.

— Quand tout le monde fixe le même point, c'est qu'il y a quelque chose à y voir. Connie a fait le boulot que tu aurais dû faire : elle a récolté les témoignages de tous ceux qui avaient perdu leur bête récemment, et elle a dressé une zone. Cela concerne presque seulement les familles qui vivent en périphérie ouest de la ville. Du côté de chez les Petersen. Et tu sais très bien que ce gamin est… bizarre.

Jarvis approuva et rassura sa femme en lui promettant

de s'en charger lui-même. Au moins elle n'avait pas tort sur un point : Jon Petersen n'était pas un garçon comme les autres, le shérif le croyait capable de s'en prendre à des animaux pour revendre leur fourrure à un quelconque marchand. Être un bon mari n'était pas simple tous les jours, ça c'était certain, mais être un bon mari *et* un bon shérif en même temps relevait de l'exploit et il se prit à regretter qu'il n'existe pas une médaille pour ça.

Il était tellement plongé dans ses pensées qu'il ne remarqua qu'au dernier moment la silhouette frêle qui entrait dans l'église juste sous leurs yeux. Pendant plusieurs secondes il chercha d'où il connaissait ce visage, pourquoi son instinct lui dictait que c'était important, avant de comprendre qu'il s'agissait d'Ezra Monroe. Il s'immobilisa aussitôt et prit le bras de sa femme.

— Ma Rosie, va chez Marvin sans moi, je te retrouve à la voiture.

Surprise, Emma le toisa avant de suivre la direction de son regard :

— Ne me dis pas que tu vas changer de paroisse ! Allons bon, tu m'as épargné la maîtresse de la quarantaine, voilà que tu vas virer ta cuti à la cinquantaine !

Jarvis réalisa alors qu'ils se tenaient sur le parvis de l'église luthérienne, et il se demanda ce qu'il risquait, lui méthodiste, à s'y aventurer. C'était une question qu'il ne s'était jamais posée, lui que les débats entre théologiens dépassaient. La paroisse, l'approche spirituelle, tout ça lui semblait finalement peu important, il était méthodiste par tradition familiale, rien de plus, après tout ce qui comptait c'était le destinataire final, pas le mode de communication. Lorsqu'il envoyait un message à son fils en voyage en Europe, il se fichait bien de savoir si sa lettre transitait par avion ou par bateau, du moment que ses mots n'étaient pas altérés et qu'ils parvenaient à la bonne adresse.

— Ne t'inquiète pas, je crois bien que c'est le même occupant que de notre côté de la rue !

Jarvis ôta son chapeau, embrassa sa femme sur la joue et se glissa dans le sillage de l'adolescente.

Les flammes de plusieurs candélabres se contorsionnaient dans la pénombre que la pâle clarté d'hiver ne parvenait à éclaircir à travers les étroites fenêtres en ogive. Les bancs étaient parfaitement alignés, deux par deux, de part et d'autre de l'allée centrale, et pour ce qu'il constatait à première vue, Jarvis ne remarqua aucune différence entre cette église et la sienne. S'il en existait, ça devait se limiter aux prêches. Il vit Ezra Monroe assise au premier rang, la tête penchée, ses longs cheveux flavescents tombant comme un rideau pour la cacher au reste du monde. Il vint poser ses maigres fesses sans un bruit derrière elle et s'accouda au dossier du banc sur lequel était installée l'adolescente.

— Bonjour, Ezra, dit-il tout bas.

La jeune fille sursauta et se tourna brusquement pour dévisager l'intrus. Il l'accueillit d'un sourire qu'il espérait rassurant, avec sa moustache tordue et ses rides soulignées par la grimace.

— Tu me reconnais, n'est-ce pas ?

— Shérif Jefferson, confirma-t-elle d'une voix qui tintait doucement dans le silence de l'église.

Elle le dévisageait de ses immenses yeux bleus comme ceux de sa mère, avec l'aménité de la délicatesse et de la candeur en plus.

— Je ne veux pas te déranger pendant ta prière, je voulais juste m'assurer que tu allais bien.

Quelque chose passa sur ses traits, de ce type d'émotion ou de pensée si puissante qu'elles affleurent sous la peau à l'image d'un immense poisson dont l'ombre rase la surface des flots sans qu'on puisse en identifier distinctement l'espèce. Ezra baissa les yeux un instant et le shérif vit sa poitrine se soulever un peu plus vite.

— Sais-tu à quoi je sers dans cette ville ? ajouta Jarvis. Je suis un peu comme le pasteur, je recueille les témoignages, sauf qu'au lieu de les répéter à Dieu, je les répète à la Justice, pour punir ceux qui ne la respectent pas, ceux qui nous font du mal et qui nous empêchent de vivre en paix.

Ezra hocha la tête lentement. Diable ce que cette gamine était belle, songea Jarvis. Avec un minois pareil et la fortune de sa famille, elle devait avoir tous les garçons du comté à ses pieds. Pourtant, il y avait une mélancolie palpable chez cette fille, un vide profond dans son regard, et il repensa aux mots d'Elaine Monroe quelques jours plus tôt. Si en effet la nature d'Ezra était celle d'une adolescente espiègle et rayonnante, alors quelque chose s'était bien cassé en elle. De l'ordre d'une pièce essentielle à son moteur.

— Tu sais que si un jour tu as le moindre problème, tu peux venir me trouver, pas vrai ?

— Oui, souffla la jeune fille comme s'il n'y avait plus assez de combustible en elle pour mettre plus de force dans sa voix.

— Tu peux compter sur moi, et aussi sur ma discrétion, sache-le.

Elle se tordit les mains de nervosité. Jarvis attendit

un long moment avant de demander sur le même ton de la confidence :

— Tu as des ennuis, Ezra ?

Il la scruta attentivement et comprit aussitôt que sa mère avait peut-être dit la vérité. Ezra fixait un point lointain dans le néant, et elle réfléchissait, indécise. Mais lorsque le shérif posa sa main sur son épaule pour essayer de se montrer rassurant, elle recula vivement et fit non de la tête.

— Pourquoi ai-je l'impression que tu n'oses pas me dire quelque chose ?

Cette fois le gros poisson qui glissait sous la surface de ses traits remonta d'un coup et Jarvis constata que ce n'était pas un dauphin ou une baleine, mais plutôt un squale, du genre requin blanc. Elle avait le même regard noir, mâchoires crispées, et nageait en eaux troubles.

— Vous croyez que la justice des hommes est au-dessus de celle de Dieu, shérif ? Je pense que pour chaque crime, il y a un juge adéquat. Et pour ce qui me concerne, si je devais un jour me tourner vers l'un d'entre eux, ce serait vers Dieu, car pardonnez-moi, shérif, mais il me semble bien que je ne crois plus en la justice des hommes, celle-ci ne peut rien pour moi.

Sur quoi elle lui tourna le dos et retourna à ses prières.

12

La neige recouvrit tout le sud de l'État en quelques jours à peine. Le vent la faisait tourbillonner et avec la luminosité anémiée à cause des nuages trop épais, elle paraissait grise. Le monde entier semblait entrer dans une nouvelle ère, celle d'une apocalypse de cendres qui s'abattait inlassablement pour étouffer la civilisation. Le courant sauta un soir, et il ne revint que deux jours après, replongeant l'humanité dans ses peurs primitives et ses réflexes animaux. On s'agglutina autour des poêles ventrus, et plus de bougies brûlèrent en deux nuits que dans toutes les églises du comté en un mois. Carson Mills sut qu'il y aurait davantage de naissances neuf mois plus tard qu'il n'y en avait d'habitude, c'était toujours ainsi lors des black-out. Jarvis, lui, craignit que cette obscurité fasse le jeu du violeur qui sévissait dans sa ville. Puis, pour se rassurer, il jeta un coup d'œil par la fenêtre aux bourrasques sifflantes et aux congères qui s'agglomeraient : même le plus perfide des esprits ne sortirait pas avec une météo pareille.

Jarvis avait beaucoup réfléchi à ses affaires. Après sa conversation avec Ezra Monroe, plus aucun doute : il avait un sadique sur les bras, un violeur récidiviste, et au moins deux victimes. Ce n'était pas n'importe quoi, pas juste le coup de sang d'un soir, pas le fruit d'une beuverie, mais bien l'acte d'un pervers, et le shérif redoutait qu'il recommence. Avec le meurtre de Theresa Turnpike entre-temps, il avait le sentiment que tout était connecté, sans pour autant en discerner le lien. Celui qui avait assassiné la bibliothécaire la haïssait au point de la défigurer et il lui avait même écrasé sa cigarette sur le front. Elle n'avait pas été violée, elle, le rapport du médecin était catégorique sur ce point. Et aucun autre mégot n'avait été retrouvé, ni autour de chez les Mackie ni sur la propriété des Monroe. Pourtant le meurtrier de Theresa ne s'était pas privé pour fumer abondamment, en particulier après être passé à l'acte. Jarvis ne savait plus quoi penser sinon que Theresa n'avait rien en commun avec les deux adolescentes agressées, ni physiquement ni en termes d'âge et de vulnérabilité psychologique, rien à voir. Restait qu'elle était l'oreille des enfants de la ville. Des enfants à problèmes. Avait-elle entendu ou découvert quelque chose ? Ce n'était pas du côté de Louise ou Ezra qu'il fallait se tourner pour le savoir. Jarvis avait déjà fouillé le bureau de la bibliothécaire, il s'était aussi rendu chez elle sans rien y débusquer d'intéressant.

Le vendredi suivant, lorsque les routes furent à nouveau dégagées, il se rendit à l'église méthodiste et trouva le pasteur Alezza assis sur une souche renversée dans l'arrière-cour, en train de prendre des notes pour son prochain prêche, engoncé dans un manteau de laine, la vapeur de son souffle régulier pour toute écharpe.

— Je suis rassuré, dit-il en apercevant Jarvis, si

le shérif peut parvenir jusqu'à moi, notre église ne devrait pas être vide dimanche.

— Ne dites pas cela, Aziel, je ne suis pas le dernier à venir tous les dimanches !

— Je ne me fais guère d'illusion : s'il n'y avait Emma, viendriez-vous tout aussi souvent ?

Jarvis plissa les lèvres, ce qui fit ressortir sa moustache, et il allait répondre avec assurance avant de se souvenir que mentir à un ministre du culte n'était peut-être pas la meilleure des choses à faire.

— Vous travaillez dehors avec un froid pareil ? demanda-t-il pour éluder.

— C'est bon pour le sang, et ça dynamise la pensée. Vous êtes venu me voir pour votre confession, shérif ?

Embarrassé, Jarvis haussa les épaules.

— Non, mais à ce propos, je me demandais si...

Alezza devina qu'il se tramait quelque chose et rangea son calepin et son stylo dans une poche de son manteau avant de se rapprocher du shérif. C'était un homme plutôt séduisant, la quarantaine en ligne de mire, un fin sillon toujours parfaitement tracé sur le côté pour séparer ses cheveux d'ébène en deux vagues inégales, des yeux verts rassurants, et un menton carré toujours impeccablement rasé. Les mauvaises langues – principalement du côté des luthériens – se plaisaient à dire qu'il remplissait son église surtout grâce à son charme et que ce n'était pas un hasard s'il y avait plus de femmes que d'hommes parmi ses ouailles.

— Eh bien, dites-moi, en quoi puis-je vous aider ?

— À tout hasard, vous n'auriez pas entendu des... des choses difficilement audibles ces derniers temps ? Je veux dire, un fidèle fragile qui aurait besoin de soulager sa conscience par exemple ?

Alezza fronça les sourcils.

— Vous êtes à ce point à court de pistes que vous vous en remettez à l'Église ?

— Je m'en remets à l'homme qui fait le lien entre Dieu et nos états d'âme. Je me disais que, peut-être, vous auriez reçu des confessions…

— Vous savez bien que si c'était le cas je ne pourrais rien vous en dire, le coupa le pasteur. Ça ne pourrait pas sortir du cadre de la confession.

Jarvis sentit que tout un pan de lui s'affaissait brusquement. Il avait longuement réfléchi, l'homme qu'il traquait devait être tiraillé, pour ne pas dire écartelé, entre ses sinistres désirs et la façade bienveillante qu'il ne manquait pas d'afficher en public pour ne pas éveiller les soupçons. Cette tension devait lui peser jusque sur la conscience, et quoi de mieux qu'une église pour se libérer d'une partie de son fardeau moral ? Dieu savait pardonner, même le pire, pour peu qu'on s'en remette à lui, et qu'on veuille changer. Jarvis misait beaucoup sur cette hypothèse.

— Même l'aveu d'un crime ? insista-t-il.

— J'en ai peur.

— Et si c'était un acte infâme que vous sauriez être le seul à pouvoir arrêter, vous ne pourriez rien dire ?

— Il en va du pacte qui nous lie tous à Dieu, shérif. Comme un médecin avec le secret médical : rien ne l'autorise à le transgresser sans le consentement du patient.

Jarvis fit claquer sa langue contre son palais.

— Il n'y a rien que vous pourriez faire alors ? Vous resteriez là, assis chez vous, à attendre que le crime se poursuive ?

— Eh bien… cela est entre ma conscience et moi, mais je ne peux en aucun cas vous prévenir.

Jarvis secoua la tête.

— Il y a quand même des fois où la logique de tout ça m'échappe.

— Est-ce que vous pensez que l'existence de Dieu est logique ?

Jarvis prit une profonde inspiration et contempla le paysage d'albâtre qui les entourait. Il y avait de quoi se croire au moment du Jugement dernier. Tout était figé, enveloppé par une gangue de glace ou un linceul de neige, préservé à jamais pour l'éternité si le soleil du printemps ne revenait plus. Même le son du monde n'était plus normal, étouffé par la neige.

— On ne va pas se mentir, vous et moi, on le sait : s'il n'y avait pas ma femme et surtout mes garçons, non, je ne croirais certainement pas beaucoup à l'existence d'une logique divine qui nous dépasse. Mais j'ai des enfants et j'aime ma femme plus que tout, ça c'est vrai, et rien que pour ça je suis bien infoutu de ne pas croire. Faut qu'il y ait quelque chose, faut qu'il y ait une raison à tout ça, et une continuité, d'une manière ou d'une autre. Il le faut. Pour ne pas devenir fou.

— Comme vous venez de le dire, il le faut, oui, mais par amour.

Jarvis renifla et se tourna face au pasteur.

— Et c'est pareil pour les luthériens, je présume, ce secret de la confession ?

— Oui. Pourquoi, vous comptiez changer de paroisse ?

— Décidément… Non, pas tant que vous continuerez de nous faire un peu rire de temps en temps le dimanche. C'est juste que… je connais une gamine qui va chez les luthériens, et je suis à peu près certain qu'elle aura raconté ce qu'elle sait à votre collègue là-bas.

— Pourquoi n'allez-vous pas plutôt la voir elle, directement ?

— Parce qu'elle refuse de me parler.

— Alors laissez faire le temps, shérif. Le temps, c'est la parole du Seigneur. Il suffit de savoir l'écouter.

Plusieurs engoulevents se mirent à croasser au loin. Pour l'heure, ils étaient l'unique parole audible sur des kilomètres à la ronde.

*

Le shérif conduisait son pick-up sur la neige et il dut manœuvrer plusieurs fois pour éviter de sortir de route tant il dérapait. Il ne croisa d'ailleurs personne, avant de presser sur l'accélérateur pour monter la colline qui conduisait au domaine des Petersen. Une armée de chênes tordus, aux rameaux ressemblant à des serres, occupait la cime bosselée et plusieurs branches basses ployaient sous le poids de la neige jusqu'à érafler le toit de la voiture lorsqu'elle remonta le chemin. Il vint se garer devant la maison en bois dont la cheminée fumait abondamment, un long filet noir qui s'enracinait dans le plafond bas de nuages gris, comme si la ferme cherchait à s'arracher du sol pour s'envoler loin d'ici.

Jarvis sonda les environs, les squelettes des arbres, les réserves de bois couvertes de bâches imperméabilisées qu'on avait nettoyées de leur manteau de poudreuse, la grange branlante et ce qui servait de potager sur le côté, à présent figé par l'hiver. Ce n'était pas un mauvais endroit pour grandir, même si c'était un peu triste, en revanche l'isolement pouvait peser. Mais Jon Petersen semblait plutôt du genre à priser la solitude.

Avant d'aller cogner à la porte, Jarvis voulut faire un petit tour rapide, et il trouva Jon derrière la ferme, assis sur les vestiges d'un travois brisé, une cigarette à la main. Malgré le grincement de la neige sous les pas du shérif, le garçon ne se retourna pas jusqu'à ce que Jarvis soit à son niveau.

— Ton grand-père ne pense pas que tu es encore un peu vert pour fumer ?

— Il a vu les publicités dans les magazines en ville qui disent qu'une de temps en temps c'est bon pour la santé, c'est les docteurs qui l'affirment.

Jarvis hocha la tête. Après tout, si les publicités l'autorisaient, ils pouvaient bien leur faire confiance. Ces gens-là, des experts, des professionnels et des médecins, en savaient bien plus qu'une bande de péquenots d'un village perdu du Midwest. Jarvis fit face au spectacle que contemplait le garçon. Le champ descendait en pente douce sur plus de cinq acres jusqu'à atteindre la lisière d'un bois obscur, il ressemblait à un immense tapis déroulé là pour la saison.

— C'est pas trop long ici l'hiver ? demanda-t-il.

— Un peu.

— Tu fais quoi de tes journées quand tu n'es pas à l'école ?

Pour la première fois Jon se tourna vers le shérif. Il y avait quelque chose de dur en lui, pas seulement l'ombre qui encadrait ses billes noires, une profondeur dans l'intensité de ses prunelles qui lui donnait presque un regard d'adulte, un adulte rugueux. Il était déjà grand pour ses quinze ans, tout sec, et ses cheveux fins un peu sales et trop longs lui retombaient sur les joues comme des griffes.

— J'attends, répondit-il froidement.

— Et ça consiste en quoi ? Comment tu t'occupes ?

— Je ne fais rien, c'est tout.

— Tu restes là, comme ça, les bras croisés, à fumer jusqu'au retour des beaux jours ?

— On peut dire ça.

C'était décidément un garçon étrange. Jarvis décida de passer à la vitesse supérieure.

— Tu aimes les animaux, Jon ?

— Pas vraiment.

— Tu n'as jamais voulu avoir un chien rien qu'à toi ?

— Non.

— Pourquoi ? Tous les garçons de ton âge en veulent un.

— Parce que je n'aime pas ça, c'est pas une bonne raison ?

— C'est ton droit. Tu les détestes ?

— Peut-être bien.

— C'est-à-dire ?

— Je me suis fait mordre une fois.

— Fort ?

— Pas mal, oui, j'ai boité pendant deux semaines au moins.

— C'était où ?

— Au mollet.

— Non, je veux dire, c'était où que ça t'est arrivé ?

— Du côté du vieux moulin.

— Par chez les Stewart ?

— Oui, ça doit être ça.

— Ils avaient un chien avant, tu le connaissais ? C'est lui qui t'a mordu ?

— Je ne sais pas.

— Et qu'est-ce que tu faisais chez les Stewart ?

— J'ai pas dit que c'était chez eux.

— Sur leur domaine, c'est pareil. Si le chien t'a mordu, tu devais pas être bien loin de leur ferme. Tu allais voir une des filles Stewart ?

— Non. Elles ne savent même pas qui je suis.

— Alors t'y faisais quoi ?

— Je sais plus. Je me promenais.

— Tu aimes arpenter les champs comme ça, seul ?

— Oui.

— Pour quoi faire ?

— Rien. Juste pour m'occuper les jambes.

Jon soutenait le regard du shérif avec une détermination que celui-ci avait rarement vue chez un adolescent. Jarvis se sentait presque mal à l'aise. Pour ce qu'il s'en souvenait, le chien des Stewart était l'un des premiers à avoir disparu.

— Tu es retourné là-bas depuis ?

— Non, je ne crois pas.

— Tu ne crois pas ou tu en es sûr ?

— Je ne sais plus.

— Tu ne sais plus où tu te promènes ? À ton âge tu perds déjà la mémoire ?

— Je vais un peu partout, c'est dur de se souvenir exactement où.

Jarvis fit la moue et laissa échapper un long soupir avant d'admirer à nouveau le paysage qui courait à leurs pieds.

— Jon, dit-il plus durement, tu n'aurais pas été te venger auprès de ce chien par hasard ?

— Non.

Les prunelles cerclées de vert et entourées de veinules explosées par le temps glissèrent en direction du garçon et cette fois Jarvis durcit son propre regard pour soutenir l'intensité de ce que lui renvoyait Jon Petersen.

— Ne me mens pas, ordonna le shérif un ton plus bas, plus froid.

Jon le fixait en retour, sans bouger, figé dans son carcan d'arrogance et d'indifférence.

— Il y a un paquet de chiens et de chats qui ont disparu ces dernières semaines dans le secteur, tu n'y serais pas pour quelque chose ?

— Non.

Il avait répondu sans cligner des paupières, presque en faisant traîner le mot pour bien le marquer. Jarvis fut parcouru d'un frisson sans savoir si c'était le froid, l'agacement ou une forme d'angoisse face à ce qu'il devinait chez ce garçon terrifiant de détachement. Pour la première fois, il fut pris d'un doute. Jon n'avait que seize ans ou pas loin, il n'avait pas la carrure des autres fils de fermier de son âge, pour autant il dégageait une telle force de caractère qu'il ne devait pas faire bon tomber entre ses mains quand il était en colère. Tyler Clawson en avait été témoin, le pauvre gosse portait encore les cicatrices de leur pugilat. Jarvis se demanda alors si Jon Petersen serait capable de violer une femme. Était-il en âge ? Pour sûr. En avait-il la force ? Probablement. Mais était-il à ce point dérangé qu'il puisse s'introduire chez ces filles pour les soumettre à son désir pervers ?

— Jon, tu connais les Mackie ?

— Non.

— Tu te payes ma tête ? Ce sont tes voisins !

— Ah, ceux-là.

— Tu connais leur fille ?

— Laquelle ?

On y était. Il les connaissait donc bien.

— Tu vois, tu sais même qu'ils ont plusieurs filles. Joue pas au plus malin avec moi. Pourquoi tu me mens, hein ?

— Je veux pas d'ennuis.

— Qu'est-ce que tu as fait ?

— Rien. Mais j'ai entendu qu'il y a eu du grabuge par chez les Mackie dernièrement.

— Tu sais quoi au juste ?

— Rien de précis et ça m'intéresse pas. Mais je veux pas qu'on m'accuse, c'est tout.

— Pourquoi on t'accuserait ?

— Quand il manque quelque chose à l'école ou qu'il y a un carreau de cassé, c'est toujours sur moi que ça tombe.

— Tu connais la grande, la jolie rousse ?

— Je dirais pas qu'elle est jolie.

— Tu la connais ?

— J'vois qui c'est.

— Elle s'appelle Louise. Dis-moi, Jon, tu n'aurais pas été par chez eux un de ces soirs ?

— Non.

— Tu en es sûr ?

— Je m'en souviendrais.

— Elle ne t'attire pas cette Louise ? Même pas un peu ?

— Plutôt caresser le cul d'une truie !

Jarvis se raidit. Le garçon avait prononcé ces mots avec une telle haine qu'elle débordait au-delà de Louise sur toutes les femmes, songea Jarvis, en se modérant aussitôt. Il avait parfois tendance à s'emporter dans ses jugements. Mais tout de même, Jon y allait fort, il suintait le mépris.

— Et les Monroe, tu vois de qui il s'agit, pas vrai ?

— Les rupins de la coopérative agricole ?

Le shérif hocha la tête.

— Tu as déjà rencontré leur fille, Ezra ?

— Tout le monde sait qui c'est.

— Et tu la trouves jolie, elle ?

— Pas mal.

— Tu l'as déjà approchée ?

— Moi ? s'étonna Jon comme s'il s'agissait d'une plaisanterie. Elle parle pas aux bouseux dans mon genre.

Cette fois il semblait particulièrement authentique.

— Tout le monde se connaît à Carson Mills, vous vous êtes forcément déjà croisés, pas vrai ?

— Oui, mais pour une fille comme elle, moi je suis un moins que rien.

— Et tu lui en veux ?

Jon prit le temps de vraiment réfléchir avant de hausser les épaules.

— Qu'est-ce que ça peut bien faire ? Chacun ses problèmes, non ?

— Je suppose que tu as raison, approuva Jarvis qui, pour le coup, trouvait l'adolescent sincère.

Autant les Mackie ne vivaient pas très loin d'ici à vol d'oiseau, autant les Monroe étaient plus difficiles d'accès dans leur demeure luxueuse, et Jarvis eut du mal à se représenter Jon en train d'arpenter les rues du beau quartier bourgeois de Carson Mills sans attirer l'attention. Non, ça ne collait pas. À moins d'être machiavélique, prudent et particulièrement discret, mais ça faisait beaucoup pour un garçon de son âge, même s'il s'agissait de Jon Petersen.

Ce dernier voulut tirer sur sa cigarette mais celle-ci s'était éteinte, il la leva sous son nez pour le vérifier de visu avant de la faire disparaître dans sa poche. Jarvis eut le temps de constater que ce n'était pas une Herbert Tareyton. Il savait qu'il n'obtiendrait rien de plus de Jon au sujet des animaux et des viols, pourtant il ne parvenait pas à mettre un terme à leur discussion. Il repensa à Theresa Turnpike. Pourquoi l'avait-on tuée, elle ? Pourquoi une telle colère vis-à-vis de la pauvre femme ? Son assassinat et les deux viols étaient trop rapprochés pour que le shérif n'y voie pas un rapport manifeste. À Carson Mills les affaires graves se comptaient sur les doigts d'une main par décennie, alors trois consécutives en quelques jours, cela faisait trop pour qu'elles ne soient pas liées. Mais que venait faire Theresa là-dedans ? Elle recueillait les confidences des enfants, des adolescents en difficulté, ça c'était la porte d'entrée la plus évidente. Elle savait quelque chose. À moins qu'elle n'ait *fait* quelque chose. C'était une question qui taraudait Jarvis. Le genre de doute qui le dérangeait, qu'il n'assumait pas totalement, mais qui cependant se devait d'être exploité. Il chercha un moyen de le formuler le mieux possible, mais ne trouvant pas, il se contenta de demander à Jon :

— Tu connais Theresa Turnpike, pas vrai ?

— Celle qui est morte ? Oui, tous les enfants de Carson la connaissent. Elle a été tuée, c'est ça ? Vous savez comment ?

La question surprit Jarvis. Ces derniers jours, lorsque le meurtre de la bibliothécaire était évoqué, les gens lui demandaient qui en était l'auteur, éventuellement pourquoi, mais jamais comment. Il mit cela sur le compte d'une curiosité morbide.

— Tu as déjà été la voir, Jon ?

— Non.

— Même pas une seule fois ?

Le garçon secoua la tête, catégorique.

— À l'école, tu as entendu parler d'elle ? On en disait que du bien ?

— Je crois bien.

— Jamais… (Jarvis était embarrassé par sa propre curiosité, mais il fallait qu'il explore cette option également pour bien faire son travail, il ne cessait de se le répéter pour se forcer à continuer, à verbaliser) jamais entendu dire quoi que ce soit de louche à son sujet ? Les garçons et les filles qui allaient la voir ne répétaient rien de… de *bizarre* ?

— Non, je crois pas.

Jarvis acquiesça, soulagé. Bien que vivant au fin fond du cul du monde, Jarvis n'était pas idiot pour autant. Il connaissait trop bien la nature humaine et savait que parfois, même le meilleur des êtres pouvait perdre ses repères – alors de quoi étaient capables les pires ? S'il en détestait l'idée, il fallait qu'il écarte l'hypothèse d'une Theresa trop désespérée dans sa solitude au point de déraper avec un de ses petits protégés. Rien n'allait dans ce sens, mais vérifier cette piste était nécessaire.

Il se frotta les mains pour les réchauffer. Il commençait à prendre racine.

— Bon eh bien je crois que je vais y aller. Une dernière chose, Jon. Il y a beaucoup d'animaux qui ont disparu dans le coin.

— Vous l'avez déjà dit, shérif.

— Garde un œil ouvert, si tu vois quoi que ce soit fais-moi signe, tu veux ? Moi aussi je vais concentrer toute mon attention sur ce problème. On ne veut pas que ça continue, pas vrai ? Toi et moi, nous allons être particulièrement vigilants.

Les deux hommes se toisaient avec la même détermination menaçante, deux paires de pupilles vides parfaitement alignées face à face.

— Comptez sur moi, lâcha Jon, presque à contrecœur.

Jarvis, qui était pourtant plutôt tactile avec chacun, ne gratifia pas le garçon d'une tape sur l'épaule, même ça il n'en avait pas envie, comme si le moindre contact avec lui le dérangeait. Il lui tourna le dos et remonta en direction de son pick-up, sans remarquer que, derrière la fenêtre de la ferme, Ingmar n'avait rien manqué de cette rencontre.

Jarvis roula prudemment pour rentrer, il manqua cependant par deux fois sortir de la route et verser dans le fossé. Il en avait marre de ces hivers interminables, marre du froid qui vous rongeait jusqu'à la moelle. L'hiver ne faisait que créer des problèmes. Cela faisait plusieurs années qu'il songeait à partir vers le Sud, de novembre à mars seulement, il savait qu'il aimait trop sa ville pour la quitter définitivement, mais rien que ces cinq mois impliquaient de prendre sa retraite et il n'était pas encore parvenu à franchir le pas. Il avait mal aux articulations, chaque matin son dos craquait et sa nuque était plus raide qu'un piquet de grève mené par Jimmy Hoffa en personne. Et puis il aimait par-dessus tout sentir la douce chaleur du soleil sur sa peau, tiédir lentement sous une brise sablonneuse, assis dans un rocking-chair, une *root beer* fraîche plantée entre les cuisses. Il était fait pour le Sud, l'Arizona ou la Floride, même s'il trouvait cette dernière trop humide l'été. Oui, un jour il faudrait qu'il se décide à tout envoyer balader pour emmener Rosie avec lui vers Phoenix ou Tallahassee même si sa femme ne voulait pas en entendre parler. Pour elle, leur vie était ici, peu importe le climat. C'était elle qui avait toujours refusé qu'ils envisagent leur retraite sous de meilleures latitudes. En admettant qu'il parvienne à se raisonner un jour pour quitter ses fonctions, il lui faudrait choisir entre les frimas du comté de Sumner et sa femme, à moins de faire céder sa caboche obstinée.

Jarvis Jefferson se cramponna au volant, son haleine projetait des cristaux de glace sur le pare-brise, et il engloutit les derniers kilomètres qui le séparaient de sa maison tout en jurant contre la neige. Avec tous les incidents qu'elle allait provoquer, Bennett et Doug n'avaient pas fini d'intervenir.

Lorsqu'il franchit le palier de la cuisine et qu'il trouva sa femme assise en train d'éplucher des pommes de terre sur la nappe plastifiée de la table tout en écoutant The Marvelettes à la radio, elle leva les yeux vers lui et son sourire chassa tous les hivers du monde pour l'éternité.

13

Jon Petersen, lui, considéra longtemps que cet hiver, celui de ses quinze ans, fut le plus chaud de sa courte existence. Il n'oublia jamais ce matin où le shérif et lui avaient discuté en se fixant dans le blanc de l'œil, il avait ressenti un étrange frisson, un mélange détonant de peur et de satisfaction en mesurant combien il était facile de mentir à l'incarnation même de l'autorité de ce pays. Ne pas se faire prendre, c'était presque aussi bon que l'instant où il sentait la fille sous lui, parfaitement sous son contrôle, et qu'il dégrafait son pantalon pour sortir son sexe. Ce bref moment de transition était ce qu'il préférait. Et de loin. Car au final, tout le reste ne s'était pas révélé à la hauteur de ce qu'il espérait. Il n'avait jamais retrouvé la pleine jouissance que lui avait procurée le cul de sa tante Hanna. Personne comme elle n'avait la chatte plus chaude que l'enfer.

Jon arrêta l'école quelques semaines plus tard, il comprit que le système n'était pas bien fait, pas adapté aux enfants comme lui, aux originaux, mais il ne l'annonça à son grand-père que lorsqu'il eut décroché un emploi chez Mo's, au rayon boucherie dans le fond du magasin. Son rôle consistait à arriver tôt le matin pour aider à décharger les carcasses d'animaux morts, puis à les découper selon les ordres de Casper Van Dilow, le boucher, et à nettoyer les outils, les billots et le carrelage du sol au plafond. Mais ce qu'il préférait par-dessus tout, c'était lorsque Casper lui lançait une batte de base-ball et lui disait de « cogner la bidoche ». Jon se positionnait face à la carcasse suspendue à son crochet et frappait la chair dans un bruit mat jusqu'à ce que la sueur lui dégouline aux talons, jusqu'à ce qu'il soit à bout de souffle, jusqu'à ce qu'il vacille d'épuisement. Casper affirmait que c'était son petit secret pour faire les meilleurs hamburgers du comté, une viande bien attendrie à force de coups, et il ajoutait en général avec un sourire complice : « Heureusement que ça ne marche pas avec les femmes ! » avant de partir d'un rire bien gras qui intriguait Jon. Le garçon n'avait pas son pareil pour attendrir la viande, il était le seul qui y mettait autant de cœur, autant de passion. Et il aimait plus que tout le claquement sec que produisait le bois de la batte en heurtant la peau luisante, il pouvait entendre également l'impact en dessous, contre la viande, un son un peu plus gras, plus lourd, qui résonnait moins contre les parois métalliques de la chambre froide, un son où il devinait la meurtrissure des tissus, les microdéchirements musculaires, ces centaines de minuscules veines qui cédaient sous les coups, tout ce travail invisible dont l'écho répété pendant plusieurs longues minutes devenait une musique lancinante. Pendant quelques mois, Jon libéra la pression grâce à la viande morte. Elle pouvait s'accumuler autant qu'elle le voulait, il savait s'en débarrasser tout en gagnant quelques billets au passage.

Jon retourna une fois à l'école, juste avant l'été, pour la fête de fin d'année. Il s'y rendit pour revoir tous ceux qu'il avait quittés sept mois plus tôt, se moquer une fois encore des têtes des professeurs, mais surtout parce qu'il savait qu'il y avait des gâteaux délicieux ainsi que des jus de fruits sucrés et que tout y était gratuit. On remettait différents prix, de camaraderie, sportifs, des distinctions selon les matières, et surtout la distinction suprême à l'« élève d'honneur » de l'année, celui dont la moyenne générale était la plus haute – toutes récompenses auxquelles Jon n'avait jamais pu prétendre, « parce que le système est mal fichu », répétait-il à qui voulait bien l'entendre.

Cette année, la médaille d'honneur revenait à Richard Boccetti, « un fils de Ritals » comme disaient Jon et d'autres garçons assez peu subtils. Ce n'était pas un mauvais bougre, Jon le connaissait bien pour avoir partagé une classe avec lui, Richard lui avait même proposé de l'aide en comprenant que Jon était largué en mathématiques, puis en anglais, avant de réaliser qu'il était complètement perdu dans la plupart des matières. Mais Jon était trop fier pour accepter, et puis ça ne l'intéressait pas. Richard était le genre de garçon qui prenait l'école très au sérieux, qui tenait des discours un peu idiots ou agaçants, affirmant qu'étudier était l'« unique tremplin social digne de ce pays », un gentil type en soi, Jon ne pouvait le nier, mais un brin épuisant de naïveté à toujours voir le verre à moitié plein, à dispenser ses messages d'espoir et de réussite pour tous. Son unique échec retentissant, c'était avec les filles. Sa coupe de cheveux trop impeccable, ses lunettes à grosse monture et ses chemises parfaitement repassées le faisaient davantage ressembler à l'un de ces Irlandais dressés pour filer dans une prestigieuse université de la côte Est avant de finir par une brillante carrière politique comme ça devenait la mode ces derniers temps, plutôt qu'à un fils d'immigrés italiens élevé dans un patelin perdu. Il n'avait pas la gouaille de son père, ni le charme de sa mère ; en matière de séduction, il frisait la neurasthénie. Mais ce jour-là, en le voyant tout fier dans son plus beau blazer, trépignant d'impatience dans l'attente d'être appelé sur l'estrade, Jon devina que Richard allait marquer des points auprès de la gent féminine. Parce que les filles étaient de vrais moustiques, toujours attirées par la lumière, quitte à se cramer les ailes, quitte à finir en caramel d'insectes, songeait-il un rictus aux lèvres, mais c'était plus fort qu'elles : quand un homme se hissait un tout petit peu plus haut que les autres, ça les émoustillait comme des gamines devant une pomme d'amour bien juteuse à la fête foraine annuelle de Wichita.

Richard Boccetti était tellement nerveux qu'il but plusieurs verres de limonade pour s'humidifier le gosier qui redevenait sec presque aussitôt ; il ne voulait surtout pas bafouiller pour remercier les professeurs et ses camarades, c'était l'apothéose de sa jeune vie, un instant qui cristalliserait dans sa mémoire, pour toujours, et il ne voulait surtout pas avoir à regretter de ne pas être à la hauteur. Mais tandis qu'on appelait un par un les lauréats en mathématiques, en histoire et en anglais, Richard fut pris d'une pressante envie d'aller aux toilettes. Il avait encore un tout petit peu de temps devant lui, alors il alla soulager sa vessie trop pleine sans remarquer que Jon Petersen occupait l'urinoir d'à côté.

— Toutes les filles vont te reluquer maintenant, tu sais ? dit ce dernier.

— Oh, Jon ! Ça fait longtemps ! Pourquoi tu ne viens plus à l'école ?

— Je préfère travailler, au moins on me paye pour m'enfermer quelque part toute la journée.

— Ce que tu viens de dire, tu... tu le crois vraiment ?

— Que les filles ne verront plus que toi ? Pour sûr ! Si tu te débrouilles bien, je peux même te dire que tu vas pouvoir en fourrer quelques-unes pendant l'été. Tu as une voiture ?

— Non, j'ai pas l'âge, et j'ai pas l'argent de toute façon.

— Moi c'est pour m'en payer une que je bosse. J'ai eu mes seize piges, ça y est, et j'économise chaque jour. Bah, au fond c'est pas grave, avec toute la lumière qu'on va te mettre dessus tout à l'heure, tu brilleras tellement qu'elles se feront sauter même en plein jour au milieu des bois.

Richard n'en revenait pas de ce qu'il entendait. Il en avait le souffle court. Soudain il sentit quelque chose de chaud et d'humide contre sa jambe et réalisa que Jon était en train de lui pisser dessus.

— Et d'ailleurs, ça m'énerve que tu les attires comme ça, avoua tout naturellement le jeune Petersen en prenant soin d'arroser copieusement Richard jusque sur le bas de sa belle chemise.

Celui-ci était si médusé qu'il ne parvenait plus à bouger. Jon remonta sa braguette et lui donna une tape amicale sur l'épaule.

— Tu m'excuseras, j'en ai mis quelques gouttes sur tes souliers bien cirés.

Dehors le micro annonça, tonitruant, le nom de Richard Boccetti et un tonnerre d'applaudissements suivit.

— Je crois bien que c'est ton heure de gloire, dit Jon en poussant le garçon de force hors des toilettes.

La foule mit une dizaine de secondes à repérer le jeune lauréat, la porte battante était juste sur le côté de l'estrade, et soudain les voix crièrent son nom pour l'inviter à monter les marches avant qu'on ne remarque qu'il était trempé et qu'il marchait, dégoûté, comme s'il avait fait dans sa culotte. Les voyelles de l'humiliation défilèrent. Les voix se turent, les bouches formèrent des « oh » de stupéfaction, les mains commencèrent à pointer des doigts moqueurs tels des « i » impérieux, et bientôt tous rirent allégrement à grands coups de « ah-ah » et « eh-eh », se gaussant de Richard le pisseux comme il devint coutume de le surnommer à partir de ce jour.

Richard Boccetti ne s'en remit jamais. Il demeura cloîtré tout l'été chez ses parents, et refusa de retourner à l'école pour sa dernière année, tirant une croix sur l'université. Il trouva à travailler au bureau du comptable de la ville avant de quitter Carson Mills pour Wichita où il multiplia les petits boulots. Nul ne sut jamais que si la vie de Richard Boccetti prit une tournure inattendue que d'aucuns qualifieraient de « ratée », ce fut probablement à cause d'un geste de jalousie dans les toilettes du gymnase de l'école. Nos destinées tiennent parfois à trois fois rien, Richard en fut l'exemple le plus probant, et pour cela, comme pour beaucoup d'autres choses, Jon Petersen ne fut jamais inquiété.

Comme il l'avait annoncé à Richard, Jon travailla

dur en vue d'acheter sa première automobile. Il reversait la moitié de ce qu'il gagnait à Ingmar, ce qui calma rapidement la colère du vieux fermier concernant l'abandon de sa scolarité, et la première semaine de juillet, Jon fut en mesure de s'offrir un coupé décapotable Plymouth Belvedere d'un jaune passé qui avait quelques années au compteur, plusieurs points de rouille et un cuir de banquette tout craquelé, mais un moteur qui ronronnait comme dans sa prime jeunesse. Cette voiture, c'était son salut, sa première vraie conquête ; à chaque fois qu'il grimpait dedans pour sentir l'odeur de vieux cuir et qu'il tournait la clé pour écouter son ronflement, il ne pouvait s'empêcher de repenser aux milliers de coups de batte qu'il avait expédiés dans des carcasses suspendues à des crochets, et cela le rendait fier. Cette voiture, il se l'était payée à la sueur de sa haine. Jon y passait tant de temps que ceux qui le voyaient descendre la colline avec son bolide affirmaient qu'il parcourut plus de kilomètres cet été-là que les livreurs de lait de toute la ville réunis.

De fait, il roula beaucoup, d'abord parce qu'il aimait ça, ce sentiment de pure liberté américaine, et aussi pour s'éloigner de Carson Mills, car il avait bien compris l'hiver précédent qu'il n'était plus tranquille par chez lui, et que s'il voulait continuer de se promener la nuit pour regarder les gens vivre, il lui fallait le faire là où on ne l'aurait pas à l'œil.

De juillet à octobre, Jon parcourut quasiment toutes les routes possibles dans le sud du Kansas, il se rendit aussi en Oklahoma et une fois il poussa jusqu'au nord du Texas, du côté de Perryton, qu'il trouva très intéressant pour toutes ces familles qui vivaient à l'extérieur dans des mobile homes. C'était la première fois qu'il en voyait, ces caravanes converties en maisons d'habitation disposaient de larges fenêtres et il était aisé d'y observer la vie, confortablement installé dans sa Plymouth, phares éteints. Il lui arriva même de surprendre une femme les mamelles à l'air, et un soir il vit carrément un couple en plein coït, penché sur la table fine à haleter comme deux chiens ridicules.

Pendant cette période, plus excité par l'appel du bitume que par celui des chambres froides, Jon se montra de moins en moins assidu à la boucherie de chez Mo's, et il finit par perdre son emploi. Cogner la bidoche lui manqua au début, pour se défouler, avant qu'il ne réalise que conduire était tout de même mieux, et bien moins fatigant. Mais au fur et à mesure des semaines, il sentit la pression qui montait en même temps que les chrysalides fleurissaient dans le bas de son ventre. Chaque jour, lorsqu'il posait les mains sur le plastique blanc du volant de sa Belvedere, il sentait les papillons se réveiller, un peu plus nombreux et actifs que la veille. Toutefois, il n'oubliait pas le regard du shérif. Le vieux schnock et sa moustache épaisse qui dansait sur sa lèvre mieux qu'une chenille sous le soleil ne lui faisait pas peur, en revanche Jon savait que c'était un malin, et qu'à la moindre incartade il lui tomberait dessus. Alors le garçon fit son maximum pour se contrôler, pour se contenter de rouler, et de regarder. Et quand il sut qu'il ne pourrait plus contenir la pression plus longuement, il fit en sorte que ce soit loin, dans un autre comté, dans un autre État même.

Fidèle à ses principes, il avait pensé à emporter avec lui un coquelicot, qu'il déposa dans son sillage, sur le lit de la malheureuse, une blonde qui sentait fort et qui pleura pendant tout le temps que Jon se répandit en elle. À vrai dire, elle ne méritait pas son coquelicot, pas plus que les précédentes, sa petite fleur à elle n'était pas rouge, aucun sang ne s'en écoula, ce qui déçut fortement Jon sans qu'il puisse pour autant s'empêcher de signer son passage de son présent soigneusement cueilli la veille. Il ne savait pas bien pourquoi il opérait ainsi chaque fois, sinon que ça lui faisait penser à ce fameux soir où il avait pris Hanna sur la route de la ferme, et qu'elle avait abondamment saigné sur lui. Quelle jouissance ça avait été. Quelle soumission à sa virilité. À son pouvoir. Jusqu'au sang ! Sa première fruition totale, la meilleure, la plus pure. Jamais il n'avait retrouvé aussi bon cul que celui de sa tante. C'était la faute du diable tout ça. Il lui avait cuit la chatte, une vraie chatte de l'enfer. Et Jon avait beau chercher attentivement, il n'en trouvait nulle part d'aussi chaudes ; dans tous les comtés mitoyens à Carson Mills et au-delà, il n'y avait que de tristes fourreaux à foutre qu'il se contentait de remplir en geignant, autant d'un orgasme mécanique que d'une frustration grandissante pour son manque de veine. Il le sentait bien, il devenait violent en plus de ça. La blonde qui sentait mauvais dans son mobile home, il l'avait un peu cognée. Avant pour la faire taire plus vite, un peu pendant parce qu'elle n'y mettait pas du sien, et après lorsqu'il se retira déçu par la performance de son sexe trop béant à son goût. Jon craignait de s'aigrir à force d'échecs et il ne voulait surtout pas finir comme son grand-père, le cœur aussi sec qu'un vieux pruneau en pleine canicule. S'il ne pouvait retrouver une chatte digne des enfers, alors il fallait qu'il guérisse de son obsession. Et pour cela, il ne connaissait qu'un moyen : s'obliger à se ranger.

Trouver une fille, une vraie, digne de lui, l'épouser, fonder une famille, et oublier à jamais ce qui resterait un grand moment de sa jeunesse. Après tout, n'était-ce pas ça les fantasmes : des images insatisfaites de ses besoins adolescents ?

À la sortie de cet été-là, Jon avait pris sa décision. Il voulait devenir un homme. Ne lui restait plus qu'à trouver la femme qui l'aiderait à s'accomplir.

14

Jon Petersen se tint à carreau pendant les quatre années qui suivirent, du moins du point de vue des filles à coquelicot, car pour le reste, il n'en devint pas pour autant un parangon de vertu. Il dénicha un boulot à Wichita, il avait besoin de grand air, d'espace, et surtout d'un peu d'anonymat, il devint donc employé d'une blanchisserie industrielle, c'était peut-être sa méthode inconsciente pour se laver de ses fantasmes, et elle fonctionna plutôt bien. Lorsqu'il devinait la pression sur le point de l'enivrer, il filait du côté de la gare et il attrapait une des prostituées qui guettaient le chaland aux comptoirs de bars enfumés ; la plupart du temps il ne se donnait même pas la peine de les emmener dans une chambre d'hôtel miteux, la banquette de sa voiture faisait l'affaire, il plantait son déverseur à pression dans leur bouche et leur écrasait la nuque jusqu'à ce qu'elles s'étranglent avec une pleine ventrée de son jus. En général il fallait rallonger la note de quelques billets pour faire passer la brutalité de son bouquet final, mais Jon apprit vite à bien choisir les filles : les plus désespérées, en général les plus jeunes, et aussi celles dont le regard flottait dans d'autres réalités, les junkies prêtes à n'importe quoi pour se payer une dose. Celles-là s'étouffaient, son dard fiché contre leur glotte, son foutre glissant directement dans leur gorge, mais elles ne disaient rien. C'est ce qui fait la différence entre un être humain et une épave, lorsqu'on n'a même plus la dignité de protester.

Tout ça n'était pas beau, toutefois ça ne risquait pas de l'expédier en prison, alors Jon s'en accommoda pendant un moment. Il s'essaya aussi à loger sur place, dans un appartement humide le long de l'Arkansas River, mais le bruit, la promiscuité avec les familles d'immigrés européens et l'argent que ça lui coûtait le firent retourner chez Ingmar et la tante Rakel. Il devait rouler un peu moins d'une heure pour se rendre chaque matin à la blanchisserie, et autant le soir, il aimait prendre le volant, ça ne le dérangeait pas, et à cette époque un gallon d'essence coûtait moins cher qu'un gallon de lait.

Jon éclusait les bars les soirs où il se sentait un peu amer, il trouvait que la ville renforçait le sentiment de solitude, toutes ces vies, toutes ces illuminations ne faisaient que marquer davantage encore ce que chacun n'était pas ou n'avait pas ; si peu de partage social, c'était un peu comme de larguer un clochard affamé au milieu d'une épicerie sans un dollar en poche, et si l'estomac de Jon était régulièrement rempli, il n'en était pas de même pour son âme. Alors il allait directement s'accoter au bar et pour fuir les lumières aveuglantes de cette civilisation de carton-pâte, il cherchait ombrage sous les vapeurs alcoolisées de quelques bières et finissait plus certainement dans les ténèbres de l'intempérance. Les meilleurs jours, il n'était pas rare que ces sorties se soldent en bagarres, l'ivresse le rendait méchant, ce qui n'était pas peu dire. Jon se réveilla plusieurs fois au poste, manquant quelques matinées à la blanchisserie, mais comme il travaillait bien, son responsable se contentait de lui retirer quelques dollars sur sa paye hebdomadaire et le sermonnait pour le principe.

Il était dans la nature de Jon de chercher la moindre faille. Chaque être humain naît ou grandit en développant certaines habiletés, selon son caractère, ses expériences, ses désirs. La plupart se débrouillent globalement pas trop mal en ayant la moyenne partout, d'autres compensent leurs lacunes par des talents particuliers. Jon, lui, était mauvais dans bien des domaines, à commencer par la sociabilité, mais il n'avait pas son pareil pour sentir les faiblesses des autres. Un peu comme ces félins dans la savane qui repèrent l'élément blessé ou fatigué au milieu du troupeau et qui concentrent leur chasse sur lui. Il ne fallut pas longtemps pour qu'il colle une étiquette sur chacun des employés de la blanchisserie, inscrivant mentalement les fissures par lesquelles le pénétrer et le briser. Lentement, Jon sut comment faire pression sur les uns et les autres, les plus faibles, toujours, comment en monter certains contre les autres, et parfois, juste pour son plaisir personnel, il en humilia un ou deux, parce que ça lui donnait le sentiment d'être puissant, d'être meilleur qu'eux, d'exister, tout simplement. Il y avait ceux qui n'avaient aucune personnalité, et qu'il était aisé de dominer avec de l'autorité et quelques gifles ; les trouillards qu'il malmenait à coups de ce bâton dont ils se servaient pour accrocher et décrocher les linges en haut des tringles suspendues au-dessus de leurs têtes ; ceux, trop bêtes pour se méfier, qui lui avaient confié un secret et qu'il tenait maintenant par la peau des couilles ; et les tire-au-flanc qu'il pouvait dénoncer auprès de son responsable pour se faire bien voir. En peu de temps, Jon se constitua ainsi une cour de mignons sous son joug, et chaque jour il ne manquait pas de s'approprier une petite part de leur labeur pour maintenir son statut d'employé le plus productif. Au final, il était autant haï que redouté et on ne compta plus les petits arrangements pour éviter de tomber dans la même tranche horaire que Jon Petersen. Mais l'essentiel pour lui, c'était que les patrons l'apprécient, et pour cela, il n'y avait que le résultat qui comptait.

Pendant ces quatre années il chercha la fille capable de le remettre une bonne fois pour toutes sur le droit chemin, de le vider totalement de la pression, mais il n'en trouva aucune à la hauteur. Ni à la blanchisserie, ni dans les bars, ni dans les bals. C'était comme si elle n'existait pas. Il en essaya quelques-unes bien sûr, et avec elles il se montra plutôt courtois, pour autant que Jon Petersen puisse l'être à sa manière : il leur fit une cour en règle avec cinéma au Miller ou restaurant chez Sandy's où le hamburger ne coûtait que cinquante cents (rarement les deux, il choisissait en fonction de son humeur et de son estomac), mais aucune n'avait une chatte digne des enfers qui brûlaient en lui. Trop prudes, trop bavardes, trop laides, trop effarouchées par sa brutalité sexuelle, il y avait toujours quelque chose qui n'allait pas avec ces filles. Jon commençait à désespérer lorsqu'il fit la rencontre de Joyce Flanagan. Ce fut un moment hors du temps, totalement inattendu, lors d'une semaine chargée où Jon avait décidé de rester quelques nuits à Wichita, et s'était arrêté à une laverie-bar comme il y en avait dans chaque quartier.

Habituellement, lorsqu'il avait besoin de nettoyer ses propres affaires, Jon utilisait en douce le matériel de la blanchisserie où il travaillait (c'était même l'un de ses sous-fifres qui le lui faisait), mais depuis quelque temps il avait remarqué que le responsable l'avait en ligne de mire, il devait se douter de quelque chose, aussi Jon faisait-il profil bas. Ce soir-là, Jon entra au Potter Laundry-Bar, il remplit le tambour de ses vêtements de la veille et du jour, restant en débardeur et jean, pieds nus, avant d'aller attendre au comptoir pour vider quelques Lone Star. Ce genre d'endroit donnait lieu à des scènes cocasses où une partie des clients du bar patientaient, leur bouteille à la main, en petite tenue ; les femmes, plus pudiques, restaient convenablement habillées, ce qui était le cas de la fille qui vint s'asseoir sur le tabouret près de Jon. C'était une petite blonde avec des boucles rebelles qui s'échappaient de son chignon, un front haut, une peau claire, de larges yeux de poupée dont Jon ne put de suite distinguer qu'ils étaient verts dans la pénombre du lieu, et surtout un nez retroussé qui lui donnait un air mutin, ainsi qu'une bouche aux lèvres généreuses appelant aux baisers. Jon la trouva exquise aussitôt. Elle dégageait une fragilité qui le bouleversa presque, ce qui ne lui était jamais arrivé avec une femme, ni avec aucun être humain en fait.

Lorsqu'il lui adressa la parole, il dut s'y reprendre à trois fois, d'abord pour ne pas bégayer, ensuite parce qu'elle ne crut pas qu'il s'adressait à elle. Jon n'était pas un beau garçon, mais les quatre années à Wichita lui avaient marqué les traits si bien qu'il paraissait un peu plus vieux que son âge, et cela le rendait plus séduisant. Jon ne savait pas vraiment flirter, il n'avait aucun talent pour faire rire, ni pour raconter le genre d'histoires qui faisaient briller le regard des filles, et il n'était pas non plus doué pour masquer ses défauts et mettre en avant ses qualités. Cependant, Jon avait l'instinct du prédateur. Et il lut les failles de Joyce Flanagan plus facilement que quiconque auparavant. Il sut, sans savoir se l'expliquer, que c'était une fille d'une timidité maladive, il devina qu'elle ignorait sa beauté, qu'elle se trouvait même plutôt moche, qu'elle était perdue dans la ville, perdue dans la vie, et que la solitude commençait à la faire vaciller. En somme Joyce était une naufragée renversée en plein océan par la tempête du monde qu'elle se prenait quotidiennement en pleine tête. Jon apporta naturellement une réponse à chaque faille, il fit la discussion, sans la presser, il la flatta sur son physique, il se montra rassurant, puissant, presque un peu autoritaire, pour qu'elle puisse se reposer sur lui, et bientôt elle vit en lui le navire stable sur lequel s'abriter.

Joyce Flanagan n'avait pas eu beaucoup de chance dans l'existence – et ceux qui connaissaient Jon Petersen comme vous et moi auraient pu affirmer qu'elle n'en eut guère plus en le rencontrant. Fille d'un prédicateur alcoolique qui avait fui le domicile conjugal lorsqu'elle avait dix ans, elle avait grandi avec une mère dépassée et dépressive avant qu'un marchand ambulant ne vienne se sédentariser entre ses cuisses. Celles-ci se montrant un peu trop arides à son goût, il avait essayé à de multiples reprises d'élargir son territoire en plantant sa bannière dans le « marécage de Joyce » comme il aimait à le clamer. La jeune fille ne se laissa pas faire et, lassée par l'apathie de sa mère et les assauts de plus en plus violents de son beau-père, un matin elle prit la route du nord et quitta le Mississippi pour travailler dans une distillerie du Tennessee avant d'en partir précipitamment lorsqu'elle manqua se faire violer par le patron. Joyce bénéficia de l'aide de pasteurs, de la générosité des habitants de petites villes qui lui offrirent un peu d'aide, parfois en exigeant d'elle quelques contreparties charnelles qu'elle refusa, et elle traversa deux États en auto-stop, manqua là encore se faire agresser, et ne dut son salut qu'à sa bonne étoile et une paire de bonnes jambes capables de la porter à toute vitesse sur de longues distances. À Tulsa, dans un foyer des YWCA, elle rencontra Candice Coppens, une jeune musicienne convaincue de devenir une star qui l'entraîna dans son sillage sur les routes, guitare à la main, proclamant Joyce sa confidente, sa première fan et sa future manager lorsque sa carrière décollerait. Joyce en fut plutôt satisfaite, d'abord parce que la musique de Candice n'était pas désagréable, et puis parce que voyager à deux s'avérait moins pénible et dangereux. Candice se produisit davantage aux angles des rues que sur la scène de bars, et elles atterrirent à Wichita où elles rencontrèrent deux « producteurs » qui leur sortirent le grand jeu. À vrai dire, le premier essaya surtout de violenter Joyce pendant que le second séduisait Candice. Face au manque de soutien de sa camarade, Joyce prit ses distances tandis que Candice tombait amoureuse de Gordon qui ne se révéla pas plus producteur qu'elle, mais trouva un autre moyen de la faire rêver en la mettant à la drogue avant que sa déchéance ne la conduise directement sur le trottoir. En entendant ça, Jon trouva comique l'idée qu'il avait peut-être joui dans la bouche de cette fille sans savoir qu'il allait rencontrer son ancienne meilleure amie.

Joyce confia à Jon qu'elle n'avait jamais pensé que le monde pouvait être à ce point dur lorsqu'elle grandissait dans le Mississippi, ni les hommes si obsédés, car pour ce qu'elle en connaissait, ils avaient presque tous tenté de la posséder de force. Ce n'était pas ainsi qu'elle avait imaginé la vie amoureuse, et elle en était fort déçue, mais elle apprenait chaque jour à renoncer à ses rêves de petite fille candide, et tandis qu'elle acceptait la bière offerte par Jon au comptoir de ce bar-laverie, elle avoua avec fierté qu'elle s'endurcissait au contact de la grande ville et de ses mœurs pour ne plus pleurer aussi facilement qu'auparavant, ce qui impressionna beaucoup le petit-fils de fermier qu'était Jon Petersen. Même si, au fond d'elle, tout au fond, là où en général on trouve également nos souvenirs d'enfance les plus doux, il perdurait encore un peu d'espoir, une dernière fibre de romantisme qu'elle ne parvenait pas à déchirer.

Depuis quelques mois, Joyce s'était posée en trouvant un emploi de vendeuse chez Henry's, au rayon lingerie, et elle louait un minuscule meublé dans les quartiers est. Ce n'était pas la panacée, mais pour la première fois en deux ans, elle avait enfin un peu de stabilité, un toit au-dessus de la tête et de quoi se payer à manger tous les jours. Elle termina en avouant à Jon qu'elle se sentait tout de même terriblement seule depuis qu'elle avait perdu tout contact avec Candice. Elle raconta tout cela avec un accent traînant du Sud qui acheva de charmer Jon.

Il la demanda en mariage trois semaines après leur rencontre et ils s'unirent à Wichita, à l'église luthérienne de la Réformation, à l'angle de Kellogg Drive et de Mission Road. Jon avait refusé qu'ils célèbrent leur union à Carson Mills, il n'aimait pas l'idée que tous les colporteurs de ragots et autres langues bien pendues qu'il connaissait depuis l'enfance puissent assister à son mariage. Ingmar et Rakel furent présents, Hanna fut invitée mais ne se montra pas, au grand regret de Jon, et comme Joyce ne semblait émettre aucune réserve contre les luthériens (elle n'avait aucune sorte de préjugé sur la question et encore moins de préférence, Dieu étant Dieu quelle que soit l'interprétation qu'on en avait, quoiqu'elle se soit bien gardée de préciser ce point de vue), elle fut aussitôt accueillie dans la famille.

Pendant deux ans, Jon vécut aux côtés de sa femme à Wichita, et pendant deux ans, tout l'amour qu'il éprouvait pour elle suffit à le rendre heureux. C'était comme si sa présence canalisait la pression, et mieux encore, comme si ce qu'elle lui apportait suffisait à occuper tout l'espace dans sa tête. Jon n'était pas devenu un ange pour autant, et Joyce apprit également à se méfier de lui les soirs où il était de vilaine humeur. Il n'était pas particulièrement tendre, il lui arrivait parfois d'être méchant, lui lançant des piques ou la pinçant jusqu'au sang lorsqu'il était énervé, même si elle n'y était pour rien, si bien qu'au fil des mois leurs rapports devinrent de plus en plus brutaux, mais il lui apportait une présence solide, le genre d'homme sur lequel elle savait pouvoir s'appuyer. Avec Jon, elle avait l'impression que rien ne pouvait plus lui arriver, il la protégeait contre les agressions de l'extérieur.

Tout changea au printemps suivant, alors que Jon roulait en direction de Carson Mills pour rendre visite à son grand-père malade. Il longeait un interminable champ de hautes herbes, une jachère d'émeraude émaillée çà et là de notes d'or et de lapis-lazuli. Puis une autre couleur s'invita au spectacle. Quand il les vit, pour la première fois depuis longtemps, Jon ressentit des fourmillements dans le bas-ventre. Les papillons décollèrent difficilement leurs ailes de ses parois internes, comme s'ils étaient maintenus par du chewing-gum, mais dès qu'ils prirent leur envol, ils s'agitèrent avec la frénésie du manque.

Bien sûr ! De beaux et grands coquelicots ouverts dansaient dans la douce brise de mai…

15

Tout le mois de mai de cette année-là (Jon avait alors vingt-deux ans), quelque chose d'ancien remonta lentement à la surface. C'était comme une eau claire dans laquelle s'engage subitement un courant chaud, soulevant la vase pour troubler la rivière tout entière. À mesure que les sédiments de ses fantasmes les plus sombres revenaient peu à peu lui brouiller la pensée, Jon glissait, inéluctablement, appelé par les murmures de ses démons. Sa femme le trouva plus renfrogné que d'habitude, et lorsqu'elle dut subir les assauts frénétiques de ses reins mauvais, elle mordit l'oreiller et pria pour que cela passe vite. Après tout, si les hommes du monde n'existaient que pour la violer, il fallait bien se résigner à ces moments de disgrâce ; celui-là au moins était son mari. Pendant ce temps, Jon avait beau s'épancher dans Joyce avec la fureur d'un chien enragé, il avait l'impression d'être une bouteille trop pleine. Il sentait qu'il se remplissait de quelque chose, semaine après semaine, et que son enveloppe devenait trop petite pour le contenir. Il y avait trop de substance en lui, sa propre matière lui pulsait aux tempes plusieurs fois par jour, il avait chaud, trop chaud, il transpirait pour un rien, s'énervait pour encore moins, et l'explosion menaçait.

Un matin de juin, Boomer Jackson, l'un des responsables du personnel de la blanchisserie, présenta Jon à une rouquine d'à peine seize ans, dont il nota aussitôt que ce qu'elle n'avait pas en années elle l'avait en seins. Becky (du moins est-ce là le nom que Jon crut se rappeler lorsqu'il me conta cet épisode de sa vie, mais je crois bien qu'il l'inventa faute de réussir à s'en souvenir véritablement), Becky donc venait de débarquer en ville et elle avait besoin d'un travail dans l'immédiat pour ne pas se retrouver à la rue. Mr Kendall, le propriétaire, l'avait embauchée sur-le-champ, toujours prompt à sortir du caniveau les braves prêts à suer pour lui. En découvrant la petite Becky, ses gros seins et son air de ne pas y toucher, Jon devina qu'elle avait surtout gagné sa place en se farcissant la panse de son jus. Boomer ordonna à Jon, en sa qualité d'élément le plus productif, de la prendre sous son aile et lui montrer les ficelles du métier. C'était un samedi, le jour où les halls de la blanchisserie étaient à moitié vides, il fallait faire tourner les machines pour les hôtels qui, eux, ne chômaient pas, mais c'était à peu près tout et la plupart des allées ne résonnaient que du vrombissement des tambours ventrus et du clapotement de l'eau mousseuse. Toute la journée, Jon sut ce qui allait se produire. C'était une évidence. C'était un présent du diable pour lui permettre de revivre, d'évacuer le trop-plein qui le rendait fou jusqu'à lui donner d'épouvantables maux de crâne. La Becky se trémoussait, attentive à tout ce que Jon lui montrait, elle se penchait pour attraper les paquets de linge, et malgré sa blouse grise informe, ses énormes seins ressemblaient à la marquise lumineuse d'un cinéma affichant les horaires de la projection.

La séance eut lieu en milieu d'après-midi, lorsque le soleil cuisait le hangar au point de plonger les employés dans une torpeur moite. Jon voulait montrer à Becky l'étape du repassage dans les calandres, mais il faisait si chaud et humide dans la salle qu'ils firent immédiatement demi-tour. Il l'entraîna vers les séchoirs et lorsqu'elle lui passa devant, en le frôlant de sa poitrine volontaire, Jon la poussa dans un bac de draps propres. Becky fut trop stupéfaite pour crier, et avec le vacarme des machines, il est peu probable que cela eût servi à quoi que ce soit. Jon lui déchira la blouse et écrasa de tout son poids la malheureuse ; elle n'eut pas le temps de comprendre ce qui lui arrivait qu'il la pénétrait avec la même rage qu'on plante un couteau dans le dos de son pire ennemi. Cet après-midi-là, dans la blanchisserie, Jon se vida d'une partie de la matière fétide qui le hantait, et la rivière de sa pensée se clarifia à nouveau.

Nul ne sait exactement comment l'histoire remonta aux oreilles de Boomer Jackson puis de Mr Kendall, si tant est qu'elle leur soit parvenue autrement que par des rumeurs ou des déductions après la fuite inattendue de Becky. Quoi qu'il en soit, le lundi suivant, Jon fut convoqué et renvoyé sur-le-champ. Kendall lui paya ce qu'il lui devait, pas un centime de plus, et lui lança à la figure qu'il avait de la chance que ça n'aille pas plus loin. Jon n'exigea aucune explication, c'était le meilleur moyen de n'avoir à en fournir aucune non plus, et il rentra annoncer la mauvaise nouvelle à Joyce. Il inventa une obscure histoire de coup monté, clamant que Boomer l'avait dans le nez et avait fait en sorte qu'on le prenne pour un communiste, ce que la direction détestait par-dessus tout, plus encore que les violeurs récidivistes.

Les semaines suivantes, Jon passa son temps à boire des bières et à baiser sa femme qui rentrait fatiguée et préoccupée par l'état dans lequel elle allait le trouver chaque soir. La situation entre eux se dégrada vite, d'autant qu'ils manquaient d'argent et que Jon ne faisait pas grand-chose pour retrouver un emploi, mais lorsque Joyce lui avoua qu'elle était enceinte, il y eut une brève accalmie. Jon décida qu'ils ne pouvaient plus rester ici, que comme l'enfant allait empêcher sa mère de travailler un moment, ils n'auraient plus les moyens de payer le loyer ni de garnir la marmite. Bref, ils devaient rentrer à Carson Mills. Joyce voulut rétorquer qu'elle ne pouvait « rentrer » dans une ville qui n'était pas la sienne, tout juste pouvait-elle s'y rendre, mais cela impliquerait qu'elle en ait envie, et pour ce qu'elle en connaissait, la vie avec l'aride Ingmar et la vieille fille Rakel ne l'attirait pas beaucoup. Mais elle avait épousé Jon, et elle n'eut d'autre choix que de suivre le désir de son mari jusque dans la ferme au sommet de la colline.

Ingmar, grand cœur, leur laissa sa chambre et aménagea pour lui un espace dans ce qui servait de débarras, derrière la pièce principale. Rakel, si elle pouvait parfois faire peur avec ses airs de sorcière folle, se montra au contraire la plus attentionnée et devint presque une alliée bienvenue pour Joyce. La vérité était que Rakel connaissait bien son neveu et sa personnalité compliquée, et au-delà même d'une quelconque solidarité féminine, elle plaignait Joyce de s'être fourrée dans un tel guêpier.

Deux recruteurs de l'armée débarquèrent à Carson Mills cet automne-là, et enrôlèrent plusieurs jeunes bien portants pour nourrir le ventre affamé de la guerre qui ouvrait sa sinistre bouche de l'autre côté du monde, dans une région humide qui, aux yeux de Jon, s'apparentait à la Lune en termes de proximité et d'intérêt. Lorsqu'ils se présentèrent à la ferme des Petersen pour rencontrer Jon, qui selon leur interminable listing avait l'âge d'être conscrit, ils parlèrent avec lui, assis sur le capot de sa voiture, pendant près de deux heures, et en fin de compte, les deux militaires rayèrent le nom de Jon, ils le rayèrent même plusieurs fois, bien fort, pour qu'il disparaisse à jamais de la mémoire du gouvernement. Nul ne sait ce qu'ils s'étaient dit, ni sur quoi ils avaient finalement questionné Jon, mais ils repartirent plus rapidement qu'ils n'étaient venus et jamais plus l'armée ne frappa à cette porte.

Les premiers mois de la grossesse de Joyce, Jon ne réalisa pas bien ce qui était en train de se produire, ce n'était qu'un concept, mais quand il sentit le fœtus taper contre sa main à travers la peau du ventre de sa femme, il prit pleinement conscience qu'au-delà de devenir père, c'était un prolongement de lui-même qui allait venir au monde. Joyce portait une engeance obscure en elle. Car si Jon n'éprouvait pas une once de culpabilité pour tout le mal qu'il avait fait aux autres dans son existence, il comprenait néanmoins qu'il n'était pas un homme foncièrement bon. Pire, il savait qu'il portait une forme de noirceur en lui, et qu'à chaque fois qu'il se déchargeait de la pression, il en répandait un peu dans son sillage, il propageait les ténèbres. Il était ainsi fait, c'était sa nature d'homme. Certains naissent foncièrement bons, la plupart ne sont que des funambules dansant au-dessus du vide entre bonté et méchanceté, mais une poignée, comme lui, venaient au monde souillés par déjà une bonne quantité de limon autour de leurs fondations, trop en tout cas pour que les grandes eaux moralisatrices de la civilisation puissent tout laver. Il est des individus que même l'éducation ne peut nettoyer. Et malgré le peu de culture et d'intelligence dont Jon était doté, ça au moins il l'avait compris depuis son plus jeune âge.

Donner la vie signifiait donc donner un prolongement cosmique à ce qu'il était. Et dans ses rares heures de lucidité, il comprit avec ses propres mots que, d'une certaine manière, il faisait un enfant au Mal.

Lors de cette prise de conscience, il fit vivre un véritable enfer à Joyce. Il redoubla d'indifférence à son égard, et lorsqu'il lui parlait c'était rarement pour être aimable. Il la fit porter plus de charges qu'elle n'aurait dû, il continua de la prendre régulièrement, jusqu'au dernier moment, de plus en plus bestialement. Il lui arriva même de la gifler lorsqu'il avait trop bu. Parfois Ingmar était à proximité et il sortait de sa petite pièce, sa simple présence suffisant à calmer Jon qui partait, agacé, conduire pendant des heures. Parfois Rakel était là et elle sautait sur son neveu pour lui aboyer dans les oreilles et prendre la défense de Joyce, ce qui avait le don de mettre Jon hors de lui. Mais jamais il ne leva la main contre sa tante, ça il ne le pouvait pas. Le souvenir de l'autorité d'Ingmar était un spectre encore trop menaçant, même si c'était à présent un vieil homme morne.

Pendant tout ce temps, Joyce veilla à protéger l'enfant qu'elle abritait, elle lui parlait doucement lorsque Jon n'était pas dans les parages, elle lui expliquait que ce qui l'attendait serait rude, mais qu'il y avait bien des beautés à contempler et des plaisirs à prendre pour compenser. Et chaque fois qu'elle pleurait, c'est-à-dire presque tous les soirs, elle s'en excusait en priant le ciel pour que cela ne fasse pas de son enfant un mélancolique.

Mais son vœu principal, celui pour lequel elle s'adressait directement à Dieu en personne, c'était de ne pas enfanter une fille. Le monde était déjà bien assez dur comme ça, il ne fallait pas en plus que son enfant ait à l'affronter avec le poids d'être une femme. Alors tous les matins Joyce guettait les signes pour essayer de se persuader qu'elle portait un garçon. Un garçon qui deviendrait un homme robuste et capable d'encaisser la violence qui l'attendait.

Lorsqu'elle fut sur le point d'accoucher, Jon rentra un soir en lui annonçant qu'il avait choisi le nom du bébé. Quel que soit son sexe. Il était hors de question qu'il porte son nom à lui si c'était un mâle, ni même celui de son propre père, et dans les deux cas il avait bien réfléchi. Cet enfant n'était pas né qu'il porterait le nom d'un mort.

16

Ainsi naquit Riley Ingmar Petersen. RIP[1] de son petit nom. S'il avait été une fille, Jon avait choisi Ripley, mais au grand bonheur de Joyce, il n'en fut rien. Après maintes hésitations, Jon avait décidé de lui donner pour second prénom celui de son propre grand-père, parce qu'il y avait un peu de bonté chez le vieux, et que d'une certaine manière Jon espérait que ça conjurerait le sort. Il ne regretta jamais de ne pas lui avoir donné son propre nom, il ne voulait surtout pas d'un Jon Junior dans la maison. Déjà la rivalité avec un autre mâle ne manquerait pas de soulever quelques problèmes lorsque son fils grandirait et qu'il serait en âge de répondre, ça Jon le savait, et rien que l'idée lui hérissait le duvet des bras. Il ne supportait pas qu'on puisse s'opposer à lui, encore moins sous son toit. Joyce l'avait vite compris.

Les premières années du gamin, Jon se tint à carreau. Il passait bien des heures et des heures au volant de son pick-up qui avait remplacé la Plymouth Belvedere, et nul ne savait où il se rendait, ni ce qu'il y faisait,

1. Initiales de *Rest in peace*, « Repose en paix ».

pas même votre serviteur, mais il ne s'attira en tout cas aucun ennui conséquent. Il parlait de moins en moins, ses joues se creusèrent un peu plus, se lézardèrent de petites veinules explosées, et son goût pour l'autorité s'affirma encore davantage. À la maison, il ne supportait pas les plaintes, les jérémiades, et Riley apprit à ne plus pleurer devant son géniteur. Joyce était sa confidente, sa protectrice, et tante Rakel prenait parfois le relais, lorsque Joyce était absente, ou trop fatiguée car son mari lui menait la vie dure.

Jon s'improvisa équarrisseur pour le comté, et la municipalité accepta de lui payer ses menus travaux. Il abattait les chiens sauvages, il donnait le coup de masse sur la tête des hongres trop vieux ou boiteux, s'occupait de ramasser les cadavres de chevreuil ou de sanglier qui se décomposaient sur les routes ou dans les faubourgs de Carson Mills, et plus généralement débarrassait quiconque l'appelait pour faire disparaître une carcasse. Il la chargeait à l'arrière de sa camionnette et s'évanouissait dans la nature sans que personne sache ce qu'il advenait de la dépouille. On supposa qu'il les brûlait dans une clairière près de chez lui, mais à vrai dire, tout le monde s'en fichait bien. Il y a des aspects dc la vie quotidienne d'une ville que le citoyen moyen n'a pas envie d'aborder en détail, aspects qui en général tournent autour de l'entretien et surtout de la mort. La famille entière ne vivait que de ça, ce qui représentait une poignée de billets verts chaque semaine, et des quelques produits qu'Ingmar, Rakel et Joyce tiraient de leur terre capricieuse.

Pendant ces quelques années, Jon se mit à fumer de plus en plus, des cigarettes qu'il roulait lui-même car c'était moins cher, et à boire de l'alcool frelaté qu'il se procurait chez les gars du Nord, une bande de fermiers qui produisaient leur propre whisky avec le maïs de leurs champs selon des méthodes et des alambics hérités de leurs parents, du temps des bootleggers. Et comme à son habitude, l'ivresse le rendait méchant. Particulièrement méchant. Plusieurs fois, Joyce hurla en pleine nuit, réveillant toute la maisonnée, alors Rakel surgissait tel un ange (un ange effrayant, au visage ravagé par le temps et l'âpreté de son existence, un ange aux ailes coupées et à la voix éraillée, au regard vide, mais un ange quand même) et elle insultait son neveu hilare ou injurieux, selon son humeur, avant d'emporter Joyce avec elle dans sa minuscule chambre. Lorsque Riley eut grandi au point de ne plus pouvoir partager le même espace que ses parents, Ingmar lui offrit son réduit et alla dormir dans la pièce principale. Ces nuits où sa mère criait à cause des sévices que lui infligeait son paternel, Riley mettait son oreiller sur ses oreilles et se promettait que lui, jamais il ne lèverait la main sur une femme aussi gentille que sa mère. Elle était certes un peu moins belle d'année en année, mais ce n'était pas sa faute, quoi qu'en dise son père, et l'enfant en voulait terriblement à celui-ci d'être aussi cruel. Pourtant, en prenant de l'âge, Riley comprit que ce n'était pas réellement de la cruauté, Jon Petersen était juste comme ça, intransigeant et dur, il ne le faisait pas exprès, c'était dans sa nature et un enfant trouve toujours quelques excuses à son père, même lorsqu'il n'y en a aucune.

Les conflits à la ferme s'intensifièrent quand Joyce s'enhardit, galvanisée par l'appui de Rakel et la neutralité bienveillante d'Ingmar qui semblait dépassé par les événements mais savait s'interposer si Jon franchissait les limites de l'acceptable. Un jour elle exigea que son mari leur achète une télévision. La planète entière était reliée par la télévision et ils étaient probablement les derniers êtres humains à ne pas en avoir une, ils ne pouvaient continuer ainsi ou ils finiraient débiles, loin de tout progrès, la télévision c'était introduire la civilisation au cœur même de leur famille. Jon ne voulut pas en entendre parler, c'était de l'argent dépensé idiotement, et surtout il craignait de perdre une partie de son pouvoir. Pour Jon, la télévision était une invention de « ces salopes de féministes », un outil pour captiver l'attention des femmes et saper l'autorité masculine. Et puis le gouvernement avait rapidement su en faire un organe majeur de sa propagande manipulatrice. Non, Jon n'en voulait pas chez lui. Mais Rakel soutint Joyce et même Riley s'en mêla avec une hystérie que Jon calma d'une gifle bien sèche et cuisante. Lorsqu'il rentra un soir et qu'il découvrit au milieu de la cuisine un poste avec ses grosses antennes, il faillit s'étrangler de rage. Joyce eut beau lui expliquer que c'était un cadeau des Johnson chez qui Rakel allait parfois faire des ménages, car ils venaient de s'en offrir une nouvelle en couleur, Jon vit rouge et il fallut qu'Ingmar intervienne pour qu'il ne tue pas son épouse à mains nues. Il ne sut jamais que c'était Rakel qui avait sacrifié toutes ses économies pour satisfaire Joyce et Riley. Après cet épisode, Jon passa encore plus de temps sur les routes et d'autant moins à la ferme.

Mais ce qui changea brusquement le cours des choses chez les Petersen, ce fut lorsque Ingmar prit ses affaires un matin tôt et partit en direction de la Slate Creek. Depuis quelques jours déjà le vieux bonhomme n'était plus tout à fait le même. Cela avait commencé lorsqu'il s'était mis lui aussi à quitter la maison pendant de longues heures. Personne ne savait où il allait ni ce qu'il y faisait, mais cela coïncidait à peu près avec les absences de Jon. Un soir il rentra, plus voûté que d'habitude, et fila sans un mot s'allonger sur le sofa de la pièce principale qui lui servait de lit. Il demeura ainsi toute la soirée, les yeux mi-clos, sans dire un mot, l'air plus accablé que jamais. Le lendemain il dit à sa fille qu'il partait à la rivière, sans qu'elle comprenne bien pourquoi vu qu'il n'emportait pas sa canne à pêche, et ils ne le revirent plus jamais.

Des gamins du coin retrouvèrent ses vêtements soigneusement pliés sur un rocher, près d'une portion continuellement agitée de remous et de tourbillons, et tous conclurent que le vieil homme en avait eu assez de cette vie difficile.

La disparition d'Ingmar promut *de facto* Jon au rang d'unique mâle dominant de la ferme.

17

L'instinct de survie est, à n'en pas douter, la toute première fonction qui anime un être humain, et qui perdure en sous-main durant tout son apprentissage, même si cette pulsion sait se limiter à sa part la plus congrue pour ne surtout pas brider le besoin de découverte inhérent à l'évolution. Riley en était la preuve manifeste. Depuis son plus jeune âge, il avait compris, d'instinct, où se placer dans cette famille patriarcale, et il parvint à naviguer cahin-caha jusqu'à ses huit ans sans prendre trop de coups, percevant surtout qu'il se jouait quelque chose de primordial et primitif dans la nécessité de ne menacer en aucun cas la domination animale de son père. Pour autant, celui-ci haïssait par-dessus tout la faiblesse ou trop de soumission. Il fallait donc se montrer endurant, lever le menton, ne jamais baisser les yeux, et en même temps ne pas afficher de morgue dans le regard, rien qu'une froide adhésion aux principes de Jon Petersen. C'était un équilibre complexe et dangereux, la moindre incartade se soldant par la punition du ceinturon ou un repas manqué dans le meilleur des cas. Mais plus il grandissait, plus Riley devinait que les enjeux grandissaient avec lui. Son père ne lui passait rien et les sanctions se faisaient plus lourdes.

Lorsque grand-père Ingmar disparut, il fallut recomposer les habitudes et les protections mises en place à la maison, d'autant que Jon passa à nouveau du temps chez lui. Riley fut triste pour Ingmar, même s'il n'était pas un parent très proche, il ne jouait ni ne riait jamais, ne manifestait aucune tendresse à son égard, toutefois il lui arrivait d'emmener l'enfant chasser la mouffette ou pêcher des truites au printemps lorsque celles-ci se réveillent et sortent des cachettes de la grève, et ça c'était des souvenirs merveilleux ; même si le gamin trouvait les mouffettes trop mignonnes pour mériter la mort, la fierté de tenir une carabine entre les mains et de pouvoir en presser la détente valait bien la peine qu'il fasse semblant de manquer sa cible. Et puis, l'air de rien, grand-père Ingmar savait toujours comment détourner l'attention de Jon lorsqu'il commençait à s'en prendre au petit garçon, et pour ça, Riley ne l'oublierait pas.

De ses premières années, ce que Riley retint plus que tout, ce fut une odeur, celle des brioches au sucre que sa mère cuisinait dans le fourneau et sur lesquelles, encore fumantes, il adorait étaler un peu de beurre qu'il regardait fondre en un instant avant de les avaler d'une traite. Les cris, les menaces, les coups, tout ça s'estompait aussitôt quand Joyce sortait les petites brioches caramélisées pour les poser sur un coin de table. Pour ce miracle, sa mère serait toujours un ange dans la mémoire du garçon.

À la disparition d'Ingmar, Jon n'était pas très différent des mois précédents, mais lorsque Rakel, un soir, s'opposa à lui parce qu'il avait trop bu et qu'il forçait sa femme à l'accompagner dans la chambre d'un œil aussi lubrique que méchant, là il fit ce qu'il n'aurait jamais osé en présence de son grand-père : il frappa sa tante. Un coup du plat de la main qui le surprit tout autant qu'elle. Lorsqu'on tourne un vieux robinet resté grippé trop longtemps, il arrive souvent qu'on ne puisse plus le refermer ensuite ; l'étanchéité que les joints craquelés ne garantissaient plus, le calcaire aggloméré au fil des années la fournissait et une fois cette pellicule détruite, il n'est plus possible de faire machine arrière. C'est probablement ce qui se produisit chez Jon à cette occasion. Toute la frustration qu'il avait emmagasinée à l'encontre de Rakel s'exprima soudain et il l'abreuva de coups de poing jusqu'à dessaouler complètement. Il aboya à sa femme de ne surtout pas aider sa tante ensanglantée à se relever et l'entraîna dans la chambre pour lui faire subir pire encore.

Ce soir-là, Riley attendit d'entendre le grincement continu depuis la chambre des parents (il savait qu'il était synonyme de tranquillité pour au moins une heure même si le grincement du bois en soi ne durait, lui, que quelques minutes) avant de prendre un linge qu'il trempa dans l'eau froide pour venir le poser sur le visage tuméfié de Rakel. Elle frissonna avant de découvrir du seul œil qui n'était pas masqué par un énorme œdème bleu que ce n'était que l'enfant. Cependant qu'il lui nettoyait précautionneusement le sang du visage, Rakel lui attrapa la main et l'attira un peu plus près de lui.

— Riley… mon chéri…

Il aimait quand elle l'appelait ainsi. Son père l'avait longtemps surnommé Rip, et cela ne lui plaisait pas, bien qu'il ne puisse le lui dire. Par chance, cette vilaine habitude s'estompait avec le temps.

— Bientôt il faudra que tu t'en ailles, ajouta-t-elle doucement. Tu comprends ?

Riley, bien que malin pour un garçon de huit ans, n'était pas sûr de bien saisir.

— Je serai puni ? demanda-t-il avec toute la candeur des enfants de son âge.

— Dieu nous a punis, mon ange. J'ignore pourquoi…

Un filet de sang coula entre ses lèvres que Riley s'empressa de tamponner, puis elle reprit :

— Mais le Seigneur a décidé que nous aurions à affronter l'épreuve qu'est ton père.

— Alors papa est un peu comme saint Pierre ? C'est lui qui décide si on pourra rentrer au Paradis ?

Rakel trouva la force d'esquisser un semblant de sourire.

— Non, ton père n'a rien de tout cela. Écoute, approche, et écoute bien. Lorsque tu seras en âge d'être un rival, il faudra que tu partes. Il ne peut y avoir deux coqs dans la même cour, ça, ton père ne le tolérera jamais.

— Je jure que jamais je toucherai à ses œufs du petit déjeuner si cela peut arranger les choses, fit remarquer Riley d'un raccourci que seul un enfant pouvait trouver.

Cette fois un voile d'amertume remplaça les esquilles de sourire. Elle le serra un peu plus fort et le tira jusqu'à ce que leurs nez se touchent presque.

— Riley, promets-moi que tu seras attentif. Surveille bien ton papa, et quand tu sauras qu'il faut partir, jure-moi que tu le feras.

Riley n'était pas convaincu de tout bien déchiffrer mais il acquiesça tout de même. Dans l'état où était sa tante, il ne pouvait rien lui refuser et s'engagea dans une promesse qui le dépassait.

Le lendemain matin, Jon mit tante Rakel à la porte. Il la regarda, impassible, pleurer et le supplier parce qu'elle n'avait rien ni nulle part où aller, il lui jeta à la figure un sac plein de vêtements et lui ordonna de ne jamais plus mettre les pieds sur ses terres.

En toute logique, le spectre d'Ingmar avait eu plus de substance de son vivant qu'une fois le vieil homme mort.

*

L'absence de Rakel posa rapidement un problème à la famille Petersen. La vieille tante n'avait pas son pareil pour insuffler un semblant de rigueur à la tenue de la ferme, c'était elle qui secouait Joyce les jours où elle était trop déprimée pour sortir de son lit, elle qui coordonnait le rangement, l'intendance et les travaux du potager, et par-dessus tout, elle qui rapportait quelques billets chaque semaine en effectuant des ménages auprès de ceux qui n'étaient pas effrayés à l'idée d'engager une Petersen chez eux. En peu de temps, non seulement la ferme devint un capharnaüm sans nom, ce qui avait le don d'énerver considérablement Jon, mais en plus leurs finances tombèrent au plus bas.

Riley commença à véritablement craindre son père à cette époque où ils n'étaient plus que trois sous le même toit : avec une mère trop malmenée pour réagir, le petit garçon de huit ans devint une cible facile pour essorer les trop-pleins de rage de Jon. Lorsqu'il entendait le crissement des freins du pick-up, le gamin prenait l'habitude de sortir, quel que soit le temps dehors, et d'aller faire un tour. Il avait remarqué que son père avait la main lourde en rentrant de ses virées quotidiennes, mais qu'une fois détendu depuis un moment, il finissait par oublier son fils, même si dans ces cas-là c'était souvent Joyce qui prenait à sa place – ça, Riley ne le comprit pas avant quelques années encore, à moins que ça ne soit là encore l'instinct de survie qui lui commandait de ne pas trop y réfléchir.

À l'automne, un soir, le jeune garçon entendit ses parents (surtout sa mère) parler sur un ton qui éveilla immédiatement sa méfiance. Il était couché depuis une heure et ne parvenait pas à trouver le sommeil lorsqu'il entendit son père râler ; sa mère chuchotait pour ne pas réveiller Riley, mais la colère lui faisait monter la voix sans qu'elle s'en rende compte. Riley sortit du lit et, habitué à ne pas faire le moindre bruit pour ne pas se faire remarquer de son père, il marcha jusqu'à la porte en évitant chacune des lattes du plancher qu'il savait capable de gémir. De là, à travers les minces cloisons, il put mieux entendre ce qui se disait.

— Tu crois qu'on a le choix ? se plaignait Jon avec amertume.

— Je ne peux pas faire ça. Je ne peux pas.

— Va falloir, sinon le gosse ne bouffera plus à sa faim.

— Mais Jon, tu te rends compte de ce que tu me demandes ?

— Sûr que pour toi, ça sera un véritable exploit, lâcha-t-il plein de mépris.

— Comment peux-tu exiger ça de moi ! Toi !

— Faut bien que ça serve.

La conversation n'alla pas plus loin et Riley n'en sut pas plus sur la menace qui planait sur leurs têtes, mais les germes du doute étaient semés.

Au printemps suivant, un camarade d'école traita un jour Riley de « fils de pute », ce qui en soi n'était pas incongru dans le sens où les enfants sont souvent sans pitié entre eux, et que Riley se faisait souvent insulter. Ce qui changea cette fois, ce fut la réaction des autres. Personne n'en fut hilare. Habituellement la moindre avanie entraînait moqueries et rires collectifs, mais pas cette fois, il n'y eut que des regards gênés, ce qui éveilla la suspicion de Riley. Ce jour-là, il ne rentra pas directement de l'école (à cette époque, dans une petite ville comme Carson Mills, qu'un enfant de neuf ans aille seul de son établissement scolaire à chez lui n'était pas un problème, encore moins chez les Petersen). Riley traîna longuement dans les rues du quartier est, un coin assez désert occupé par plusieurs entrepôts abandonnés le long de la voie de chemin de fer, avant d'aller s'asseoir, sans le savoir, à quelques mètres seulement de l'emplacement où le corps de Theresa Turnpike avait été retrouvé des années auparavant. Là, il sortit de sa poche un mégot sur lequel restait un peu de tabac, et à l'aide d'allumettes volées à un élève, il alluma sa première cigarette qui le fit énormément tousser. À chaque bouffée qui l'empoisonnait un peu plus, Riley se demanda pourquoi personne n'avait ri à l'insulte que l'autre lui avait balancée. Qu'on le traite de « salopard », de « débile », de « sac à merde » voire de « fils d'ivrogne » déclenchait invariablement des ricanements, et Riley ne le prenait pas directement contre lui, il en allait de même avec chaque enfant qui devenait le souffre-douleur du jour, mais le silence presque indigné qui avait régné après que Simon Donaker l'eut traité de « fils de pute » le perturbait.

Le lendemain, il embrassa sa mère à moitié endormie et fit mine de partir en direction de l'école, comme chaque matin, puis il s'arrêta au bout de l'allée ombragée par les chênes et alla se cacher derrière les mêmes buissons où son père, dix-sept ans auparavant, s'était dissimulé pour épier sa tante Hanna en train de se faire peloter dans la voiture de celui qui deviendrait son mari. Riley patienta là plusieurs heures, jusqu'à ce qu'il voie démarrer et passer devant lui le pick-up de son père avec sa mère assise à ses côtés. Le gamin resta ainsi jusqu'à la fin de journée, et vit Joyce se faire déposer par une voiture qu'il ne connaissait pas, conduite par un gros bonhomme barbu. Elle le remercia un peu froidement et rentra de cette même démarche traînante qui avait remplacé son accent du Sud au fil des années. Le lendemain, Riley décida de se cacher à l'arrière du pick-up, et lorsque ses parents filèrent, il ne leva la tête qu'une fois que le véhicule se fut complètement arrêté. Ils étaient sur un large parking ouvert, avec des champs de bruyère tout autour, des collines boisées au loin et une grande maison en bord de route. Une enseigne colorée et bordée d'ampoules trônait au sommet d'un mât, sur le côté de la route : « Bienvenue au *Loup solitaire*. » Le gamin compta une dizaine de véhicules garés et vit sa mère descendre du pick-up sans un mot de la part de son père, même pas un « Au revoir » ou un « Bonne journée », rien, ce qui déplut à Riley.

Ne voulant pas risquer de se retrouver coincé avec

son géniteur, il se glissa en dehors de la plate-forme et fila se mettre à l'abri derrière une Pontiac bleue. Le pick-up cracha sa fumée noire et disparut sur la nationale en un rien de temps, tandis que Joyce montait les marches du perron et entrait dans ce qui était un grand bar avec la nonchalance de celle qui connaît les lieux par cœur. Riley parvint à se hisser derrière un gros bac à fleurs, juste à hauteur de fenêtre, et il scruta l'intérieur. Il vit sa mère en train de discuter avec l'homme derrière le bar, assise sur un haut tabouret, tandis que quelques clients mangeaient une omelette ou du bacon frit avec des haricots à la tomate. Pour éviter de se faire prendre en flagrant délit d'école buissonnière doublée d'espionnage, Riley se trouva une bonne cachette un peu à l'écart, et il ne retourna à son poste d'observation que trois fois en trois heures. Sa mère ne bougeait pas, elle discutait de temps à autre avec un client, mais c'était à peu près tout. Vers quinze heures, il la vit sortir du bar et marcher avec un type un peu vieux jusqu'à une Cadillac garée à l'extrémité du parking. Riley hésita à les suivre, quelque chose dans sa nature d'enfant lui déconseilla de le faire. Il se contenta de les observer s'éloigner et lorsque la Cadillac se mit à couiner un peu de la même manière que le lit de ses parents pouvait couiner (même si cela n'arrivait presque plus désormais), il comprit que si les autres gamins de l'école n'avaient pas ri ce jour-là, c'était parce qu'une insulte ne peut être drôle que si elle n'est pas complètement vraie.

Après ça, Riley vit sa mère s'éteindre peu à peu au fil des mois, et il sut que c'était parce que tous les jours ou presque son père allait la déposer sur le parking sordide de ce bar isolé pour que des hommes de passage puissent lui prendre un peu plus de sa jeunesse, de sa joie de vivre, en l'obligeant à faire couiner des châssis rugueux. Ce fut à peu près à ce moment-là de sa vie que Riley commença à se dire que son père n'était peut-être pas un homme bien, lorsque sa mère cessa de cuisiner des brioches au sucre pour qu'il étale du beurre dessus. Il était loin de se douter que bon nombre de personnes partageaient son avis, et que tout cela allait ressurgir d'un coup, quelques années plus tard, sous une forme pour le moins inattendue.

18

La spatule réclinait le vernis et les écailles de peinture comme si toute la maison pelait sous le soleil de juin. Jarvis Jefferson se redressa et son dos l'élança depuis le bas des reins jusqu'en haut de la colonne vertébrale. Il n'était pas en grande forme, mais il avait déjà presque terminé de décaper la rambarde du balcon qui entourait la maison. Son fils cadet, Michael, avait promis de venir passer une semaine avec Janette et les filles pour l'été, et il allait aider son vieux père à repeindre toute la terrasse. C'est Rosie qui allait être contente. Parce qu'elle serait à nouveau une maman au centre des attentions, entourée de vie, et que bientôt sa belle maison retrouverait un peu de sa fraîcheur d'antan ! *Dommage qu'on ne puisse en faire autant*, songea Jarvis en ricanant. Il examina la spatule et s'imagina en train de racler sa propre peau avant d'en étaler une nouvelle couche puisée dans un pot sélectionné avec attention chez Moffat Tools selon un nuancier détaillé qu'ils auraient longuement comparé à leur propre épiderme. Il gloussa et secoua la tête. Il était shérif depuis trop longtemps, ça lui avait dérangé l'esprit, au point de lui donner des idées bizarres sans doute.

Rosie toussa longuement depuis la fenêtre ouverte de l'étage et Jarvis abandonna sa spatule sur son rocking-chair pour apporter un verre de thé glacé à sa femme.

— Tu vas me faire le plaisir d'aller voir le docteur Parker, fit-il en lui tendant la boisson tandis qu'elle reprenait son souffle difficilement.

— Cette année le pollen est plus dense que d'habitude, je m'en étouffe.

— Je le vois bien ! Rosie, nous n'avons plus vingt ans, alors va voir le médecin, il te dira quoi faire.

Elle acquiesça et but la moitié du verre d'une traite.

— Tu as fini ? demanda-t-elle.

— Oui, quasiment. Il ne manque plus que des bras pour aider à la peinture, ça je ne m'y risquerai pas seul, mes os ne m'y autorisent plus.

— Ils arrivent dans deux semaines. J'ai préparé les chambres, les filles veulent dormir ensemble. Je trouve qu'elles sont un peu grandes pour ça mais Janette n'y voit rien à redire.

— Tu sais comment c'est dans les grandes villes, ils n'ont pas de place, les enfants sont obligés de partager leur chambre, ça crée des habitudes. M'étonne pas que les citadins deviennent ensuite aussi casaniers et craintifs.

Jarvis vint s'asseoir sur le rebord de la fenêtre pour contempler la rue en contrebas. Il aperçut la petite voisine, Sandy Jenkins, en train de promener son chien – ou plutôt le labrador en train de promener sa maîtresse en l'entraînant vers la clairière bordée de maïs au bout de l'allée –, et il ressentit un pincement au cœur. C'était à chaque fois la même chose quand il voyait un chien. Il en était ridicule.

— Pourquoi ce regard triste ? demanda Rosie depuis

le bureau où elle terminait de repriser une robe pour sa petite-fille.

— Je repense à Raffy.

— Chéri, ça fera bientôt trente ans qu'il est parti ! Tu ne crois pas qu'il est temps de tourner la page ?

— C'était un sacré bon chien, tu sais.

— Bon sang, reprends-en un, il est grand temps !

— Oh, on est trop vieux pour ça.

— Bert en a un et il a deux ans de plus que toi ! Et Vernon aussi !

Jarvis haussa les épaules. Il n'était juste pas prêt. Il n'y aurait qu'un Raffy dans son existence. C'était idiot à expliquer, et le shérif n'entendait pas être compris, mais pour lui, ce bâtard avait été son meilleur compagnon, le jalon de ses meilleures années aussi, celles de la famille qui courait dans toute la maison, des cris et des rires, d'une vie qui défilait plus rapidement encore que ces bobines de film dans leur immense projecteur au cinéma sur Main Street. Raffy n'était pas un enfant, ce n'était pas un copain, c'était juste le chien de Jarvis, avec son regard dévoué, sa fidélité à toute épreuve et sa dévotion canine inébranlable.

— Non, dit-il, je crois que c'est comme la Floride, ça restera un projet, mais on ne franchira pas le cap.

— Tu iras passer ta retraite au soleil quand je serai morte.

— Dis pas de bêtises, Rosie, on partira main dans la main, quand on aura cent ans. Ensemble jusqu'au bout.

À ce moment il capta son propre reflet dans le carreau de la fenêtre. Sa moustache presque blanche tombait de part et d'autre de sa bouche. Il avait les cheveux un peu trop longs et moins gris qu'avant, comme s'il venait de passer une heure sous la neige.

Il était peut-être vraiment temps de raccrocher, de céder sa place. Douglas était plus que prêt à prendre le job. Il en avait les compétences. L'envie, c'était autre chose. Douglas n'avait jamais aimé les responsabilités. Il n'était jamais aussi bon que lorsqu'on lui disait quoi faire, même s'il ne rechignait pas à faire le boulot lorsque Jarvis était de repos. Quant à Bennett, il demeurait l'assisté du bureau. Tout juste bon à enregistrer les dépositions et à se charger de calmer les jeunes un peu trop alcoolisés les samedis soir, mais depuis qu'il avait épousé Diana, la secrétaire du shérif, il était impossible de lui adresser la moindre remarque sans que sa femme fasse ensuite la tête au bureau pendant une semaine.

Jarvis laissa monter en lui un profond soupir qui l'envahit lentement avant de repartir en sifflant, chargé de toute la mélancolie du vieil homme.

Une Mercedes vert olive à la calandre rutilante vint se garer en face de leur maison, de l'autre côté de la rue. Des voitures comme celle-là il n'y en avait pas deux à Carson Mills et Jarvis se pencha, les mains sur la rambarde, en se demandant ce que Cormac Monroe venait faire ici. Il distinguait son chauffeur à l'avant, mais la silhouette à l'arrière demeurait masquée. Lorsque la vitre s'abaissa, Jarvis reconnut aussitôt Elaine Monroe. Elle regardait dans sa direction.

Qu'est-ce que les Monroe lui voulaient ? Depuis le viol d'Ezra (ou du moins la présumée agression sexuelle puisque l'adolescente elle-même n'avait jamais voulu reconnaître les faits), Jarvis n'avait pas eu affaire à eux. Il traînait ce mystère comme un boulet, l'une des rares enquêtes jamais résolues qui émaillaient sa carrière, et croiser Elaine était à chaque fois pénible.

Par chance, Cormac, trop pris par son travail, restait presque invisible à Carson Mills, et l'entrepreneur ne tint jamais rigueur au shérif de n'avoir pas arrêté le coupable car, s'il l'avait voulu, Cormac aurait pu l'éjecter de son poste en un rien de temps et le faire remplacer par un candidat de son choix. Fidèle à sa légendaire probité, Cormac Monroe ne s'était pas mêlé de l'enquête, ni n'avait exigé de résultats lorsque trois mois avaient passé sans la moindre nouvelle. C'était la sombre époque de Carson Mills, se souvenait Jarvis, les viols, les disparitions d'animaux en série et le meurtre de Theresa Turnpike – la sombre époque de sa carrière également, car il n'avait éclairci aucun de ces crimes. Les saisons s'étaient succédé, immuables, et faute de coupable, tous avaient remisé ces sinistres heures au fond de leurs mémoires. Toutefois, pour le shérif, ça n'avait pas été si simple, la silhouette d'Ezra avait longtemps pincé ses entrailles lorsqu'elle traversait une rue sous son regard, de même que celle de Louise Mackie, même si cette dernière, depuis, avait trouvé un époux en la personne de Charles Frazier, le plombier, et semblait remise quand elle baladait ses quatre enfants en riant un peu trop fort dans les allées de chez Mo's. Pour Ezra, c'était différent, Jarvis l'avait toujours su. Elle sortait peu, rasait les murs, et aux dernières nouvelles, elle était partie étudier à Wichita pour n'en jamais revenir ; il espérait qu'elle y menait grand train après avoir fondé une belle famille.

Constatant qu'Elaine attendait toujours dans la voiture, Jarvis décida d'aller lui parler. Avant de sortir, comme il l'avait toujours fait depuis plus de quarante-cinq ans, il déposa un baiser sur la joue de sa femme et attrapa son chapeau. Sans son stetson, il se sentait toujours un peu démuni, particulièrement face à une personne de la trempe d'Elaine Monroe, ce qui était infantile, concéda-t-il, compte tenu de son âge.

Elaine parut rassurée en le voyant approcher, et son chauffeur vint lui tenir la porte pour qu'elle puisse s'extraire de la Mercedes. Elle n'avait plus grand-chose de la Kim Novak d'autrefois, une partie de son aplomb, de sa beauté froide s'était étiolée, remplacée par une lassitude qui lui plombait le regard et avait épaissi ses hanches. Elaine avait toujours les cheveux blonds ramassés en un large chignon, mais se sentait obligée de compenser la disparition de sa fringante beauté par des bijoux plus gros, plus brillants, à commencer par des boucles d'oreilles en nacre qui pendaient tels les balanciers d'une vieille horloge royale.

— Shérif, je suis désolée de venir vous déranger chez vous, s'excusa-t-elle tandis que Jarvis mettait son chapeau sur son cœur en guise de salut. Mais une fois encore, j'ai besoin de vous.

— Je n'ai jamais véritablement eu l'occasion de vous le dire, madame Monroe, mais je suis navré de ce qui est arrivé à Ezra à l'époque, et encore plus de n'avoir jamais pu vous livrer celui qui avait commis cela.

— Je viens d'une famille qui a appris à obtenir ce qu'elle voulait, même s'il faut parfois beaucoup de patience. Un jour vous l'attraperez, shérif, un jour vous honorerez votre promesse et viendrez le jeter à mes pieds.

Jarvis serra les poings. Il avait cru que pour Elaine Monroe aussi cette affaire était à présent enterrée, et il constatait avec effroi qu'elle s'agrippait encore au spectre d'une vérité qui leur avait échappé depuis bien longtemps déjà.

— Aujourd'hui c'est pour tout autre chose que je reviens vers vous, enfin, presque. Il s'agit à nouveau de ma fille chérie, mais cette fois…

Un nuage passa sur son visage, bien sombre, il la survola, elle et rien qu'elle, avant qu'elle ne se reprenne et plante ses prunelles translucides dans celles de Jarvis.

— Vous souvenez-vous de la dernière fois que vous avez vu mon Ezra à Carson Mills, shérif ?

— C'était… il y a peut-être cinq ou six ans. Elle ne vient plus beaucoup par ici, n'est-ce pas ?

— Elle n'y a pas remis les pieds depuis près de sept ans.

— Tant que ça ? Les années passent vite…

Elaine se tordit les doigts, gênée.

— Ezra ne va pas bien, Jarvis.

Qu'Elaine Monroe puisse l'appeler par son prénom stupéfia le vieil homme qui en fut crucifié sur place, la laissant poursuivre :

— Quand elle a rejoint l'université de Wichita, les choses ne se sont pas très bien passées. Elle… de mauvaises fréquentations… Elle a changé. Elle nous a échappé… Depuis son agression, ici, elle n'était plus du tout la même, elle avait peur de tout, refusait de quitter sa chambre sans une bonne raison, et j'ai cru que l'université lui ferait du bien. Elle était volontaire, elle voulait y aller, vivre sur le campus avec les autres et…

Elaine écrasa un soupçon de larme avant même qu'elle ne puisse capter les reflets du soleil qui les surplombait depuis son zénith.

— Voulez-vous entrer, Elaine ? osa Jarvis. Emma a fait du thé glacé.

Un imperceptible mais catégorique mouvement de la tête lui indiqua qu'elle ne préférait pas.

— Pendant trois ans j'ai essayé de la tirer de ce guêpier, pendant trois ans je l'ai suivie, écoutée, secouée, j'avais même pris une petite chambre non loin du campus. Puis elle a sombré complètement. Un matin elle n'était plus là. J'ai mis deux détectives privés de Wichita sur le coup pour la retrouver, et je l'ai reperdue à deux reprises. Mon Dieu, si vous l'aviez vue…

Ses mâchoires se crispèrent avec une telle détermination qu'elles auraient pu broyer n'importe quelle voiture plus violemment que la presse hydraulique de la casse de Bobby Fergus à la sortie de la ville, et même la peine n'osa trop se montrer sur ce visage de porcelaine alourdi de maquillage. Une fois la tristesse refoulée, Elaine continua :

— Cela fait à présent deux ans que je n'ai plus aucune nouvelle, deux ans que j'ignore si elle est vivante. J'ai besoin de savoir. J'ai besoin que vous la retrouviez, shérif.

— Pourquoi croyez-vous que j'y parviendrai si les privés de Wichita n'y arrivent pas ? Mes compétences se limitent à notre comté, Elaine, vous le savez.

— Parce que j'ai confiance en vous. Vous la connaissez, vous savez d'où elle vient, pour vous Ezra n'est pas juste un dossier à traiter, son visage vous est familier, c'est une fille de votre ville. Je sais comment vous fonctionnez, vous ne la laisserez pas tomber. Vous avez des contacts un peu partout, tout ce que je vous demande c'est de les secouer et de voir ce qu'il en retombe.

Jarvis fit la moue.

— Et qu'en dit Mr Monroe ?

Elle poussa un soupir las, presque désespéré.

— Oh… Cormac a cru qu'il aurait prise sur sa fille de la même manière qu'il gère ses affaires. Quand il a compris qu'elle lui échappait, il s'est comporté comme avec ses contrats : il lui a tourné le dos pour se consacrer à autre chose. Il est obsédé par son travail, il ne rentre plus beaucoup à la maison, et je le vois à peine. Il ne supporte pas l'idée que sa propre famille ne réagisse pas à son emprise comme son empire. Ce qu'il ne peut contrôler, il fait comme si ça n'existait pas.

Jarvis se lissa la moustache nerveusement. Il ne savait quoi répondre à cette femme au bord du gouffre. Ce qu'elle lui demandait c'était au-delà de ses capacités, il ne se faisait guère d'illusion : il n'avait aucune chance là où des détectives privés de Wichita avaient échoué. Pour autant, il n'arrivait pas à dire non à Elaine Monroe, à l'abandonner à sa détresse. Et puis elle n'avait pas tout à fait tort, Ezra était une fille de sa ville, et donc, d'une certaine manière, elle relevait un peu de sa responsabilité. Il n'aimait pas l'idée de la savoir perdue dans Wichita ou ailleurs. Pas elle, pas une âme appartenant à Carson Mills, sous son autorité.

Il tourna la tête vers la Mercedes. Le chauffeur attendait derrière le volant, imperméable à tout ce qui se racontait, lisant son journal tout en guettant du coin de l'œil le moindre mouvement, prêt à jaillir pour ouvrir la portière à sa patronne. Quelle triste vie que celle d'Elaine Monroe, songea Jarvis. Entourée de fantômes.

— Je vais voir ce que je peux faire, concéda-t-il. Mais n'attendez pas de miracle de ma part.

Un éclair traversa fugitivement le regard d'Elaine,

qui se pinça les lèvres pour taire une fois encore l'émotion qui la submergeait. Elle fit apparaître de nulle part une petite enveloppe de vélin qu'elle lui tendit.

— J'ai consigné tous les endroits qu'elle fréquentait avant sa disparition, les noms des gens qu'elle voyait et quelques-unes de ses habitudes.

Jarvis prit l'enveloppe mais Elaine ne la lâcha pas. Au lieu de quoi elle se pencha vers le vieil homme, si près qu'il put respirer son haleine chaude et mentholée. Ses iris menaçaient de fondre et de répandre leur crème bleue sur ses joues tant les larmes, rageuses, pleines de l'acide de la rancœur, s'accumulaient aux portes de son regard. D'une voix chevrotante, elle lui murmura :

— Je vous mets en garde, ce qu'Ezra est devenue ces dernières années pourrait crever le cœur de bien des parents.

Jarvis la regarda, médusé, remonter dans sa voiture et s'éloigner, digne jusqu'au bout parce que tout son désespoir avait été enfermé dans cette enveloppe de vélin qu'il tenait entre ses doigts abîmés.

19

Les choses ne s'étaient pas déroulées comme prévu depuis son mariage avec Joyce, et Jon le déplorait fortement. Cela avait même le don de l'agacer profondément. Il avait cherché avec la dévotion du saint la fille qu'il lui fallait, il s'était donné beaucoup de mal pour la séduire, pour lui apporter ce qu'il pouvait, et surtout pour bien se tenir, pour que la pression ne vienne plus l'enquiquiner. Si elle avait refait surface avec l'adolescente de la blanchisserie, c'était la faute de Joyce. C'était elle qui n'avait pas su lui donner ce dont il avait besoin, là-dessus Jon n'avait aucun doute. Rien n'était à la hauteur de ses attentes avec Joyce. Rien. L'arrivée de Riley leur avait certes pas mal changé la vie, mais retourner vivre à la ferme avec Ingmar et Rakel avait été un véritable problème, du moins jusqu'à ce qu'ils se retrouvent enfin seuls.

Pendant toutes ces années, Jon arpentait les routes du comté et au-delà, en quête d'animaux malades à abattre ou de carcasses à charrier. Est-ce qu'il laissa libre cours à la pression pendant ce temps ? J'avoue ne pas le savoir moi-même, il me paraît utopique que Jon Petersen ait pu se contenir pendant plus de dix ans, mais cet aspect-là de son existence ne transpira jamais jusqu'à mes oreilles et s'il reprit ses sordides habitudes, il n'y a que lui et ses éventuelles victimes pour le savoir, encore aujourd'hui. Ce qui est certain, c'est que, les années filant, il devenait de plus en plus avare de paroles, et le fin vernis d'humanité qui l'habitait se réduisit à sa portion la plus mince, le strict minimum vital pour survivre en société.

Jon était en colère, contre Joyce, contre la ville, contre lui-même, et il lui arrivait de temps en temps d'éprouver un besoin incontrôlable d'exprimer cette rage – mieux valait alors ne pas croiser son chemin. Dans ces moments-là, il cherchait la bagarre par tous les moyens. Il commençait par faire un détour pour son essence à la station du centre-ville qui n'était pas la plus proche de chez lui, ni même la moins chère des deux dont disposait Carson Mills, mais qui avait le mérite, à ses yeux, d'être occupée par Tyler Clawson. Jon se garait en général juste devant ses semelles, manquant de peu lui écraser les pieds, il se plantait devant celui qu'il avait massacré à coups de poing des années plus tôt et lui commandait de faire le plein, et en vitesse. Jon le provoquait du regard, chaque litre semblait mettre une éternité à s'écouler dans le réservoir, comme si la voiture elle-même peinait à déglutir, terrifiée, mais Tyler ne répondait pas. Il arborait encore les cicatrices des opérations qui lui avaient remis en place une partie du visage et sauvé les mâchoires, son nez par contre était tordu et il avait un œil un peu affaissé. Beaucoup à Carson Mills murmuraient que si Tyler était encore célibataire à plus de trente ans, c'était à cause de ses traits déformés. Jon pouvait parfois l'insulter en le traitant de « mauviette » ou de « bon à rien », Tyler ne réagissait pas, le regard penché sous sa casquette froissée des Athletics de Kansas City. Les mois de souffrance et de rééducation en avaient fait un agneau, ou un garçon traumatisé, selon l'avis de chacun. Alors, frustré, Jon repartait en direction de bars à l'écart de la ville, pour y trouver querelle et se soulager d'une partie de sa colère. Il prenait toujours soin de ne pas attirer l'attention du shérif de Carson Mills, et s'il devait se battre dans les limites de son secteur, il veillait à ne surtout pas être celui qui portait le premier coup. Jarvis Jefferson était à présent un vieux monsieur mais il avait imprimé un souvenir tenace dans les yeux et la mémoire de Jon.

Un jour qu'il revenait d'une virée dans un club de billard de Wellington où il était parvenu à ne pas se battre, Jon aperçut sa femme dans un renfoncement en train de discuter avec une silhouette avachie. Que sa femme soit obligée de vendre sa fente pour rapporter une poignée de dollars chaque jour c'était acceptable, c'était même son idée à lui, après tout, les années avaient rendu son corps tout sec et décharné, il n'en éprouvait plus aucun désir, il fallait bien qu'elle serve à quelque chose, mais qu'elle le fasse ailleurs que dans le périmètre défini le mit aussitôt dans une rage folle. Ce qui se passait au *Loup solitaire* ne regardait que ses clients, mais Joyce n'était pas autorisée à s'adonner à ces pratiques directement en ville, il ne manquait plus que ça ! Que diraient les gens de Carson Mills ensuite ?

Jon ralentit brusquement pour se rendre compte que sa femme ne discutait pas avec un homme mais avec une femme, et lorsqu'il la reconnut, il écrasa la pédale des freins. Tante Rakel avait pris dix ans en quelques mois, ce qui n'était pas rien pour elle qui en paraissait déjà vingt de plus au départ. Jon avait ouï dire qu'elle survivait dans une chambre miteuse mise à sa disposition par une proche du pasteur de l'église luthérienne et qu'elle continuait à faire des petits boulots pour se payer de quoi alimenter le peu de viande qui recouvrait son frêle squelette. À vrai dire, il n'en avait cure, ce que cette vieille harpie était contrainte de faire pour exister ne l'intéressait plus. Il ne l'avait jamais aimée, jamais. Et ces dernières années à l'avoir sur le dos, lorsqu'elle s'interposait systématiquement entre lui et Joyce ou le gamin, avaient terminé de le convaincre qu'elle était nuisible à son propre bien-être.

Les deux femmes sursautèrent lorsque la voiture crissa et Rakel baissa la tête dès qu'elle reconnut son neveu tandis que Joyce serrait ses bras contre son corps maigre.

— Grimpe dans la bagnole, ordonna-t-il sèchement à sa femme en accourant.

— Jon, tu…

— Grimpe, je t'ai dit ! insista-t-il en serrant les mâchoires pour ne pas hurler.

Joyce n'eut pas un dernier regard pour Rakel et s'éclipsa sans un bruit vers le pick-up. Jon fit un pas vers sa tante, qui recula d'autant.

— Toi, menaça-t-il de son index noueux, si je te vois encore une seule fois t'adresser à un membre de ma famille…

Elle leva vers lui ses yeux rouge et jaune et la peur sembla la quitter pour n'y laisser que de la défiance.

— Tu es un mauvais garçon, Jon. Tu le sais, n'est-ce pas ?

Il s'avança encore un peu plus près, cette fois elle ne bougea pas.

— Tous les jours je prie le Seigneur pour qu'il fasse quelque chose, continua-t-elle, pour qu'il s'occupe de toi, pour le salut de ta femme et de ton fils, et pour celui de tous les êtres qui pourraient croiser ta route.

Jon la plia en deux d'un coup de poing en plein foie, mais il la retint de tomber en la serrant contre lui. Il approcha sa bouche de son oreille et dit tout bas :

— On dirait bien que le Seigneur lui-même est trop dégoûté par l'épave que tu es pour t'écouter, pas vrai ?

Puis il la colla contre le mur et posa une main contre sa gorge avant de commencer à serrer, pupilles contre pupilles. Il sentait l'haleine chaude et rance de la vieille femme et cela le fit serrer encore plus fort. Elle chercha à lui agripper le bras pour desserrer l'étau mais elle n'en avait pas la force.

— Tu es tellement écœurante que même Lui ne voudrait pas de toi à ses côtés, insista Jon, alors tu crois vraiment qu'il a envie de t'entendre ?

Des gargouillis crépitèrent dans la gorge de Rakel.

— Jon ! aboya Joyce depuis la banquette du pick-up. Arrête ça !

Il se raidit. Il n'aimait pas du tout le ton avec lequel sa femme venait de lui parler. Pas du tout. Il appuya une dernière fois sur le cou trop mince de sa tante et la frappa contre le mur avant de la lâcher.

— Ne nous approche plus, t'as compris ? grogna-t-il en brandissant un poing rageur. Jamais !

Il se tourna vers la voiture et vit Joyce avec ses boucles blondes et ses grands yeux verts. C'était incroyable ce qu'ils avaient perdu en intensité depuis leur première rencontre dans ce bar-laverie. Pendant un instant, il eut l'impression qu'elle était comme une affiche lumineuse en bord de route, de celles dont la moitié des ampoules sont grillées. C'était exactement ça, sa femme était une enseigne déglinguée par le temps. Elle ne brillait plus, pire : sa vétusté la rendait repoussante. Elle l'humiliait. Il en fut soudain accablé et n'eut plus qu'un seul désir : terminer de la démolir et fuir loin, très loin.

*

Le gros type dégarni était à présent dans la baignoire, son énorme bedaine dépassant de la mousse, ses jambes sorties sur le rebord à l'instar d'une femme prête à accoucher, et il crachait la fumée de sa cigarette au-dessus de lui en fredonnant une chanson imaginaire. Ce porc avait laissé la porte ouverte et Ezra pouvait le voir depuis le lit. Elle aurait préféré qu'il prenne son bain *avant*, ça lui aurait épargné l'odeur âcre de sa transpiration. Au moins elle pouvait respirer. Elle avait bien cru que sa dernière heure était venue lorsqu'il s'était couché sur elle pour l'enfoncer dans le matelas de tout son poids. Dieu qu'il était lourd, ce cochon ! Et bon sang ce qu'il en avait dans les reins, Ezra avait eu l'impression qu'elle en aurait pour la journée. Elle avait envie d'uriner mais les toilettes étaient dans la salle de bains.

— Dis, mon chou, tu comptes pas prendre racine non plus ? lança-t-elle avec ce ton qui n'était pas le sien mais qu'elle s'était inventé pour se sentir plus forte lorsqu'elle se glissait dans son rôle. C'est que j'ai besoin de me refaire une beauté moi aussi, après tout ce que tu m'as fait.

— Viens donc te montrer, j'ai envie de te voir

là sous mes yeux, avec ton corps splendide. On sait jamais, ça va peut-être me faire repartir.

Manquait plus que ça, soupira Ezra. Elle en avait soupé du gros lourdaud, à présent elle voulait qu'il s'en aille.

— C'est pas possible, mon chéri, j'ai un rendez-vous tout à l'heure, une affaire de filles, mentit-elle.

— Ah…, grommela le gros dans sa baignoire en dépliant le gant de toilette sur son visage. Dommage.

Ezra se mit à battre nerveusement la mesure avec la jambe. Elle détestait quand ça lui prenait, elle savait que c'était un des signes. Elle chassa aussitôt de sa tête toutes ces idées. Il ne fallait pas. Elle se leva, enfila un peignoir élimé qu'elle ne prit pas la peine de fermer et entra dans la salle de bains pour uriner. Tant pis pour le gros porc qui sembla ne même pas l'entendre, à moitié assoupi sous son gant humide, sa cigarette en partie consumée suspendue au bout de sa main molle. La chasse d'eau le fit sursauter, la cendre se répandit au sol et il reluqua la fille d'un œil gourmand qui lui donna des frissons. Elle n'en pouvait vraiment plus. Sa tête lui tournait un peu, et elle avait la bouche pâteuse. Des signes qui ne trompaient pas. Son ancienne vie d'adolescente nantie à Carson Mills lui parut si lointaine soudain que ça ne pouvait qu'être un rêve. C'était pourtant elle-même qui avait tiré un trait dessus. Non, pas tout à fait, songea-t-elle, c'était aussi la faute de ses parents. Leur comportement, surtout celui de sa mère à qui Ezra en voulait terriblement. Elaine avait été si froide, si lointaine, tellement dans l'apparence, comme si le qu'en-dira-t-on était l'unique chose qui comptait. Se réfugier dans l'obsession de maintenir leur existence dans son modèle de toujours avait été sa planche de salut pour que leur famille ne se délite pas, du moins le croyait-elle. Sans se soucier de ce qu'elle, sa fille, ressentait.

Ezra se sentait responsable. De tout. De son viol, de ce qu'elle avait fait ensuite, et de… Elle serra les mâchoires. C'était difficile d'y repenser. Elle avait tout fait pour vite quitter cette maison, l'autorité de son père ainsi que la bêtise de sa mère, plus encore sa région et tous les spectres qui planaient autour ; ainsi l'université avait-elle été son unique bon de sortie. Vivre loin, se reconstruire, oublier si c'était possible. Mais ça ne l'était pas. Elle avait cru que s'installer sur le campus de Wichita lui offrirait une seconde chance, que d'une certaine manière ça la laverait de toutes ses impuretés, de ses traumatismes, mais il n'en fut rien. Elle l'avait compris le tout premier soir, en posant la tête sur l'oreiller de sa petite chambre universitaire, sursautant au moindre bruit dans le couloir, avant de réaliser que tout était pareil dans sa tête, qu'elle nourrissait les mêmes angoisses, les mêmes doutes qu'en se couchant dans son lit à Carson Mills. Finalement les fantômes ne dépendent pas des lieux, il n'y a guère que les hommes et les femmes qui sont hantés, jamais les maisons. Dans les mois suivants, tout avait vite dégénéré. Les fréquentations, l'alcool, et puis… Elle était tombée dans l'abysse des euphories éphémères. Les extases toxiques. La chute avait été brutale, vis-à-vis des cours, de sa mère, et même vis-à-vis d'elle-même. Le besoin d'argent. Le manque. La déchéance. Les hurlements de sa mère. La fuite. L'errance. Les rues de Wichita. La nécessité de survivre, de combler le vide, de se *nourrir* les veines. La spirale sans fin. Jusqu'à la prostitution. Sans fin.

Cet enfer l'avait tout d'abord détruite avant de peu à peu lui ouvrir les yeux. Elle devait s'en sortir, se sevrer, par tous les moyens se défaire de son addiction à ces poisons qui l'obligeaient à solder ses orifices. Et pour autant, chaque journée, chaque nuit de besogne exigeait une dose pour dissoudre ces souvenirs, ces cauchemars de corps suintants, de douleurs, d'humiliations, ces râles grotesques qui résonnaient sans fin dans ses oreilles, et toutes ces matières qui la souillaient jusqu'à ce qu'elle ne soit plus qu'une éponge immonde gorgée de fluides qui ne lui appartenaient même pas. C'était une boucle infernale. Mais Ezra était une fille à part, avec une force de caractère peu commune, et ce n'était pas seulement à cause de ce qu'elle avait enduré plus jeune, non, c'était inscrit dans ses gènes, elle était une Monroe, une battante, une combattante, une dure au mal, une acharnée. Alors, petit à petit, malgré les horreurs que son âme et sa chair encaissaient, elle parvint à se désengager de sa compulsion. Ce fut difficile, tout autant au début qu'après plusieurs semaines sans toucher à une substance nocive, mais elle tint bon. Ezra avait coupé les ponts avec les siens, totalement, elle devait subvenir à ses propres besoins, et n'ayant rien d'autre que son corps, elle continuait de le vendre mais avec moins d'ardeur, elle ne faisait que ce qu'il fallait pour manger et payer son loyer. Peu à peu, elle commençait à entrevoir le bout du tunnel, une lueur d'espoir renaissait, un soupçon d'avenir, elle envisageait à nouveau de se conjuguer au futur, un futur encore flou et fragile, au conditionnel du subjonctif, mais tout de même, c'était une grande avancée pour elle qui venait de traverser une période où tout n'était plus qu'un impératif terminal présent.

Ezra jeta une serviette rêche au visage du gros porc.

— Allez, dehors, je dois me préparer.

— Tout doux, ma belle, je t'ai dit : je peux te reluquer pendant que tu t'affaires, et puis avant de partir tu pourrais peut-être m'offrir une petite gâterie, juste pour être gentille.

— Tu connais les tarifs, tu rallonges ?

Le gros porc renifla, agacé.

— Avec ce que tu m'as coûté, tu en veux encore ?

— Tu espères une carte de fidélité peut-être ? C'est ta femme qui serait contente de tomber dessus…

L'homme ricana tout en enjambant la baignoire pour sortir, sa masse toute flasque dégoulinant sur le carrelage noir et blanc, ce qui termina de dissoudre les reliquats de cendre tombée de sa cigarette.

— Tu parles, elle est comme toutes ces épouses peu généreuses ! Même si elle est trop puritaine pour le faire, elle payerait volontiers pour qu'une autre ait à me sucer ! Ah ces bonnes femmes, je te jure… Pas toi, ma douce, toi c'est autre chose.

— Pourquoi ? Parce que je suis une pute ?

Le gros réfléchit avant de hocher la tête.

— Ouais, ça doit être ça.

Ezra parvint finalement à le mettre à la porte après l'avoir aidé à lacer ses souliers, puis elle s'affala sur le lit, épuisée. Quelle vie ! Et elle revenait de loin. Que penseraient les habitants de Carson Mills s'ils la découvraient ainsi ? Elle ne voulait même pas se l'imaginer. C'était bien pour ça qu'elle n'y remettait plus les pieds. Sa mère en flétrirait de honte et elle-même ne supporterait pas les regards de celles et ceux qui l'avaient vue grandir. Plutôt mourir. Et puis il y aurait tous ces vicieux qui, l'air de rien, tenteraient leur chance pour s'offrir ses charmes et ça, Ezra ne pouvait l'envisager. Ici ce n'étaient que des inconnus, un jour elle disparaîtrait, elle partirait à l'ouest vers Hollywood, puis elle retournerait finalement chez elle et tout ça serait oublié, personne n'en saurait rien, et avec le temps elle finirait même par prétendre que ça n'avait jamais existé. Ce serait son salut à elle. En attendant c'était l'anonymat de la grande ville qui la sauvait.

Ezra se massa le front. Fichue bouche sèche, fichues démangeaisons sous la peau, fichu bourdonnement entre les tempes. Ezra sentait que l'envie remontait. Elle attrapa un verre d'eau et le but d'une traite. Elle savait quoi faire dans ces moments-là. Dormir était une option mais dans son état cela semblait peu envisageable, la fièvre risquait de la gagner avant même que les premiers rêves n'éclosent. Il fallait qu'elle marche. Qu'elle file loin des quartiers nord pour s'enfoncer dans le centre-ville, loin de la tentation, qu'elle se confronte à la vie, la vraie, la belle, avec des familles souriantes autour d'elle, de jolies jeunes femmes furetant dans les magasins, qu'elle admire les beaux garçons en songeant qu'elle aurait sa chance un jour si elle se sortait de là. Bientôt. Elle était sur le droit chemin.

On frappa à la porte.

Ce devait être Liz, sa voisine, qui avait entendu le départ de son client et venait causer avec elle. À moins que ce ne soit Marcus, le tenancier qui accueillait les « consommateurs » en bas, et les envoyait vers les appartements des filles. Marcus prenait sa part, il n'était pas trop gourmand, ça pouvait aller ; en échange il s'assurait que tout allait bien, et il pouvait à l'occasion régler certains problèmes.

— On m'a dit de monter vous voir, fit une voix masculine derrière la porte.

Quelqu'un qu'Ezra ne connaissait pas. Un nouveau client. Elle ferma les yeux un instant. Elle n'avait plus le courage. Il insista. Elle soupira. Après tout, ce serait rapide, quelques billets de plus et avec un peu de chance, ça lui ôterait de la tête ses vilaines envies. Elle referma le peignoir et alla ouvrir. Un brun aux cheveux trop longs, aux joues creuses, trop maigre, se tenait devant elle, le regard noir. Il devait avoir à peine trente ans mais en paraissait bien dix de plus à cause de la profondeur des sillons qui lui taillaient le visage, notamment au niveau des pattes-d'oie. Elle se rendit compte qu'il ne lui était peut-être pas si inconnu que ça, sans pour autant se souvenir exactement où elle avait déjà vu ce visage sévère. Ses années de perdition dans des illusions synthétiques lui avaient rongé la mémoire, et de cette période elle ne gardait que peu de faciès en tête, ce qui n'était pas plus mal.

Elle le fit entrer et ils parlèrent peu, l'homme n'était pas du genre bavard. Il lui tendit les billets qu'elle fit disparaître dans un tiroir de sa commode avant d'aller s'asseoir sur le lit aux draps défaits. La chambre devait encore puer le stupre mais elle y était tellement habituée qu'elle ne le remarquait même plus. Et puis ça n'avait pas l'air de gêner le type.

— On se connaît ? demanda Ezra.

— Je crois pas.

— T'as l'air en colère. Tu vas pas me faire de mal, hein ?

— C'est contre ma femme que je suis fâché, répondit-il en dégrafant son pantalon et en se positionnant devant Ezra.

— Tous mes clients le sont, si ça peut te rassurer.

Elle n'eut pas le temps de continuer qu'il l'empoigna par les cheveux pour la contraindre à avaler son sexe mou. Ezra avait souvent subi ce genre de traitement et elle se laissa faire. Plus vite elle obtempérerait, plus vite il serait reparti. Certains hommes avaient besoin de tendresse ou d'une maîtresse un peu sauvage, mais ils cherchaient une présence en plus de la jouissance. D'autres, une poignée, ne voulaient que se décharger, et avec ceux-là, Ezra avait appris à ne pas exister autrement que par ses orifices. Ne surtout pas les perturber, ne pas les énerver. Juste les faire jouir, être une chose, et oublier. Parmi ces derniers, quelques-uns parlaient, le genre de mots qui n'attendent aucune réponse, mais la plupart l'insultaient ou gardaient le silence. Lui, il se mit à dire des choses étranges, tandis qu'Ezra s'escrimait sur lui malgré sa bouche trop sèche et ses tempes bourdonnantes.

— Elle m'énerve. Elle me met hors de moi, la garce.

Ses mains étaient plaquées l'une sur la nuque d'Ezra, l'autre sur le sommet de sa tête, dans ses cheveux, et il accompagnait les mouvements de la jeune femme en la serrant d'une poigne ferme.

— Je la hais. Je voudrais lui faire du mal. C'est une vraie salope.

Il continua ainsi de l'insulter, et son excitation monta avec les injures. Lorsqu'il fut si vigoureux qu'Ezra crut qu'il allait lui faire mal, il ajouta en grognant :

— Si c'était pas ma femme, je crois bien que je la tuerais.

Ce n'était plus Ezra qui opérait désormais mais ses hanches à lui qui la pilonnaient. Alors il lâcha entre deux geignements :

— Faut que je t'avoue un truc… Ça fait un moment que je t'ai repérée. J'ai mis du temps à te reconnaître. J'ai toujours rêvé de jouir dans la bouche d'une putain de rupin.

Il explosa et s'enfonça si profondément dans la gorge d'Ezra qu'elle manqua s'étouffer, mais les mains du type la plaquaient si violemment contre ses cuisses qu'elle ne pouvait rien faire sinon cracher, renifler et chercher à respirer. Elle savait que mordre était une option dangereuse, qu'elle finirait à l'hôpital, alors qu'avec un peu de sang-froid tout serait terminé dans quelques secondes. Et tandis que l'homme haletait, Ezra fut traversée d'un flash de conscience qui la fit frémir. Ces mots l'avaient pénétrée au plus profond de sa chair. Elle ne connaissait pas vraiment sa voix, mais cette façon de s'exprimer, et ce visage comme taillé par une serpe émoussée, ça ne pouvait être que *lui*… Elle fut parcourue de frissons terribles.

Oui, aucun doute, là d'où elle venait tout le monde le connaissait. Tout le monde. Et pas pour de bonnes raisons.

Tandis qu'elle se souvenait de celui qui s'épanchait en elle, entre deux spasmes pour chercher son air elle manqua vomir, des larmes inondant ses yeux.

20

À chaque fois que je repense à toute cette histoire, je ne peux m'empêcher de songer qu'il s'en est fallu de peu qu'elle ne prenne une tournure tout autre. Nos vies sont ainsi constituées, n'est-ce pas ? Une accumulation de petits interrupteurs qui s'enchaînent, l'un ouvert, le suivant fermé, et on est obligé de prendre une direction différente ; ainsi nous propageons le courant de nos existences à coups de trajectoires sinusoïdales aux amplitudes plus ou moins larges, sans qu'aucun de nous sache réellement pourquoi tel ou tel interrupteur est allumé, ce sont simplement les aléas du quotidien, des rencontres, des actes manqués, des gestes, des oublis, des réussites et des échecs… Certains appellent cela le « destin », d'autres le « choix de Dieu », et quelques-uns ne se posent pas la question, ils se contentent de vivre.

Carson Mills et nous tous n'aurions pas connu pareil dénouement si deux faits rapprochés ne s'étaient produits, bien que je sois l'un des rares à le savoir, à défaut d'en avoir été le témoin direct. Le premier se manifesta par la venue d'Hanna Petersen (qui était devenue Hanna Dickener entre-temps) sur ces mêmes terres qu'elle avait fuies presque vingt ans auparavant.

Hanna avait beaucoup changé à New York, de Brooklyn au Bronx, avec son mari Thomas, ils avaient parfois enduré bien des difficultés, connu des joies éphémères mais intenses, et malgré leur acharnement n'avaient pas eu le privilège de devenir parents. Ce drame, plutôt que de les aigrir, les avait soudés comme seules les épreuves les plus cruelles peuvent rapprocher un couple, ou le détruire, et à présent qu'elle savait qu'elle ne deviendrait jamais mère, Hanna avait au moins la certitude qu'elle vivrait jusqu'à son dernier souffle avec l'homme qu'elle avait épousé et qui l'avait emportée loin des horreurs de Carson Mills, ce qui lui conférait un aplomb et une force qu'elle ne s'était jamais soupçonnés. Hanna et Thomas débarquèrent un midi de septembre et traversèrent la rue principale au ralenti, la chanson « Hurricane » de Bob Dylan crachant ses protestations depuis l'autoradio ; ils longèrent le cinéma qui n'avait pas changé, comme figé dans le temps, puis ils tournèrent pour découvrir, surpris, que le *diner* de Fred Tanner existait lui aussi encore, et que les mêmes banquettes en skaï rouge à présent toutes craquelées encadraient les tables dans les box. Fred devait être un vieux monsieur à présent, et Hanna se demanda ce qu'était devenue Talita, son ancienne collègue travaillait-elle encore comme ces quinquagénaires qu'on trouve dans certaines cantines new-yorkaises, coiffées de boucles blondes, trop maquillées, des seins mous pigeonnant pour se rappeler le désir qu'elles provoquaient autrefois, mâchant un sempiternel chewing-gum et appelant chaque client « mon chou » ? Le parcours initiatique amoureux d'Hanna et

Thomas s'était accompli dans ces décors décatis, et à présent qu'ils constataient l'usure des années sur ces façades, ils se sentirent un peu plus vieux eux-mêmes, et un peu plus tristes également. Ils se prirent la main et ne dirent plus un mot pendant un moment.

Hanna tourna plus de deux heures en s'arrêtant un peu partout, jusqu'à trouver celle qu'elle recherchait. Elles discutèrent longuement, avant qu'Hanna la laisse entre les mains de son mari pendant qu'elle-même prenait le volant de leur voiture de location pour rouler jusqu'à la ferme qui l'avait vue grandir. Elle se gara à côté du pick-up de Jon et s'immobilisa, les pouces crochetés aux passants de son jean, face à la porte d'entrée. Si la vétusté de Carson Mills l'avait renvoyée à son propre âge, la ferme lui donna le sentiment qu'elle n'était en fait plus qu'un cadavre qu'on avait profané entre ces murs.

*

Toutefois, le vrai choc fut pour Jon. Il ne reconnut pas sa tante tout de suite. Elle avait toujours ses longs cheveux bruns bouclés, ses cils interminables et son grain de beauté au-dessus de la lèvre qui lui dessinait une signature propre, mais c'était à peu près tout. Sa peau ressemblait au papier peint qui se décolle après trop d'années dans une maison humide, des rides entaillaient son sourire autrefois pur pour prolonger les reliquats de la mélancolie en lui tirant la bouche vers le bas, ses veines saillaient sur ses mains, et ses hanches avaient quelque peu forci. Où diable était passée celle qu'il avait connue lorsqu'ils étaient jeunes ? Pour Jon qui s'était arrêté à cet instant où il fouraillait sa chatte plus chaude que l'enfer, ce n'était juste pas acceptable. Hanna ne pouvait être devenue si différente. Il dut se retenir à la cloison pour ne pas chanceler.

— J'ai toujours su que tu étais une ordure, lui dit-elle en guise de salut, mais ce que tu as fait à Rakel fait de toi bien pire en réalité. Tu n'es pas humain, Jon.

Elle dégageait une force qui le perturba encore plus. Où était passée sa petite Hanna douce et soumise ? Qu'avait fait d'elle New York ? Jon était trop abasourdi pour répondre.

— Si je le pouvais, je te dénoncerais aux flics pour toutes les horreurs que tu as commises, mais je n'ai aucune preuve, et ça te ferait trop plaisir de pouvoir nous humilier publiquement. Tu es la fange de notre espèce, Jon, sache-le, tu es sa part d'ombre, son dysfonctionnement incarné.

Elle s'exprimait avec une telle assurance qu'il lui était impossible de répondre tant il demeurait médusé. Dire que c'était *ça* son coquelicot si précieux qui occupait tous ses fantasmes depuis tant d'années ! Non, impossible ! Entre ces cuisses un peu trop grasses, Jon se représenta une bouillie infâme et suintante de replis duveteux, plus rien à voir avec ce tendre coquelicot qu'il avait transpercé de toute sa puissance. Le monde tanguait. Jon enfonça ses ongles dans le bois du chambranle pour se maintenir.

— Je viens de retrouver Rakel, elle refuse de partir avec nous, ajouta Hanna, elle ne veut pas quitter Carson Mills, pour ta femme et pour ton fils. Elle veut garder un œil, même lointain, sur vous. Mais sache que si j'apprends que tu t'approches d'elle une seule fois, pire, si tu la touches, je débarquerai de New York par le premier vol avec quelques-uns de mes amis les moins fréquentables, et je te jure que pour la première fois de ta misérable existence, Jon Petersen, tu connaîtras le vrai goût de la souffrance !

Elle pointait sur lui un index menaçant et ses yeux autrefois si innocents bavaient désormais toute la corruption que la grande ville avait lentement inséminée dans son être. En d'autres circonstances, il est peu probable que Jon aurait accepté qu'une femme puisse s'adresser à lui sur ce ton sans écraser ses semelles sur sa bouche repentie par le sang, mais il était trop stupéfait par cette vision. Il aurait préféré ne jamais plus la revoir, conserver son souvenir intact.

Hanna repartit en faisant crisser les pneus et en soulevant un nuage de fumée dans son sillage. Mais sous le crâne de Jon, c'était une tornade qui ébranlait tout le paysage.

Les conséquences furent dramatiques. Car le fantasme primal d'un homme se cristallise à jamais à travers des fulgurances de l'enfance et de l'adolescence, aussi certainement que sa personnalité. De la même manière qu'on ne transforme plus la personnalité d'un adulte mûr, on ne peut changer son instinct sexuel une fois défini, tout juste peut-on l'altérer légèrement. Et Jon avait grandi avec l'obsession d'un petit coquelicot qu'il dominait, qu'il perforait de sa virilité, jusqu'au sang. Et alors qu'il avait cherché à retrouver cette première sensation avec des femmes, maintenant qu'il avait découvert ce qu'était Hanna véritablement, il comprit qu'il s'était peut-être trompé.

Il avait transporté son désir avec lui, à travers le temps. Il avait eu tort. La solution était ailleurs. C'était à présent une évidence.

21

Le second fait qui scella le sort de notre communauté se produisit à la fin octobre de cette même année, près d'un mois après la visite d'Hanna à Jon. Entre-temps il y eut l'« incident » du chien entre Riley et son père. L'enfant n'en dormit pas pendant deux semaines, il se réveillait toutes les heures en sursaut, revoyant la tête du petit bâtard exploser sous le coup de masse. Cooper lui manquait. Le gamin avait mis de longues minutes à lui choisir un nom, celui d'un héros de bande dessinée, et il s'était pris d'affection pour lui à l'instant de leur rencontre. Le voir ainsi périr l'avait catapulté instantanément dans le monde cruel des adultes, et il ne s'en remettait pas. Jon avait réussi son coup, son fils fut plus obéissant qu'il ne l'avait jamais été, effrayé et soumis, peu concentré, les yeux rougis par la fatigue. Riley n'exprimait plus aucune joie de vivre, il ne riait plus (si tant est qu'il ait jamais vraiment ri en présence de son père), n'avait plus d'appétit, pire, les tartines de *cream cheese* du matin ne passaient plus du tout, elles lui rappelaient ce sinistre réveil où ils étaient partis à l'abattoir près de la lande inculte. Jon ne s'en souciait guère, il savait que toute bonne leçon devait se digérer et celle-ci nécessiterait un bon moment pour être avalée, ce dont il était plutôt fier lorsqu'il regardait son garçon agir mécaniquement, tel un robot.

L'été avait été particulièrement pluvieux, et depuis l'arrivée de l'automne, la cadence des averses s'accentuait encore, des torrents se déversaient chaque jour, inondant les champs, détrempant les sous-bois les plus touffus. La terre se noyait, peinant à déglutir toute cette eau, ses nappes déjà saturées, son réseau d'acheminement souterrain rempli, au point que même les racines s'étranglaient de ce trop-plein. La pluie finissait par avoir raison des gouttières et des toits les plus étanches, peu à peu elle s'infiltrait au plus près des hommes, jusque dans leur cuisine et au pied de leur couche.

Lorsqu'une catastrophe survient, les hommes se rangent en deux catégories : ceux qui croient en un acte de Dieu et ceux qui pensent à la malchance. Les premiers sont généralement malheureux de se sentir coupables d'avoir attiré une telle colère, tandis que les seconds le sont de vivre dans un monde où la mort est aussi imprévisible. Pour ma part, je crois qu'il existe un juste milieu. Je crois en l'homme, donc je crois en Dieu. Je pense que lorsque des milliers, puis des millions, et enfin des milliards d'individus se mettent à croire en la même chose, siècle après siècle, alors cette chose finit par exister. C'est une loi de la nature. Lorsqu'une force, même mentale, se met à exercer une telle pression, à pousser dans une direction unique, alors irrémédiablement les courants cosmiques finissent par s'altérer, et de là naissent de nouvelles attractions. Dieu existe parce que nous lui avons donné corps. Est-ce parce qu'il nous l'avait commandé il y a bien longtemps ou l'avons-nous inventé pour combler un vide insupportable ? Là n'est pas la question, puisqu'elle n'a aucune réponse possible, mais ce qui demeure c'est son intangible et pourtant cartésienne existence : nous croyons en Lui, donc il est. Trop de monde et trop de temps lui ont été consacrés pour que ce soit vain. C'est mon opinion. Et je pense que cette logique peut se répliquer ailleurs. Par exemple si dans une région tous les habitants, inconsciemment, tirent dans une même direction, ou éprouvent la même colère, la même peur, alors cela finit par avoir des conséquences.

C'est ce qui se produisit, je le crois vraiment, cette nuit d'octobre, sur un bout du domaine des Petersen, derrière la lande inculte, loin des chemins et des regards. L'eau y coula si abondamment qu'elle finit par dissoudre le terrain, du moins ses fondations, et une immense coulée de boue s'arracha à la colline pour se déverser sur plus de trois cents mètres, ouvrant une clairière en deux, pour mettre au jour ses obscures entrailles. Ce fragment perdu de forêt et d'échappées herbeuses était si éloigné du monde civilisé que personne ne s'en aperçut, personne sauf les deux hommes de la famille Petersen qui foulaient ce sol qui leur appartenait.

Riley fut attiré dans ce secteur qu'il ne fréquentait habituellement pas parce qu'il nota qu'un élément avait changé : il y avait un affaissement au loin dans la ligne d'horizon. La cime des arbres n'était plus identique à celle qu'il connaissait par cœur. Il alla voir le lendemain même du glissement de terrain, alors que les environs s'avéraient toujours instables et que dans les intestins chtoniens qui grouillaient sous ses pieds d'étranges borborygmes résonnaient encore. Il progressa lentement, posant une main fébrile sur les troncs à mesure qu'il se rapprochait, devinant qu'une étrange transformation s'était opérée récemment. Il pouvait la sentir dans l'air, une odeur d'ozone mais aussi d'humus, très forte, c'était comme de plonger le nez directement dans un trou à peine creusé dans la terre meuble en plein orage. La forêt était étrangement silencieuse, la faune semblait elle-même sous le choc, ou épiant avec scepticisme ce changement dans l'écosystème. La lumière grise du jour filtrait à travers des nuages bas et denses, les ondées menaçaient toujours, rendant cette aventure encore plus dangereuse.

Riley ralentit sur les derniers mètres, avant de s'arrêter au bord d'un ravin qui n'existait pas la veille. Là où aurait dû se dresser une foule d'arbres et de buissons qui contribuaient à la pénombre de la forêt, il n'y avait plus qu'une immense excavation étirée et soulignée par le jour, une coulure brune au milieu d'un camaïeu vert. C'était impressionnant. Riley n'en revenait pas. Il se retint à une branche basse car le vide juste sous son nez lui donnait des vertiges et il recula un peu. On aurait dit qu'un avion venait de s'écraser. Il entreprit de contourner la déchirure pour en avoir un aperçu plus complet et débusqua un passage, un peu plus loin, pour y descendre. La terre ainsi mise à nu lui faisait penser à une blessure, il contemplait la chair bistrée du monde, émaillée çà et là par des éclisses blanchâtres comme des centaines de fragments d'os ventilés sous l'impact. Le rift était profond mais de gros blocs de pierre fracassée s'entassaient sur ses bords, facilitant la descente vers son cœur plus souple. Déchiqueté par la puissance du glissement de terrain, l'inextricable maillage de racines qui retenait la croûte terrestre sourdait à présent de partout, en millions de filaments plus ou moins larges, plus ou moins entortillés, tels des bras squelettiques, qui s'accrochaient aux vêtements de Riley. Il eut l'impression de marcher au milieu d'un lacis de veines en lambeaux qui cherchaient à l'empêcher d'aller plus loin. C'était aussi excitant qu'effrayant.

Le garçon était presque parvenu au centre de la coulée lorsqu'il s'immobilisa devant l'une des nombreuses taches blanchâtres qui grumelaient le sillon. Elle avait une forme, un esthétisme. Ce n'était pas juste un caillou entraîné là par hasard. Entre ses arêtes maculées de terre, son profil caractéristique et ses orbites creuses, Riley reconnut un crâne, celui d'un animal, probablement un chien. Alors il pivota doucement et étudia plus attentivement les autres caillots blafards qui l'entouraient. Il y en avait partout. Des dizaines et des dizaines. Des centaines. Peut-être bien plus encore. Riley vit des os, des cages thoraciques, beaucoup d'autres crânes, et parfois quelques touffes de poils encore rivées à des plaques de viande noircie. Des chiens, beaucoup, des chats probablement aussi, des renards, quelques animaux sauvages, mais aussi des formes bien plus impressionnantes à l'instar d'une tête de vache et, plus loin, ce qui ressemblait à un écorché de cheval avec ses côtes immenses. La pluie avait mis au jour une vaste nécropole occulte. Comment était-ce possible ? De ce qu'il se rappelait, Riley n'avait jamais rien vu d'autre qu'une clairière qu'il ne fréquentait pas parce qu'elle…

L'enfant se raidit. Il se remémorait ses promenades dans la région, et cette odeur infecte, un mélange d'œuf pourri et de vieux pet malade qui gangrenait les fougères et les résilles de ronces encadrant la trouée. Ce remugle l'avait tenu à l'écart pendant toutes ces années.

Personne d'autre que les Petersen ne connaissait cet endroit, personne ne pouvait s'y rendre à moins d'être familier des environs, et maintenant qu'il y pensait, Riley se souvenait avoir déjà entraperçu le pick-up de son père cahoter au gré des dépressions pour se frayer un chemin jusqu'ici.

Était-ce la pourriture de toutes ces carcasses qui avaient fragilisé le terrain, leurs fluides rongeant les fondations mêmes de la colline ? Le déluge n'avait fait qu'emporter ce qui ne demandait plus qu'à se vider. Comme si la lande elle-même avait eu honte de devoir abriter pareilles abominations en son giron.

Quoi qu'il en soit, Riley sut qu'il avait trouvé le cimetière de son père. C'était là que l'équarrisseur se débarrassait de tous les animaux morts qu'il charriait. Pourtant, Riley s'étonna qu'il puisse y en avoir autant. Certains semblaient là depuis très longtemps. Il fit plusieurs fois le tour sur lui-même et renonça à les compter. Un frisson glacé le secoua et il préféra faire demi-tour. Son instinct lui commandait de déguerpir sans plus tarder, de remonter en vitesse les pentes glissantes de la plaie béante, de ne surtout pas se faire remarquer, et de ne mentionner sa découverte à personne, surtout pas à son père.

Et puis, tout au fond de lui, Riley n'avait pas très envie de continuer à scruter tous ses os. Il n'osait se l'avouer avec des mots précis, mais il craignait d'en découvrir d'autres qui n'auraient en aucun cas leur place ici.

22

Jon Petersen n'éprouva jamais la moindre once de remords de toute son existence. En revanche, il est possible d'affirmer qu'il ressentit au moins une fois un soupçon de doute quant à ce qu'il était et ce qu'il faisait. Lorsqu'il découvrit que son antre morbide avait été mis au jour. Il resta les bras ballants face à l'incroyable spectacle pendant de longues minutes, ne sachant plus quoi faire ni quoi penser. Il se sentait comme violé, ses secrets les plus intimes exhibés au grand jour. C'était *son* œuvre, *sa* création, et personne ne devait le savoir, encore moins la contempler, ce n'était pas le but, ça ne l'avait jamais été. Il avait collectionné les trophées comme un joueur compulsif, et rien ne le rassurait tant que de venir dans cette clairière où il marchait en sachant que sous ses pieds dormait son trésor. Il songeait alors aux chats, aux chiens qu'il avait attrapés, torturés puis finalement tués lorsqu'il était adolescent. Chaque créature morte qu'il chargeait dans son véhicule à présent qu'il était adulte, pour venir l'enterrer ici, rejoignait cette banque de données sensorielles, constituant une sorte de porte vers ses souvenirs, vers son enfance et ses sensations d'euphorie lointaine. Il éprouva de la colère. Ça n'était pas juste. Tout était détruit, saccagé. Sur le fond, Jon n'était pas très inquiet, il savait que personne ne viendrait jamais dans ce coin reculé de son domaine, mais à présent lui-même ne pourrait plus y faire grand-chose. Toutes ces années de labeur balayées en une nuit…

Puis il commença à s'interroger. Pourquoi était-ce arrivé ? Fallait-il y voir un signe comme certains fidèles de l'église l'auraient affirmé aveuglément s'ils avaient su ? Dieu lui envoyait-il un message ? Jusqu'à présent, Jon ne s'était jamais véritablement posé de questions sur le regard que Dieu pouvait porter sur lui et ses actes. Si le Seigneur était aussi miséricordieux qu'on le proclamait, alors il comprenait, il pardonnerait le moment voulu. Mais n'était-ce justement pas une manifestation de son désaveu ? Parmi des milliers d'acres de terre, il avait fallu que ce soit justement cette parcelle précise qui s'effondre ! Jon n'aimait pas ça. Il rumina toute la journée, puis la nuit encore, et au petit matin suivant, il fuma cigarette sur cigarette, assis sur la clôture en bois des cochons tandis que la brume automnale se retirait lentement en bas de la pente, comme effrayée par le fermier.

Il prit sa décision. Il fallait faire amende honorable. Se confesser, et pas juste à moitié, l'absolution sacrée, tout raconter, dans les moindres détails, pour que Dieu se sache entendu. Mais Jon avait ses limites. Comment faire face ensuite, les dimanches, à l'homme qui saurait tout de lui ? Supporterait-il son regard par la suite ? Non, c'était au-delà de ses forces. Incapable de ne pas aller au bout de ses idées, Jon Petersen privilégia le fond et non la forme, et il fit ce que grand-père Ingmar n'aurait pas pu accepter : lui, le luthérien, il sauta dans sa voiture et prit la direction de l'église méthodiste. Le vieil homme s'en serait étranglé, il aurait vociféré, rappelant à Jon que son propre géniteur était mort de cette querelle de clocher, que c'était une trahison à son sang, à ses racines, et à la fin, Ingmar se serait probablement donné la mort plutôt que de vivre dans un monde si instable. Mais Jon, lui, n'en avait cure. Il était passé au-dessus de ces broutilles avec l'âge.

Lorsqu'il fit face au pasteur Aziel Alezza, ce dernier mit bien une minute avant de reprendre sa respiration puis d'acquiescer. Il ne pouvait refuser d'entendre la contrition d'un enfant de Dieu, quand bien même celui-ci embrassait une confession parallèle. Alezza connaissait chaque habitant de Carson Mills mieux que personne, au-delà des cérémonies publiques traditionnelles la confession privée était plus que courante par ici. Alezza écoutait les secrets de tous depuis des décennies ; à l'abri derrière le rideau qu'il avait fait installer au fond de l'église, tous y allaient de leur petit ragot au passage, avant de finalement avouer les péchés commis, aucun secret ne perdurait longuement, trop de bouches les murmuraient avidement, jeux de pouvoir, de séduction, rituels initiatiques ou de clan, tous terminaient dans l'oreille du pasteur. S'il y avait une partie de la vie de Carson Mills qu'Aziel Alezza entrapercevait avec moins de clarté, celle qui concernait les luthériens, moins nombreux, il s'en trouvait toutefois toujours quelques-uns pour échanger ce qu'ils savaient avec une connaissance méthodiste, par défiance, par échange de bons procédés, par amitié (même si celle-ci était plus rare), ou tout simplement parce que c'était plus fort qu'eux : dans une petite ville, on se définit davantage par ce que l'on sait et donc que l'on doit raconter que par ce que l'on fait réellement. Si bien qu'au bout du bout, le dernier maillon de tous ces chuchotements impudiques, l'entonnoir où ils se déversaient, le catalyseur des petites histoires parallèles, c'était le pasteur. Les premières années, Aziel s'était juré de ne surtout rien faire de ces secrets indécents, avant de réaliser qu'il était possible, dans certains cas, d'orienter un tout petit peu untel ou unetelle pour que des problèmes s'arrangent, que des malentendus se règlent, que des aides bienvenues s'accomplissent, et même s'il le faisait toujours avec beaucoup de subtilité et d'à-propos, le pasteur Alezza devint, à sa modeste mesure, celui qui dénouait certaines pelotes à Carson Mills ; dès lors il se plaisait à se coucher le soir en songeant qu'il contribuait à rendre la vie meilleure autour de lui tout en étant au service du Seigneur.

Quand Jon l'eut suivi dans le confessionnal, ses premiers mots franchirent difficilement le seuil de sa bouche. Cependant, une fois lancé, il devint impossible à arrêter. Son témoignage s'éternisa jusqu'au crépuscule, tant et si bien que Alezza dut le mettre dehors en lui promettant de se consacrer à nouveau à lui dès l'aube. Le premier rayon de soleil entrait à peine par la grande fenêtre au-dessus de l'entrée pour embraser le Christ au fond du bâtiment que Jon frappait à la porte. Après l'avoir fait entrer, exceptionnellement Alezza referma derrière lui et mit le verrou. Il l'entendit une journée entière, puis encore le jour d'après. Jon Petersen avait tant à raconter, il avait fait tant de mal dans sa pourtant courte existence qu'il parla trois jours sans discontinuer, et avoua tant d'ignominies qu'Aziel Alezza en eut des frissons et des cauchemars. Il savait déjà que Jon Petersen était quelqu'un de peu fréquentable, il découvrit que c'était un monstre. Le pasteur luttait entre sa foi et son désir de courir alerter le shérif qu'un suppôt du démon vivait parmi eux. Il se souvint alors de la conversation qu'il avait eue avec Jarvis Jefferson, près de vingt ans plus tôt, et ce jour-là il comprit amèrement l'injustice qu'avait éprouvée le shérif. Jon Petersen méritait la prison, mais cela c'était la justice des hommes ; lui, Aziel Alezza, n'avait aucune prise dessus, il était entièrement voué à celle de Dieu qui, il fallait le croire, finirait par être rendue.

Le soir du troisième jour de confession, il ne put pourtant s'empêcher de se demander pourquoi le Seigneur avait laissé faire tout cela, et pourquoi il n'avait pas puni Jon Petersen pour tout le mal qu'il avait disséminé autour de lui. Il y avait une injustice là-dedans, et le pasteur songea que si les secrets de Jon Petersen venaient un jour à se savoir, le courroux du peuple serait tel que Dieu foudroierait le fermier sur-le-champ, il n'aurait pas le choix. Mais enchaîné à ses principes dogmatiques, Alezza ne pouvait rien faire. Lorsque, à la toute fin de cet interminable récit, Jon Petersen lui demanda s'il pensait que Dieu le comprenait, Alezza ne put rien répondre. Il doutait que quiconque puisse comprendre Jon Petersen. Il n'y avait pas de réponse à ce qu'il était, pas de justification à chercher du côté de son enfance, il était au-delà même de cela. C'était le fiel incarné, et en cela, le vieil Ingmar avait certainement raison lorsqu'il affirmait tout bas à ses rares camarades de boisson, alors même que Jon n'était qu'un tout jeune garçon, que son petit-fils avait été choisi pour être un « vaisseau du Mal ». Il y a des êtres ainsi. De la même manière que certains sont traversés par la grâce de Dieu, d'autres prêchent les ténèbres ; il n'y a pas d'autre explication, c'est ainsi dans le monde des hommes.

En début de soirée, une fois soulagé, Jon resta silencieux sur le parvis de l'église pendant une minute, à scruter le clocher puis les nuages gris devenus presque noirs avec l'approche de la nuit.

— Finalement, les églises c'est un peu comme la chatte des femmes, dit-il sérieusement. On en fréquente plusieurs pour se convaincre qu'il y a quelque chose d'encore mieux dans la prochaine, mais à la fin on se rend compte qu'on traque ce qui n'existe pas, et l'unique vérité, c'est qu'on n'y trouve que ce qu'on y amène.

Alezza préféra ne pas relever et revint à l'essentiel.

— Jon, vous devriez aller voir le shérif. C'est à lui qu'il faut tout raconter. Il pourra vous aider, si c'est véritablement ce que vous recherchez.

Petersen cracha :

— Plutôt crever que de faire plaisir à ce vieux trognon desséché. J'avais juste besoin de vider mon sac, être sûr que le Seigneur a bien entendu que j'ai lu son message.

— Vous allez vous tenir droit à présent ? C'est fini toutes ces folies ?

Jon Petersen examina la lande autour d'eux, puis les faubourgs de Carson Mills à l'est, en bas de la colline. Toutes ces lumières palpitaient comme le feu du désir, comme autant de tentations.

— J'ai compris le message du Seigneur, répliqua-t-il en tournant le dos au pasteur.

23

Début novembre, un matin où Riley marchait sous la bruine en direction de l'école, il remarqua qu'une voiture le suivait, à bonne distance. Ce n'était pas le pick-up rouillé et grinçant de son père, mais une antique Dodge au pare-brise fendu. Elle roulait tout doucement pour se maintenir derrière lui, une unique ombre à l'intérieur. Riley commença à avoir peur. Il ne savait pas qui ça pouvait être mais, malgré sa jeunesse, il comprenait très bien que son père était détesté par beaucoup, et qu'il avait bien des ennemis dans la région. Voulait-on s'en prendre à lui pour atteindre Jon Petersen ? Après tout, c'était possible, Jon terrorisait les gens. Riley le savait, il l'avait maintes fois constaté, son père n'était pas costaud, plutôt très sec, pourtant personne n'osait le défier. C'était à cause de ses yeux, Riley le pressentait. La plupart des gens qui haussent la voix le font en se fixant des limites, et s'ils doivent se battre c'est par fierté. Jon Petersen, lui, n'en avait aucune, sinon celle de faire très mal, il ne cognait que pour détruire, par plaisir, et ça se lisait dans son regard.

Après un virage sous l'ombre du vieux moulin, Riley

aperçut le pont couvert qui enjambait le ruisseau où il aimait venir se baigner l'été, et il ralentit. Il n'avait pas du tout envie de passer par là, avec cette fichue voiture qui lui collait au train. L'intérieur ressemblait à un tunnel, obscur et brodé de trop nombreuses toiles d'araignée, pas vraiment l'endroit idéal où se retrouver coincé par une voiture suspecte. Riley se creusa la tête un instant avant de comprendre qu'il n'avait pas vraiment le choix. Une fois le ruisseau franchi, il pourrait quitter la route pour couper à travers champs et rejoindre l'école par le sud de la ville, cela le ferait arriver avec un bon quart d'heure de retard, mais au moins la Dodge ne pourrait pas le suivre. Riley prit son courage à deux mains et pressa le pas. La route descendait en pente douce, il y avait environ deux cents mètres à couvrir avant d'atteindre le pont qui, d'ici, ressemblait plutôt à une grange échouée et suspendue dans le vide. La voiture parvint au sommet de la colline dans le dos de Riley et passa à son tour sous l'ombre du moulin décrépit. Riley avait déjà parcouru la moitié de la distance quand il crut percevoir une légère accélération du moteur, et il poussa davantage encore sur ses talons. Le chauffeur avait dû remarquer le pont et peut-être comprendre qu'au-delà sa proie pourrait se volatiliser dans les broussailles de part et d'autre de la route, car il enclencha une vitesse pour fondre sur le garçon qui se mit aussitôt à courir, la peur au ventre. La Dodge n'eut aucune peine à le rattraper et à se caler sur sa vitesse. La fenêtre du côté passager ouverte, le conducteur se pencha vers Riley.

— N'aie pas peur ! s'écria-t-il.

Mais Riley avait peur. Et il courait. De toute la force de ses jambes.

— Tu es le petit Petersen, n'est-ce pas ? demanda l'homme en s'efforçant de maintenir sa vitesse et sa trajectoire. Je suis le pasteur Alezza ! Je ne veux pas t'effrayer ! Juste te parler un instant !

À ces mots, Riley osa un regard à l'intérieur de l'habitacle, ce qu'il n'avait pas encore fait de crainte d'y être aussitôt happé par une quelconque force infernale comme il en avait vu dans les *comics* qu'on lui prêtait en douce à l'école. Le conducteur avait un visage connu, presque rassurant. Riley se mit à ralentir. C'était bien le pasteur Alezza. Impossible de craindre un homme de Dieu, songea le garçon, il s'était peut-être fait tout un cinéma de cette voiture… Mais alors pourquoi le pasteur le suivait-il ? Riley se souvint que sa mère parlait parfois de son propre père, un prédicateur alcoolique amateur de bonne chère et il redevint méfiant. S'affirmer copain avec le Seigneur ne faisait pas d'un homme un saint pour autant.

La voiture s'arrêta en même temps que l'enfant.

— Je suis sincèrement désolé de t'avoir effrayé, s'excusa le pasteur avec un sourire qu'il espérait doux, je n'étais pas bien sûr que ce soit toi à vrai dire… Je peux te parler un instant ? Tu veux monter ?

— J'aimerais autant pas.

Le pasteur parut déçu et son sourire s'affaissa d'une manière presque ridicule, comme s'il découvrait pour la première fois les pouvoirs très limités de sa fonction.

— Ah bon, je comprends… Tout va bien chez toi ?

Quelle curieuse question, s'étonna Riley.

— Eh bien, oui. Et chez vous ?

Le pasteur sembla encore plus troublé.

— Euh… Écoute, je… Sache que si un jour tu as besoin de quelque chose, d'aide ou… je ne sais pas, simplement de parler, ma porte sera toujours ouverte. Je sais que tu es de confession luthérienne, mais sache qu'il n'y a pas qu'une seule église, et il est parfois plus facile de se confier en dehors de la paroisse de ses propres parents...

En disant cela, le pasteur devint tout rouge, comme s'il avait honte, et Riley pensa qu'il avait raison de rougir de son discours digne d'un mauvais bonimenteur. Ce n'était pas beau de chercher à voler les fidèles d'une église, surtout pour un homme de Dieu ! Riley se félicita de ne pas être monté dans sa voiture, il n'était pas sûr de pouvoir lui faire vraiment confiance.

— Je ne dis pas ça pour que tu deviennes méthodiste, d'accord ? corrigea aussitôt Alezza. Seulement pour que tu te sentes libre. Pour que tu saches qu'il existe une solution.

Une solution. À quoi donc ? se demanda Riley.

L'expression et le ton du pasteur s'altérèrent, il devint soudain plus grave, plus charismatique aussi.

— Je sais que ça ne doit pas être facile tous les jours là-haut, à la ferme.

Il fixait Riley avec une intensité surprenante. Tout en lui venait de changer, son regard était à présent profond, presque magnétique, et le gamin y lut un soupçon de tristesse qui se mua en profonde mélancolie.

— Je sais de quoi est capable ton père, ajouta le pasteur plus bas.

Il n'y eut alors plus aucun bruit autour d'eux, le vent était brusquement tombé et même les rares oiseaux encore dehors par ce temps s'étaient tus. Tout était calme, comme attentif. L'homme et le garçon se fixaient sans ciller.

— Sache que tu n'es pas seul, insista Alezza.

Riley hocha lentement la tête, ne sachant pas bien où le pasteur voulait en venir. Ce dernier regarda le bas de la route, puis la ville au loin, avant de revenir à Riley.

— Tu es sûr que tu ne veux pas que je te dépose ? Ça ne me dérange pas.

— Je vais marcher. C'est mieux comme ça.

— Très bien. Tu m'as compris, n'est-ce pas ?

— Je crois bien que oui.

— Et ça vaut pour ta maman aussi, tu peux le lui dire si tu en as envie.

— D'accord.

— Alors passe me voir quand tu veux.

— Entendu.

— Et n'aie pas de crainte, c'est sans conséquence pour qui tu sais, précisa-t-il en levant l'index vers les cieux. Tu peux être luthérien et avoir un ami méthodiste.

Alezza lui adressa un clin d'œil et un sourire gentil avant de lui faire au revoir de la main. Riley l'observa partir sans bouger, jusqu'à ce que la voiture disparaisse de l'autre côté du ruisseau.

Pendant plusieurs minutes, le garçon demeura immobile. Ce qui le dérangeait le plus dans cette rencontre, c'était sa propre incapacité à savoir s'il devait fuir cet homme en courant ou au contraire le serrer dans ses bras.

*

Depuis quelques années, Jon Petersen parlait seul. Dès qu'il était calme, assis dans son coin, plongé dans ses pensées inaccessibles au commun des mortels, il finissait par murmurer des mots, parfois des phrases, et il entamait un dialogue avec lui-même et les fantômes qui l'entouraient. Ça le rendait encore plus effrayant, ça et sa capacité à se mouvoir avec détermination sans pour autant émettre le moindre son. Il y avait quelque chose de presque surnaturel chez lui, estimait Riley. Et depuis que Jon avait écrasé la tête de Cooper avec une masse, le gamin ne le regardait plus du tout de la même manière. Ce n'était plus vraiment son père, c'était l'autorité. La menace. Et à présent Riley s'en méfiait à tout moment, même lorsqu'il semblait détendu.

Après que la coulée de boue eut mis au jour la nécropole de son père, Riley perçut encore un changement chez celui-ci. Jon traversa une longue période de repli sur lui-même, de calme même. Ça ne l'empêchait pas de crier sur sa femme ou de pincer les oreilles de son fils dès qu'il lui passait derrière, sans aucune raison, mais pour le reste, il demeurait étrangement serein. Et cela inquiétait fortement tous les membres de la famille.

Cet hiver-là, Riley eut encore plus de difficultés à l'école qu'il n'en avait déjà, il ne parvenait pas à se concentrer longtemps, il oubliait tout, faisait rarement ses devoirs et à force d'entendre ses professeurs se décourager pour lui, il envisagea pour la première fois d'arrêter sa scolarité à la fin de l'année. Il savait qu'en cherchant bien, il pourrait trouver un travail, même s'il n'aurait alors que douze ans, c'était possible à Carson Mills, il n'avait aucun doute là-dessus. Comme son père avant lui, et son arrière-grand-père avant, il abandonnerait un système qui n'était pas adapté à lui pour gagner de quoi améliorer leur quotidien.

La seule chose qui lui manquerait, ce serait les copains. Il n'en avait pas beaucoup, encore à cette époque frayer avec un Petersen n'était pas bien vu, mais le peu qu'il fréquentait lui tenait à cœur. Être un Petersen avait au moins un avantage : mis à part des insultes, personne ne l'embêtait jamais à l'école, la frénésie brutale de Jon à l'égard de Tyler Clawson et quelques autres hantait encore les mémoires. Et Riley se rendit compte cet hiver-là que même les jeunes savaient qui était son père, ils le craignaient. Depuis quelques mois, Riley avait aperçu le pick-up paternel aux abords de l'école. Il s'était demandé si Jon le surveillait ou quelque chose dans ce genre, avant de le surprendre en train de discuter avec des garçons un peu plus âgés que Riley, et de constater que ces derniers acquiesçaient à tout ce qu'il leur disait. Les enfants de toute l'Amérique avaient le croquemitaine pour se raconter des histoires qui font peur ; à Carson Mills ils avaient Jon Petersen.

Au début, Riley n'osa pas trop se mêler des histoires de son père mais, la curiosité aidant, il finit par mener sa petite enquête pour apprendre que le paternel posait des questions sur les élèves de l'école. Apparemment, il devait chercher quelqu'un, bien que Riley ignorât qui et pourquoi. Il ne venait pas tous les jours, ni même toutes les semaines, c'était aléatoire, et Riley le soupçonnait d'être trop malin pour débarquer aux mêmes horaires, car son père avait l'âme du chasseur, il savait se fondre dans le décor, ne pas se faire remarquer, et il devait parfois être là, sans sa voiture trop repérable, caché quelque part à épier, à guetter sa proie. Riley se demandait qui pouvait être cet élève qui suscitait une telle obsession chez son père, et il commença à avoir peur pour lui. Quoi qu'il ait fait, ce garçon allait finir par le regretter, ça c'était sûr.

Lorsque le printemps approcha, Riley ne vit plus du tout Jon aux abords de l'école. Avait-il trouvé celui qu'il traquait ou simplement abandonné sa quête ? Le gamin n'en savait rien, et parfois se demandait si son père n'était juste pas mieux caché que d'ordinaire. Lorsque Riley descendait en ville avec lui, en général le samedi et le dimanche, il remarqua comme il était familier avec les adolescents, et comme ceux-ci baissaient tous le regard en sa présence avant de hocher la tête à tous ses commentaires. Jon aurait pu leur demander d'aller lui acheter ses cigarettes et de les payer eux-mêmes avec leur argent de poche qu'ils auraient obéi sans broncher, songea Riley.

De son côté, sa mère continuait à disparaître peu à peu de la surface du globe. Elle se vidait de sa substance, semaine après semaine, elle n'était plus qu'une enveloppe guidée par des habitudes, des rituels, et soumise à la volonté de son mari. Quatre à cinq fois par semaine, et parfois même le week-end, Jon l'emmenait en voiture et elle rentrait par ses propres moyens en fin de journée, parfois tard le soir, une fois Riley couché. Elle avait cessé depuis longtemps de s'inquiéter réellement pour son fils, de savoir s'il avait bien dîné, si ses devoirs étaient faits, et la dernière fois qu'elle avait cuisiné ses fameuses brioches au sucre remontait à si longtemps que Riley en avait oublié le goût. Elle se contentait de lui passer une main dans les cheveux et de lui demander si tout allait bien, à quoi Riley répondait d'un oui aussi réconfortant qu'il le pouvait, puis elle filait au lit. Jon avait revendu la télévision pour qu'elle ne puisse plus se réfugier mentalement dedans, alors il ne lui restait plus que le sommeil pour oublier. Riley avait tout juste douze ans désormais, mais il comprenait déjà qu'une personne qui ne cherche qu'à fermer les yeux est un être qui recherche la mort, et cela l'attristait beaucoup. Lorsque vint vraiment le printemps, Riley se mit à faire de plus en plus l'école buissonnière. Il trouvait toujours des prétextes nouveaux pour justifier ses absences et depuis que sa mère ne se rendait plus aux convocations des professeurs, ils avaient cessé d'appeler à la maison, craignant trop les réactions imprévisibles de Jon. Il faisait beau, la nature explosait de couleurs, de sons et d'odeurs fraîches et Riley préférait arpenter les forêts, se construire des abris, pêcher au bord du ruisseau en repensant à grand-père Ingmar, plutôt que s'enfermer dans une salle saturée par la transpiration des élèves à écouter des discours soporifiques. Il se débrouillait pour rentrer en fin de journée, et personne ne lui demandait rien. Très vite, il se mit à vivre dehors, pour ne franchir le seuil de la ferme que le soir, et lorsque les premiers jours de l'été pointèrent, il avait non seulement pris sa décision d'arrêter l'école mais aussi de se construire sa propre maison dans la forêt et de vivre de ce qu'il pourrait pêcher et chasser, même si l'idée d'écorcher des écureuils et des lièvres le dégoûtait encore un peu.

Il n'en était qu'à la phase première de son plan, à cette période de transition où il vivait le jour dehors et rentrait prendre ses repas et dormir chez ses parents, lorsqu'il remarqua l'étrange manège à la ferme. Sa mère ne se rendait absolument pas compte de la nouvelle vie de son fils, elle passait à présent le plus clair de son temps loin de la maison, probablement au *Loup solitaire*, et son père était tellement dans son monde qu'il n'avait que faire de Riley – le gosse le soupçonnait même de trouver pratique l'absence de ce fils qui ne lui servait plus à rien. Le domaine tombait en décrépitude, depuis la coulée de boue le paternel avait cessé de l'entretenir, les clôtures s'affaissaient, l'humidité rongeait les bardeaux, les poules se faisaient massacrer par les renards, et même le potager était plein de mauvaises herbes. La mise à nu de sa sinistre nécropole avait manifestement plus affecté Jon que ce que Riley avait d'abord cru. Toujours est-il qu'un après-midi de juillet où Riley ne se sentait pas très bien (il avait mal au ventre, il suait à grosses gouttes et la tête lui tournait dès qu'il marchait un peu trop vite, probablement à cause des baies qu'il avait ingurgitées le matin même), il décida de rentrer se coucher et tandis qu'il approchait de la ferme, il vit une fille de son école descendre l'allée des chênes. Il ne se souvenait plus de son nom, elle devait avoir à peine un an de plus que lui, deux tout au plus. Elle marchait assez vite, et se retournait fréquemment pour s'assurer que personne ne la suivait. Ses longs cheveux bruns dansaient sur ses épaules sous le soleil chaud. Riley la trouva jolie avant de se demander ce qu'elle était venue faire ici. Voulait-elle espionner les Petersen ? La mère de la fille était-elle dans la ferme avec le père de Riley ? C'était étrange cette façon qu'elle avait de tituber comme si elle avait mal quelque part.

Puis, avant qu'elle n'ait atteint le bout de l'allée, Riley remarqua qu'elle tenait au bout de la main, nonchalamment, une longue tige terminée par un magnifique coquelicot bien ouvert et d'un rouge éclatant.

24

Le soleil de juillet avait cuivré la peau de Riley, mais pas son esprit. Il comprit qu'il était anormal pour une fille de son école de quitter leur ferme de cette démarche blessée, une fleur à la main, en donnant le sentiment d'être pourchassée par les cerbères de l'enfer en personne. Jon buvait de plus en plus, les canettes froissées de Pabst Blue Ribbon s'entassaient avec les bouteilles vides de whisky frelaté, et il fumait encore plus, et puis il parlait souvent seul, autant de signaux effrayants pour Riley qui en vint à se demander s'il ne devait pas se confier à quelqu'un de l'extérieur. Prévenir que sa mère devenait aussi transparente qu'une feuille de tabac à rouler par la même occasion, et donc mettre Carson Mills à l'abri. Car Riley en était à présent persuadé : son père devenait véritablement une menace. Plus seulement pour ses proches, mais pour tout ce qui passerait à sa portée. Le garçon repensa au pasteur méthodiste qui était venu le voir et hésita. Ce serait tout de même une trahison impardonnable pour la mémoire de son arrière-grand-père dont il portait le nom, et Riley craignait d'avoir affaire à son fantôme s'il le provoquait. Qui d'autre en ville était digne de confiance ? Pas grand monde, la plupart avaient peur de Jon Petersen, et Riley le savait mieux que quiconque : la peur est le moteur de la bêtise, du coup ils risquaient de courir répéter à Jon tout ce que son propre fils racontait à son sujet, ou au mieux ils se terreraient dans leur coin et laisseraient faire. Riley l'avait appris à ses dépens au fil des ans : l'homme gêné préfère prétendre qu'il ne voit rien plutôt que de prendre le risque de chambouler son quotidien. Et à Carson Mills plus qu'ailleurs, on prisait les vieilles habitudes et détestait tout ce qui pouvait les perturber.

Restait le shérif. Mais l'écouterait-il si Riley n'apportait rien d'autre qu'un sentiment ? Pas sûr. Il lui fallait des faits, à défaut de preuves, au moins savoir précisément de quoi il retournait. Alors Riley décida d'espionner son paternel. Après, il serait temps d'honorer la promesse qu'il avait faite un jour à sa tante Rakel. Il ne l'avait jamais oubliée, et il comprenait désormais qu'elle avait eu raison. Ce territoire devenait trop petit pour Jon et un autre homme. Riley devait partir, il le *sentait*, l'idée lui trottait dans le crâne depuis plusieurs jours. Finalement, vivre dans la forêt serait trop risqué, trop proche de la ferme, Riley devait s'enfuir loin, très loin, il en était convaincu, et il considéra que sa surveillance du paternel serait une sorte de cadeau d'adieu qu'il offrirait à la ville. Si Jon Petersen n'était pas un type fréquentable, alors Riley irait le dire au shérif avant de prendre la route. Il embrasserait sa mère, lui souhaiterait bonne chance, et filerait pour toujours.

Pendant plusieurs jours il se dissimula derrière une jalousie de broussailles enchevêtrées au pied du mesquite face à l'entrée de la ferme. C'était l'arbre préféré de Riley, parce qu'il était unique en son genre dans la région, comme tombé du ciel par on ne sait quel miracle germinatif propre au suroît vernal, et que, comme l'enfant, il avait l'écorce dure, capable de supporter l'âpreté du climat sur la colline. Dix jours durant, Riley resta fidèle à son poste, guettant les moindres mouvements aux alentours du domaine, se prenant pour Rusty comme dans la bande dessinée et les quelques épisodes de la série télé qu'il avait eu l'occasion de regarder avant que Jon ne se débarrasse du poste. Cela lui faisait toujours de la peine de jouer à Rusty car du coup il devait imaginer son fidèle compagnon à quatre pattes, Rintintin, et à la place il revoyait la tête de Cooper exploser comme un vieux pruneau sous la masse de son père, mais c'était tout de même un chouette héros et ils avaient sensiblement le même âge, ça plaisait à Riley. Au fil des jours, il commença pourtant à s'ennuyer ferme, il s'occupait avec une badine pour fourrager dans un trou au pied du mesquite, sans jamais rien en retirer, ou il étudiait la forme des nuages, à la recherche d'un visage connu qui s'y dessinerait, sans plus de succès. Il devint moins strict sur sa surveillance, notamment lorsqu'il voyait le pick-up de son père partir tôt le matin, il savait qu'il y avait peu de chances pour qu'il rentre avant la fin de journée. Peu à peu, il reprit ses habitudes, sillonnant le bas-côté des routes pour remplir son sac en toile de jute des canettes en bon état et surtout des bouteilles qu'il ramassait dans l'herbe pour les revendre au comptoir d'Al Metzer. À raison d'un cent pour dix canettes ou un cent la bouteille en verre, le gamin s'était déjà constitué un petit pécule au fil des semaines, et il décida de s'offrir un paquet de ces brioches dorées vendues par dix, moins chères que les fraîches de la vitrine de chez Mo's. C'était des petits pains industriels, bien moins savoureux que ceux que sa mère lui cuisinait lorsqu'il était petit, et dont la mie plus sèche ne fondait pas sous les dents mais se déchirait. Pourtant, après en avoir englouti trois, Riley se fit à leur goût homogène, et le paquet devint son trésor de la semaine, il devait s'efforcer de se rationner, se retenir pour le faire durer le plus longtemps possible.

Le mois d'août commençait à peine lorsqu'un midi où Riley était en poste derrière son mesquite, il vit le pick-up revenir avec une personne assise à côté de son père. Dix minutes plus tôt, le garçon avait failli abandonner sa mission pour aller se rafraîchir les pieds dans la Slate Creek, pensant qu'il ne reverrait plus la voiture avant le soir, lorsqu'une intuition le poussa à rester encore un peu. Il reconnut la fille dès qu'elle posa un pied dehors : Mapel Jenkins. Tous les garçons la connaissaient pour ses longues nattes auburn, ses taches de rousseur comme si un pot de peinture lui avait éclaté à la figure à la naissance, et surtout ses énormes seins pour une fille d'à peine treize ans, si gros qu'elle-même ne semblait jamais savoir bien quoi en faire. Elle traînait beaucoup du côté de la vieille fonderie cet été, Riley le savait, il l'avait aperçue au milieu d'autres gamins – une suiveuse, pas du genre à faire des histoires, plutôt naïve même, et Riley avait déjà songé à lui parler, parce qu'il aimait bien les gens crédules, c'était une sorte de qualité, avait-il remarqué, car la plupart du temps elle dispensait de toute forme de méchanceté. En tout cas, à présent, Mapel Jenkins était là. À peine le pied posé sur le sol poussiéreux de la cour, elle mit ses mains dans les poches de la blouse et examina la ferme d'un œil peu rassuré.

— Monsieur Petersen, vous êtes sûr que je ne devrais pas vous attendre ici ? entendit Riley depuis ses buissons.

— Tu veux le voir ou pas mon petit chiot ? Allez, viens ! Tu vas m'aider à le retrouver…

Riley se raidit. Ce n'était pas tant d'entendre son père évoquer la présence d'un chiot imaginaire que le son de sa voix. Celle qu'il prenait lorsqu'il voulait obtenir quelque chose avec malice, lorsqu'il faisait attention à ne pas être effrayant, et Riley le savait, cette voix n'était jamais bon signe. Jamais. Il hésita à sortir de sa cachette et à crier à Mapel de s'enfuir, mais il savait que son père le lui ferait payer, peut-être bien plus cher que ce qu'il voulait faire à Mapel, bien que Riley ignorât exactement ce dont il pouvait s'agir. Il savait en revanche que son père n'offrait pas une fleur aux filles sans raison, c'était forcément pour les remercier de quelque chose, ou pour les féliciter. Et le garçon entendait bien en savoir plus avant de prendre une décision sur ce qu'il conviendrait de faire. Soudain l'idée d'aller chercher le shérif lui parut futile. Que pouvait un vieux monsieur face à son père, aussi rutilante puisse être l'étoile qui ornait sa poitrine ? Il y avait quelque chose chez son paternel qui irradiait tout autour, une sorte d'onde ou d'aura, et Riley sut aussitôt que rien de bon ne pouvait naître sous cette influence. C'était peut-être pour ça que l'herbe ici restait jaune et rase et que les arbres poussaient avec des branches tordues. Non, ce n'était pas le shérif qu'il fallait appeler. Plutôt un pasteur, à défaut de Dieu lui-même.

Le garçon attendit que Jon fasse entrer Mapel dans la ferme, il le vit scruter l'horizon comme pour s'assurer qu'ils étaient bien seuls, et lorsque son père referma la porte avec un rictus mauvais, Riley sortit de sa cachette.

*

Que de temps perdu, songeait Jon depuis le début du printemps. Toutes ces années à courir après une illusion, un souvenir, sans comprendre qu'il était pourtant simple de le refaire vivre. Les fantasmes sont des rêves morts là où les désirs sont bien vivants, et Jon reprenait goût à l'existence depuis qu'il avait compris comment ressusciter les siens. Tel Lazare, son obsession primitive ressortait de la froide tombe de sa mémoire pour passer dans le bouillonnant chaudron de ses pulsions. Il devait cette transfiguration à Dieu et à Hanna. Il avait compris les signes du premier lorsqu'il avait éventré la terre sur laquelle le fermier venait ressasser ses joies d'autrefois à travers un rituel obsolète, et la seconde, de par son apparence, lui avait ouvert les yeux sur la dimension essentielle de toute quête : le temps n'est pas inoffensif sur celui qui la conduit. Jon s'était trompé. Toutes ces années où il avait voulu retrouver ce sentiment de plein pouvoir, cette jouissance éternelle de perforation, cette soumission jusqu'au sang, il s'était égaré avec celles qui devenaient des femmes, des adultes comme lui, il avait fait évoluer son souvenir en vieillissant, alors que la vérité était là, sous ses yeux, entre les cuisses de jeunes filles innocentes, de véritables fleurs prêtes à ployer sous ses reins, comme sa tante autrefois. Il y avait certes eu quelques bourgeons à peine mûrs durant toutes ces années, comme celle de la blanchisserie ou une autre dans une caravane du Texas, mais ça n'était pas exactement ça, déjà un peu trop vieilles pour exploser convenablement, plus assez gorgées des sucs de la candeur pour saigner aussi abondamment qu'il le méritait, ce n'était que des traînées en devenir, pas du tout ces perles rares et lisses qu'il prisait tant. Depuis, il s'était rattrapé, il avait découvert qu'il pouvait se montrer très persuasif auprès des jeunes de Carson Mills, tous le craignaient trop pour le fuir directement, et encore plus pour se plaindre de lui à quiconque.

Jon fit entrer Mapel dans la pièce principale de la ferme et tourna le verrou dès qu'elle eut posé le pied dans sa toile. Avec ses grands yeux apeurés, elle ressemblait à une sauterelle prise au piège d'une araignée colossale.

— Monsieur Petersen, vous m'avez demandé de l'aide pour retrouver votre chiot, dit-elle d'une voix tremblante, pourquoi nous sommes dans votre maison ? Je croyais qu'il s'était perdu dans le champ…

— Tu sais garder un secret, fillette ?

Le nez de la rouquine se retroussa.

— Tu es une fille de confiance, pas vrai ? insista Jon. Parce que tu sais ce qui arrive à ceux qui ne sont pas dignes de confiance, n'est-ce pas ? Ils vont en enfer. Direct. Eux et tous ceux qu'ils aiment. Ils grillent en hurlant sur les bûchers des perfides. Parce qu'un secret, c'est ce qu'il y a de plus important au monde. Et comme tu es une fille formidable, je vais t'en faire découvrir un, ici, juste pour toi et moi.

— Monsieur Petersen, je crois qu'il vaudrait mieux que je parte…

Il lui barrait la route et son regard était si noir et si profond qu'il engloutissait toute la pièce. Faire un pas dans sa direction revenait à se jeter dans le vide, aussi Mapel recula, lentement, jusqu'à se cogner au vieux poêle à bois. Dans les histoires pour enfants que sa sœur aînée lui racontait le soir, lorsqu'elles se cachaient sous la couverture pour lire à la lueur d'une lampe électrique, les poêles servaient à cuire les petites filles dans son genre, quand les hommes dans le genre de Jon Petersen laissaient tomber leur masque affable pour dévoiler leur sourire carnassier fait de dents pourries et pointues comme des hameçons. Mais Mapel sut aussitôt qu'elle n'était pas dans un conte, parce que Jon ne portait pas de masque. Ce visage monstrueux était le sien, chaque jour que Dieu faisait, et elle ne s'en était pas assez méfiée. Elle n'avait pas su écouter son instinct lorsqu'il l'avait abordée pour lui réclamer son aide avec insistance, et à présent il était sur le point de la dévorer. Il allait se repaître de l'enfant en elle, pour ne laisser qu'une carcasse décharnée qu'on appelait « adulte », mais une adulte vidée de ses chimères et de ses enchantements. Parce que c'était de cela qu'il se nourrissait, c'était l'authentique nature de Jon Petersen : un ogre d'enfants.

— Je vais t'offrir le plus merveilleux des secrets, dit-il d'une voix froide et sifflante, et nous le scellerons ensemble d'un présent pour que tu te rappelles à jamais ta promesse de ne rien dire. Mais avant cela, je vais t'embrocher, je vais te tatouer l'âme et la chair, tu vas m'appartenir pour toujours, parce que c'est le vice que je vais répandre en toi. Et tu seras à moi jusqu'à ton dernier souffle, avant que le diable ne réclame son dû.

Mapel aurait normalement ressenti la plus glaciale des étreintes en pareilles circonstances, la peur voyageant toujours avec des frissons givrés, pourtant elle se mit à transpirer. Il faisait plus chaud en présence de Jon Petersen qu'aux portes mêmes de l'enfer, songea-t-elle tandis qu'il approchait. Son ombre s'étirait derrière lui et grimpait le long du mur, allongeant ses membres, et lorsqu'il tendit les mains dans sa direction pour l'attraper, ses doigts ressemblaient à d'immenses griffes.

Mapel crut un instant que c'était la folie qui embrasait ses prunelles, mais quand il fut sur elle, elle comprit que c'était bien pire.

Ce qui flamboyait en Jon Petersen, c'était le Mal incarné.

25

Ce fut le téléphone qui prévint Jarvis Jefferson, le même vieux combiné en bakélite qu'il possédait depuis plus de trente ans. Le pasteur Alezza était sur les lieux, et il l'attendait.

Jarvis sauta dans sa voiture et roula à toute vitesse jusque sur la colline à l'ouest de la ville. Il se gara derrière la Dodge du pasteur qu'il trouva sur le perron, les mains sur les épaules du petit Petersen. À celui qui prétendait qu'une mauvaise terre engendrait systématiquement de mauvaises récoltes, Jarvis aurait bien présenté ce garçon, Riley. Car si Ingmar avait été dur, Lars excessif et Jon malsain, le dernier du clan était aussi modéré quc dégourdi et amène. Jarvis n'avait entendu que du bien de lui malgré son absentéisme scolaire prononcé. Un chouette petit gars. Alezza lui parlait à voix basse et Riley hochait la tête. Lorsque Jarvis se positionna à côté du pasteur, le garçon les observa l'un et l'autre avec un drôle d'air et il parut presque rassuré. Ses traits se détendirent et pendant un instant le shérif crut même qu'il allait sourire, avant qu'il n'ouvre la bouche.

— Est-ce que Mapel va bien ?

Jarvis tiqua et s'accroupit en faisant craquer ses antiques genoux. Il se retint au pasteur pour ne pas perdre l'équilibre.

— Mapel Jenkins ? Tu l'as vue ? s'étonna-t-il. Elle était là ?

Riley acquiesça, ses grands yeux couleur d'automne ouverts comme devant son premier film.

— Oui, et mon père allait lui faire du mal.

Jarvis guetta Alezza qui fit non d'un signe du menton.

— Je ne l'ai pas vue en tout cas, ajouta le pasteur plus bas.

— Et ta maman, tu sais où elle est ?

— Probablement au *Loup solitaire* pour faire plaisir à des hommes.

Les deux adultes échangèrent un nouveau regard, accablé cette fois.

— Je vais aller la prévenir, mais avant cela, il faut que j'entre, expliqua le shérif. C'est d'accord ?

— Je peux rester dehors ?

— C'est même mieux ainsi. Tu es un brave garçon, Riley, après je t'offrirai un Dr Pepper pour la peine.

— J'aimerais autant un Diet Rite si c'est possible.

— Je ne crois pas que ce soit un problème. Peut-être même tout un pack si Al Metzer peut nous trouver ça.

Jarvis se redressa pour lui ébouriffer les cheveux et le confier à Alezza vers lequel il se pencha.

— Vous n'avez rien touché ?

— Absolument rien, tout est comme j'ai trouvé la maison. Dès que le gamin m'a prévenu, j'ai déboulé. J'ai juste pris le téléphone pour vous appeler, c'est tout.

Jarvis poussa du bout de sa botte la porte qui s'ouvrit en grinçant comme une vieille sorcière hilare. Il rentra la tête dans les épaules pour ne pas accrocher son stetson tout neuf et fut accueilli par la sérénade sifflante des mouches qui pullulaient à l'intérieur. Il avait pris pour habitude de ne jamais se découvrir les premières minutes en présence d'un mort, sauf en de rares occasions pour rendre hommage à un être particulièrement bon. Jarvis estimait qu'un homme n'avait pas à saluer la mort si elle était encore à l'œuvre au chevet de sa victime. Et pour ce qu'il en savait, le cadavre dans la ferme était encore chaud, la Faucheuse ne devait pas être loin, et si Jarvis pouvait la croiser ce serait pour lui dire tout ce qu'il pensait d'elle, certainement pas pour se montrer poli.

La pièce était en désordre mais Jarvis devina que c'était dans les habitudes des Petersen, il ne fallait pas se méprendre, à l'exception, peut-être, d'un tabouret renversé près du vieux poêle à bois. La saleté, la poussière et une mauvaise odeur accaparaient l'espace et le shérif dut se concentrer pour passer sur ces détails.

Il était au centre, allongé sur le dos, la tête rejetée en arrière, paupières mi-closes, lèvres sèches décollées, un filet de bave et de sang mêlé formant un tentacule rivé au plancher raclé.

Jon Petersen était mort, cela ne faisait pas l'ombre d'un doute, Jarvis n'eut même pas à s'agenouiller pour tâter son pouls, il savait qu'aucun homme ne pouvait être figé dans cette attitude si singulière si son corps abritait encore un soupçon de vie. C'était l'alchimie de la mort. Un dosage étrange de tensions cristallisées à l'instant même où la Faucheuse l'avait saisi et de relâchements musculaires inédits. Cela se produisait souvent dans des cas de mort violente, avait remarqué Jarvis au fil de son expérience, ce curieux équilibre entre une masse totalement inerte et des parcelles de son être encore crispées par l'effroi ou une inexplicable brûlure nerveuse qui lui fixait le poing, deux doigts ouverts, ou lui plaquait une grimace de terreur alors que tout le reste du corps était plus détendu que celui d'un dormeur au plus profond de son sommeil.

Jon, lui, était mort les mains ouvertes comme pour exiger une explication à son sort, comme s'il avait voulu savoir pourquoi *lui* au moment même où la faux tranchait les fils de son existence.

Dieu seul savait pourquoi lui.

Dieu et son assassin.

Car la nuque et le cou de Jon Petersen étaient plus violets qu'un brin de lavande sous le soleil d'été, la peau s'était déchirée, la chair boursouflée dépassant des replis comme de la viande hachée débordant de sa pochette en papier paraffiné. Celui qui avait tourné la tête de Jon Petersen l'avait fait avec une rage terrible, de la haine même. Il n'avait pas cherché à lui faire mal, non, juste à le tuer, tout simplement. Fallait-il une force supérieure pour y parvenir ? Au point de lui rompre la nuque et de dévisser sa caboche ? Peut-être, là-dessus Jarvis n'était pas particulièrement calé, mais il avait déjà vu ou entendu des choses qu'on ne trouvait pas dans les manuels de la police, des femmes capables de soulever des charges impossibles pour dégager leur enfant, des hommes qui avaient survécu à des blessures mortelles par la seule puissance de leur volonté, et en matière de ce qui était officiellement plausible ou non, Jarvis ne faisait confiance qu'à son ouverture d'esprit.

Ce qui était le plus surprenant, c'était la taille des mouches qui se posaient sur Jon Petersen : ce type attirait des bestioles plus grosses que les fraises de Mae Golding, et c'était pourtant les plus grosses fichues fraises de tout le comté, voire peut-être de l'État entier. Jarvis n'avait jamais vu pareilles mouches. Celles-ci étaient toutes particulières, comme spécialement façonnées pour ce mort-là, à croire qu'il avait la chair si dure qu'un insecte ordinaire n'aurait pu y pondre et encore moins s'en repaître. Il fallait des créatures exceptionnelles pour faire disparaître un être non moins exceptionnel, à la mesure de sa vile nature.

Jarvis fit le tour de la pièce, un capharnaüm insondable qui rendait difficile toute projection de ce qui avait pu se passer, mais il nota tout de même que la porte de derrière était entrouverte. Il la poussa et examina le paysage au-delà, le potager envahi par les mauvaises herbes, l'enclos des porcs cassé, il entendit le caquètement tranquille des poules et observa la pente douce qui s'étalait sur des centaines de mètres vers un bois aride. Si Mapel Jenkins était bien venue là comme l'affirmait le petit Riley, et s'il fallait supposer qu'elle s'était enfuie, il y avait fort à parier qu'elle avait couru à en vomir ses poumons à travers la lande dans cette même direction, pour rejoindre le chemin des Flat Stones afin de rallier au plus vite la route puis la ville.

Puis une hypothèse plus sinistre obscurcit l'âme du vieux shérif : Mapel gisait peut-être quelque part parmi les bruyères, tache sombre parmi les flaques fleuries de rouge, de mauve et de jaune, rattrapée par le monstre, moissonnée sans pitié… Non, Jarvis refusa d'en imaginer davantage. Ça n'avait pas de sens, pourquoi Jon aurait-il fait cela ? Et comment expliquer sa présence dans la ferme, la tête tournée comme un vulgaire bouchon de bouteille de vin, s'il avait couru après l'adolescente ? Mapel était bien vivante, quelque part entre ici et chez elle, en ville. Oui, c'était le plus probable. Le plus rassurant aussi. Les Jenkins vivaient au bout de la rue du shérif, interroger Mapel ne serait pas bien compliqué. Mais Jarvis n'imaginait pas la gamine capable de tuer Jon. Et puis qu'est-ce qu'elle fichait ici avec un individu dans son genre ? Jarvis n'aimait pas ça. Le spectre d'une vieille affaire et de ses soupçons à l'époque remontait lentement tandis que le shérif distinguait les croquenots souillés du fermier allongé dans son dos, ombre parmi les ombres. Qui pouvait avoir tué Jon Petersen ?

À peu près toute la ville, et peut-être au-delà.

Jarvis prit une longue inspiration avant de se gratter la moustache. Il n'allait pas pleurer cette ordure. Pourtant, il ne pouvait tirer un trait sur ce qui venait de se produire. Derrière chaque crime se cache une vérité. Et celle de Jon Petersen méritait tout autant qu'une autre d'être mise au jour.

26

Un pack cartonné de huit bouteilles en verre de Diet Rite était posé sur la table, à côté d'un paquet de Reese's au beurre de cacahuète, sous le regard hypnotisé de Riley Petersen.

Jarvis avait envoyé Bennett chercher la mère du petit au *Loup solitaire*, en lui murmurant de prendre tout son temps, avant de s'enfermer dans son bureau. Jill, la nouvelle secrétaire qui remplaçait Diana partie élever ses trois enfants, se tenait dans un angle de la pièce, son carnet de notes sur les genoux. C'était une jeune et jolie femme compétente qui changeait de l'acariâtre Diana, et pas un jour ne filait sans que Jarvis se félicite encore de son embauche. Elle offrit un immense sourire de ses dents parfaitement blanches (probablement lavées au bicarbonate de soude chaque dimanche, soupçonnait le shérif) au garçon qui se détendit aussitôt, surtout lorsqu'il vit les friandises disposées à son attention. Pour un petit qui venait d'apprendre la mort de son paternel, il semblait loin d'être sous le choc, même pas triste. Mais avec un père comme Jon Petersen, pouvait-il l'être ?

Jarvis décapsula une bouteille qu'il tendit au gamin

avant d'en proposer une à Jill, qui refusa, et de s'en ouvrir une pour lui. Il s'assit en face de Riley et fit la moue, ce qui souleva sa grosse moustache.

— Bon, Riley, mon bonhomme, si tu me racontais comment ça s'est passé ?

Le garçon fit une grimace de surprise, et il ouvrit la bouche, encore un peu de soda baignant ses gencives, des crépitements chimiques jaillissant entre ses lèvres. Ce satané Diet Rite était trop froid, comprit le shérif, encore la faute à Al Metzer qui refusait de monter la température de ses fichues vitrines réfrigérées et du coup vendait ses boissons à moitié congelées.

— Tiens, mange un biscuit, fit Jarvis en déchirant le paquet de Reese's et le poussant en direction du garçon.

Riley croqua le rebord et commença à le ronger ainsi pour le scalper de sa couche chocolatée. Jarvis poussa un long soupir in petto. Il avait oublié depuis tout ce temps la patience qu'imposaient les enfants. Il décida de lui laisser une minute, après tout il la méritait bien, et d'un regard vers Jill il constata qu'elle partageait son sentiment. Après quoi il revint à la charge.

— Où est-ce que tu étais quand ça s'est produit ?

— Quoi donc ? demanda Riley, des miettes plein le menton.

— Eh bien, tu sais, le… quand ton père a été tué.

— J'étais pas là. J'étais parti.

— Ah.

Jarvis leva les yeux vers Jill qui notait les déclarations.

— Alors quand est-ce que tu as vu Mapel Jenkins ? insista le shérif.

— Avant, quand mon paternel est revenu, elle était

avec lui dans la voiture. Après ça il l'a fait entrer. C'est là que je suis parti à toute allure chercher de l'aide. À cause de sa voix. Elle était pas comme d'habitude, elle sonnait creux, pour se donner un genre, un genre tout… je sais pas comment dire, tout croustillant, tout sucré. Sauf qu'avec lui, c'est du sucre rance, si vous voyez ce que je veux dire.

— Ils étaient juste tous les deux ?

— Oui.

— Personne d'autre dans la maison ?

— Je sais pas, je suis pas entré, j'étais dehors, sous mon arbre préféré.

— Tu sais ce que ton père et Mapel faisaient là ?

— Non, mais pour sûr que ça n'allait pas lui plaire à elle, je connais mon paternel, surtout quand il a sa voix de sucre rance.

Jarvis hocha la tête d'un air sombre. Après toutes ces années, il avait les cheveux entièrement blancs, tout comme la moustache, et il devait paraître centenaire aux yeux du gamin, peut-être rassurant, se prit-il à espérer. Lui en tout cas aurait aimé être rassuré. Le petit avait l'air de savoir des choses qu'un enfant ne devrait pas connaître au sujet de son géniteur.

— Et c'est quelque chose qu'il faisait souvent ton père, je veux dire, avec d'autres filles de ton école ?

— Je crois bien. J'ai vu qu'il y avait pas mal de coquelicots coupés derrière chez nous.

Le shérif se raidit sur sa chaise. Qu'est-ce que cette histoire de coquelicots venait faire là ?

— Pourquoi tu dis ça ? demanda-t-il.

— Il offre un coquelicot aux filles qui viennent à la maison, et après elles sont… elles n'ont pas l'air très heureuses.

La vieille main tavelée du shérif lui couvrit la moustache avant qu'il ne voie Jill effrayée sur sa chaise.

— C'est idiot quand on y pense, ajouta Riley, parce que le coquelicot c'est une fleur qui meurt dès qu'on la coupe. Il aurait pu en choisir une autre sorte quand même…

— Tu pourrais nous donner les noms des filles que tu as vues ? fit Jarvis en essayant de maîtriser l'émotion dans sa gorge.

— J'en ai vu qu'une en fait, mais je crois bien qu'il y en a eu d'autres, à cause des coquelicots arrachés. Mon père, quand il ouvre une canette, il est pas du genre à en boire qu'une, ajouta Riley en avalant une grande lampée de soda froid.

Jarvis s'efforça de garder son calme tandis que son cerveau bouillonnait.

— Donc tu es parti en courant chercher du secours, continua-t-il, parce que tu savais que Mapel était dans le pétrin ?

— Exact. J'ai foncé chez les Stewart, parce qu'ils ont le téléphone, et j'ai demandé à ce qu'on appelle le pasteur méthodiste.

— Et pourquoi pas mon bureau ?

— À cause du regard de mon père. Vous auriez rien pu faire. Il fallait un homme de Dieu pour l'arrêter, pas juste une plaque argentée.

Jarvis rangea sa fierté de côté, à son âge il n'en avait heureusement plus beaucoup.

— Le pasteur est passé te prendre chez les Stewart ensuite ? voulut détailler le shérif pour être sûr de tout bien enregistrer convenablement.

— Oui, et on est allés chez moi. Il m'a dit d'attendre dans la voiture, ensuite il est entré, puis il est ressorti pas longtemps après. Je peux vous dire qu'il était tout vert, le pasteur. C'est là qu'il m'a expliqué que mon père, il était mort. Et puis vous êtes arrivé.

Jarvis observait le garçon, sa quasi-indifférence tandis qu'il racontait le décès de son paternel, du chocolat plein le menton, les doigts tout blancs à cause de la bouteille glacée qu'il tenait comme s'il s'agissait d'un trésor.

— Tu n'es pas triste, Riley ? demanda-t-il tout bas.

Le garçon fronça les sourcils, leva les yeux vers le plafond pour réfléchir, avant de secouer doucement la tête.

— Ça va faire du bien à ma mère.

Puis, brusquement, son regard s'embruma et les larmes jaillirent d'un coup. La bouche du garçon se tordit, pleine de filaments de salive, avant qu'il n'ajoute :

— Je crois bien que j'arrive pas à lui pardonner ce qu'il a fait à mon Cooper.

*

Bennett revint du *Loup solitaire* une heure plus tard, bredouille.

— Un gars dit qu'il a vu Joyce Petersen partir avec un barbu en début d'après-midi, mais Patsy, la propriétaire, dit qu'elle connaissait pas ce mec, probablement un routier ou un VRP de passage.

Jarvis acquiesça. Jill occupait le gamin derrière son bureau, et pour le moment il semblait aller bien, parlant avec la secrétaire. La crise de larmes était passée.

— Je suppose que tu n'as pas récupéré de numéro de plaque ou au moins la description du véhicule ?

Le visage de Bennett se contracta subitement.

— Ah non, j'ai pas pensé.

Jarvis soupira. Son adjoint était d'une incompétence sans espoir, même après toutes ces années à lui répéter quoi faire. Il attrapa son téléphone et composa le numéro des Petersen. La sonnerie fut interrompue assez rapidement.

— Oui ?

Jarvis reconnut la voix grave et suspicieuse de son autre adjoint.

— Doug, c'est moi. Comment ça se passe à la ferme ?

— Pas grand-chose, patron, je ratisse mais c'est un tel bordel ici. Si ma femme voyait pareil intérieur, je crois bien qu'elle en deviendrait aveugle sur-le-champ.

— Le coroner est arrivé ?

— Ils empaquettent le macchabée au moment même où je vous parle.

— Et qu'est-ce qu'il en dit, lui ?

— La même chose que vous : qu'à première vue il faut une force exceptionnelle pour faire tourner la tête d'un bonhomme à ce point, mais que dans des cas particuliers des gens sont capables de trucs incroyables avec l'adrénaline. Il vous envoie son rapport avant la fin de la semaine.

— Doug, la mère du petit est introuvable. À moins qu'elle soit impliquée dans le meurtre de son mari, et c'est franchement pas impossible, elle va sûrement finir par rappliquer. Je suis désolé de vous demander ça mais j'aimerais que vous restiez sur place, y compris ce soir s'il le faut. Si elle ne rentre pas de la nuit, nous la placerons en tête de notre liste des suspects.

— Très bien, boss.

— Je demanderai à Bennett de passer vous apporter de quoi dîner et une couverture.

— Laissez tomber, shérif, je vais appeler ma femme, elle le fera bien mieux que ce bon à rien.

— Tâchez de pas la faire entrer dans la maison alors.

— Vous inquiétez pas, j'aurai fini de relever les empreintes d'ici là.

— Je disais pas ça pour ça, Doug, mais pour pas qu'elle devienne aveugle.

Les deux hommes rirent et cela leur fit du bien, puis Jarvis raccrocha. Sa montre affichait dix-huit heures dix. Il avait encore un peu de temps avant de trouver quoi faire de Riley pour la soirée si sa mère ne se montrait pas. Il ordonna à Jill de rester avec le garçon et de continuer à l'occuper, avant de filer jusqu'à sa voiture pour rouler jusqu'à sa rue. Plus tôt dans l'après-midi, Jarvis avait appelé les Jenkins pour s'assurer que Mapel était bien rentrée, ce qui avait surpris Janice, sa mère, obligeant le shérif à promettre de passer les voir avant le souper.

Il se gara juste sous leur boîte aux lettres branlante (depuis toutes ces années, Lance n'avait pas pris un quart d'heure pour la réparer, c'était exaspérant !), et il frappa vigoureusement à la porte. Janice, boucles rousses et grosses lunettes couleur écaille de tortue, lui ouvrit, l'air préoccupé.

— Qu'est-ce qui se passe avec Mapel ? demanda-t-elle aussitôt.

— Est-ce que je peux entrer ?

Janice le guida à travers le salon encombré de jeux et sentant le chien et le fit asseoir à la table couverte d'une toile cirée sur laquelle un Monopoly prenait la poussière, les billets soigneusement rangés de chaque côté dans l'attente du retour des joueurs.

— Elle est rentrée à quelle heure aujourd'hui ?

— Je ne sais pas, il était seize heures environ quand moi je suis revenue des courses avec Doria et Sandy, Mapel était dans sa chambre. Elle a pleuré, shérif, elle dit que non, mais je connais ma fille, elle a les yeux rouges et les joues en feu. Qu'est-ce qui s'est passé ?

— Jon Petersen est mort.

— Le tordu sur la colline ?

— Et j'ai de bonnes raisons de croire que Mapel était sur place quand ça s'est produit, ou en tout cas pas loin.

— Ma fille chez les Petersen ? Et qu'est-ce qu'elle faisait là-haut ?… Attendez, fit la mère de famille en réalisant soudain ce que venait de dire Jarvis, vous voulez dire qu'elle…

— Je l'ignore, Janice. J'aurais besoin de l'interroger, répliqua Jarvis en se levant.

— Mais…

— C'est préférable que je la voie seul.

— Non, c'est une mineure, je veux…

— Janice, c'est pas Wichita ici, je fais comme je l'entends, et elle ne parlera peut-être pas de la même manière s'il y a sa mère dans la pièce. Tu n'auras qu'à écouter à travers la porte, mais je ne veux pas t'entendre. Elle est à l'étage, dans sa chambre ?

Janice acquiesça, sous le choc, et Jarvis grimpa les marches en s'agrippant à la rambarde.

Il trouva Mapel assise sur son lit, les genoux repliés contre elle, ceinturés par ses bras. Elle ne parut pas surprise de découvrir le shérif chez elle.

— On dirait bien que la journée a été difficile, fit-il en venant poser une fesse à l'autre bout du lit.

Il arrima son chapeau à l'oreille d'un fauteuil juste à côté et croisa les mains devant lui, buste penché.

— Est-ce que tu préfères tout me raconter ou tu veux que je te pose des questions ? demanda-t-il sur un ton qu'il voulait à la fois doux mais ferme.

Le regard de la jeune rouquine s'effondra sur ses draps et sa poitrine se souleva sous l'effet d'un sanglot contenu.

— Pourquoi étais-tu chez les Petersen cet après-midi ?

Elle rentra ses lèvres et son menton se stria comme une peau de lait chaud prise entre deux doigts.

— C'est Jon qui est venu te trouver ? insista Jarvis.

Mapel hocha la tête lentement.

— Que t'a-t-il dit pour te faire venir ? Il t'a promis quelque chose ?

— Il avait besoin d'aide pour retrouver son chien, lâcha-t-elle tout bas. Il a dit que son chiot s'était perdu dans leur champ.

— Et tu l'as suivi jusqu'à chez eux ?

— Oui. Il me faisait un peu peur, je savais pas quoi dire... et en même temps j'avais très envie de le voir, ce chiot, et d'aider Mr Petersen. Ma sœur en a un, de chien je veux dire. Un labrador, et quand il était petit il était tellement mignon.

— Jon t'a fait du mal ?

Mapel hésita avant de faire non.

— Tu peux me le dire, tu sais. Quoi qu'il t'ait raconté, il t'a menti, il n'avait aucun droit de te faire quoi que ce soit, tu comprends ? C'est interdit d'embêter une fille de ton âge, surtout quand on est vieux comme Jon Petersen. C'est la loi qui te protège, et à Carson Mills la loi c'est moi.

Elle secoua à nouveau la tête.

— Il ne m'a pas touchée, confirma Mapel, mais je crois bien qu'il allait me faire du mal.

Son visage s'embruma tandis qu'elle revivait la scène.

— Qu'est-ce qui s'est passé ? Tu t'es défendue ? Tu as eu peur, alors tu l'as repoussé ?

— Pas exactement. Il s'est approché et s'est arrêté devant moi au dernier moment, et il a eu l'air de plus savoir ce qu'il voulait, de pas comprendre. Alors je me suis jetée vers la porte de derrière et je me suis enfuie en courant à travers les champs pour pas qu'il me rattrape avec sa voiture. Je suis rentrée ici.

— Tu ne l'as même pas poussé ? Tu ne l'as pas agrippé ou quelque chose ?

— Non.

— À aucun moment ?

— Non.

Jarvis examina ses mains. Ses ongles, assez longs, étaient mal entretenus, plusieurs étaient fendus, d'autres cassés, mais rien qui ne semble frais, et sa peau ne portait aucune éraflure, aucune marque de défense.

— Tu as vu quelqu'un d'autre à la ferme ?

— Non, sinon j'aurais crié. En fait… j'ai peut-être crié mais je ne suis pas sûre. J'ai eu très peur, je ne me souviens pas exactement.

— Et lorsque tu courais, tu n'as aperçu personne ? Pas même une voiture sur la route derrière ?

— Je ne me suis pas retournée, pas avant d'atteindre le vieux pont couvert, et il n'y avait personne.

— Et quand tu as quitté la ferme des Petersen, Jon était comment ?

— Je ne sais pas vraiment. Je crois qu'il a essayé de m'attraper avant que je sorte, j'ai entendu ses grosses chaussures taper contre le parquet, mais j'étais dehors avant qu'il n'y arrive. Je suis rapide, vous savez. Avec deux sœurs, il faut l'être.

Jarvis se lissa la moustache, dubitatif. Il ne voyait pas Jon Petersen hésiter lorsqu'il avait quelque chose dans le crâne, c'était le genre d'acharné obtus qui agissait avant de réfléchir. Avait-il été pris d'un accès de lucidité face à la folie qu'il entreprenait ? Peu probable. Ou avait-il vu ou entendu quelque chose qui l'avait perturbé ?

— Tu te souviens dans quelle position tu étais quand il s'est approché, avant de s'arrêter ?

— J'étais le dos contre le poêle à bois.

Jarvis fit un effort pour se représenter mentalement l'intérieur de la ferme et localisa le vieux poêle ventru. Il y avait une fenêtre derrière, deux même : Jon pouvait avoir vu quelqu'un.

Le shérif étudia brièvement la jeune fille, tremblante. Elle était frêle, sous le choc. Même sous l'emprise de la terreur, il ne l'imaginait pas capable de dévisser la tête d'un homme jusqu'à ce que sa peau se déchire. Non, impossible.

Il attrapa son chapeau et se leva.

— Une dernière chose, dit-il, tu te souviens de l'heure qu'il était quand tu es arrivée chez les Petersen ?

— Peut-être une heure de l'après-midi ou une heure et demie. Je venais de ressortir après le déjeuner, je marchais vers la fonderie pour retrouver les copains quand la voiture de Mr Petersen s'est arrêtée à côté de moi.

— Et à quelle heure tu es rentrée chez toi après tout ça ?

Mapel haussa les épaules.

— Dans les deux heures et demie ou trois heures. J'ai bien mis une heure pour revenir, surtout que j'ai évité les routes, j'avais peur qu'il…

— Je comprends. Dans les jours à venir, tu vas avoir besoin du soutien des tiens, parle avec eux, soyez une famille, tu trouveras de la force dans l'union. Tu es méthodiste, pas vrai ?

— Oui.

— Il me semblait bien t'avoir aperçue à l'église. N'hésite pas à aller te confier au pasteur Alezza, il saura t'écouter et trouver les mots pour t'aider. Mapel, il faut que je te dise quelque chose avant que tu ne l'apprennes par quelqu'un d'autre et que tu te fasses des mauvaises idées : Jon Petersen est mort, il a été tué tout à l'heure, après ton départ, et je veux que tu saches que ça n'est pas de ta faute. D'accord ? Ne te trompe pas là-dessus, c'est important.

Les poings de l'adolescente se refermèrent sur ses draps.

— Quoi qu'il ait pu te raconter, insista le shérif, tu n'as rien à te reprocher. C'est lui qui était un manipulateur.

Une lueur passa dans le regard de la jeune fille. De peur ou de soulagement ? Jarvis fut bien incapable de le déterminer.

— Alors moi et ma famille on ne va pas aller en enfer ? osa-t-elle du bout des lèvres.

Jarvis lui adressa un sourire auquel s'accrocha la guirlande de ses nombreuses rides.

— Non, ma chérie, l'enfer c'est de là que sortent une poignée d'hommes très mauvais, mais aucun être bon et aimé de Dieu n'ira jamais là-bas.

— Vous croyez vraiment que je suis aimée de Dieu ?

— Comme prêcherait quelqu'un de notre connaissance, « il suffit que tu sois aimée du plus grand nombre pour être aimée de tous ».

Jarvis la salua en pinçant le rebord de son chapeau qu'il venait de recoiffer puis, une fois sur le seuil, il entendit le grincement d'une latte de l'autre côté de la porte, et sut que Janice avait tout écouté. Dans son dos, Mapel lui adressa une autre question :

— Mr Petersen venait de l'enfer, n'est-ce pas ?

Cette fois le vieil homme prit un temps pour réfléchir, avant de répondre :

— J'en ai bien peur.

— Alors les monstres existent ?

— Je voudrais bien te dire que non, mais ce serait le mensonge d'un adulte à une enfant, et je crois que tu es grande maintenant.

27

Joyce Petersen n'abritait pas plus de vie qu'un coyote empaillé et elle prenait si peu de place partout où elle passait que plus personne ne la remarquait. Malgré les tentatives de Bennett et les appels de Jarvis, elle demeura invisible jusqu'à ce que l'heure du dîner ne pose un vrai dilemme au shérif. Jill proposa de prendre Riley chez elle, mais Jarvis la sentait un peu dépassée et il préféra assumer ses responsabilités de shérif. Il demanda par téléphone à Al Metzer puis à Mrs Bromish qui collectionnait les rumeurs comme d'autres entassent les capsules de bière s'ils avaient vu récemment la tante Petersen, la vieille fille qui vivait à moitié dans la rue, mais aucun ne put le renseigner. Rakel se comportait telle une fouine, surgissant de nulle part lorsqu'elle avait besoin de manger, à croire qu'elle circulait à travers les égouts de la ville. Jarvis appela aussi le pasteur luthérien, sans plus de réussite, mais Malcolm Tuna promit de se renseigner. Jarvis pensait qu'il était important dans un moment aussi tragique que l'enfant soit entouré par une figure qu'il connaissait, qui le rassurait, même s'il semblait particulièrement détendu pour un garçon qui venait de perdre son père. La peur et la rancœur que Jon avait fait naître pendant toutes ces années chez son fils se transformaient, maintenant qu'il n'était plus, en un concentré de haine mâtiné, dans de rares moments de détresse, d'un précipité d'amour filial incontrôlable qui déclenchait chez le gamin de brefs épisodes larmoyants.

L'aiguille de la grande horloge dans le bureau affichait presque vingt heures lorsque Jarvis se tourna vers Riley. Le garçon s'était enfilé deux Diet Rite et avait englouti le double de biscuits au beurre de cacahuète.

— Tu as faim ? Je veux dire, de quelque chose de plus consistant que tout ça ?

Riley haussa les épaules.

— Moi ça me dérange pas de manger des Reese's pour le dîner si c'est plus simple pour vous.

Jarvis lui répondit d'un sourire. Puis il lui enfonça son propre chapeau sur le crâne et lui ordonna de le suivre.

— Quel genre de shérif je serais si je n'étais pas fichu de servir un repas chaud à un des enfants de ma ville ?

Ils grimpèrent dans la voiture du shérif, qui hésita en passant devant chez Tanner à s'arrêter pour offrir un hamburger au gamin, avant de se raviser. Il était tard, et surtout toute la ville avait déjà propagé l'annonce du meurtre de Jon Petersen : ça ne serait pas un cadeau pour l'enfant que de l'exposer ainsi à tous les regards le soir de la mort de son père.

Jarvis Jefferson poussa Riley dans le vestibule de sa maison. Elle sentait un peu le renfermé et un parfum plus musqué, aussi le vieil homme ouvrit-il plusieurs fenêtres.

— Tu aimes les chiens, j'ai cru comprendre.

— Oui.

— Ça tombe bien. Pendant que je prépare le repas, il faudrait promener Sunny. Tu peux faire ça pour moi ? Derrière la maison, dans le jardin, ça suffira pour ce soir.

Riley s'illumina en découvrant le setter anglais fauve, noir et blanc d'un an qui se précipita vers lui en remuant la queue.

— Je pensais pas que vous auriez un chien, fit le garçon.

— Et pourquoi pas ?

— Je croyais que vous étiez plutôt du genre à avoir une femme.

Jarvis sourit. Mais derrière la joie une douleur sournoise transperça la carapace de béton qui encoffrait les meilleurs souvenirs de son existence et le toucha en plein cœur.

— Les deux sont possibles, tu sais, dit-il du bout des lèvres.

— Alors pourquoi vous n'avez pas de femme ? Ça serait quand même plus facile pour vous pour faire le dîner, surtout que vous êtes un peu vieux, fit remarquer Riley avec la franchise d'un enfant.

— J'ai été marié, fit Jarvis la voix sifflante, pendant presque quarante-neuf ans.

Riley parut impressionné.

— Ah oui, donc vous êtes vraiment très vieux en fait. Et pourquoi elle est plus là, Mrs Jefferson ?

— Parce qu'elle ne m'écoutait pas.

— Elle ne suivait pas la loi ? Vous l'avez arrêtée ?

Nouveau rictus amer.

— Si, elle était même plus stricte que moi là-dessus.

Mais elle ne m'écoutait pas quand je lui disais de se soigner.

— Alors elle a eu quoi comme maladie ?

— Elle toussait beaucoup.

— Trop ?

— Oui, trop.

— Elle s'appelait comment ?

— Emma, mais moi je la surnommais Rosie tout le temps parce qu'elle avait une passion pour ses rosiers, et c'était son second prénom.

— Je préfère Rosie aussi. Elle était belle ?

— Comme un crépuscule de printemps.

— Même à la fin ?

— Aussi belle qu'un crépuscule d'automne.

L'enfant et l'homme se faisaient face, les yeux humides de l'un pour compenser ceux devenus trop secs de l'autre.

— Et elle vous manque ?

— Tous les jours que Dieu fait, mon garçon, tu n'as pas idée.

— C'est pour ça que vous avez pris un chien alors ?

Un hameçon un peu cruel retenait encore le bord supérieur droit de la bouche du shérif. Il hocha la tête.

— Allez, va donc sortir Sunny, il en meurt d'envie. Moi je vais nous concocter une bonne omelette aux champignons.

Jarvis s'affaira dans la cuisine, jetant un œil à travers la fenêtre sur Riley qui jouait avec le chien sur la pelouse fraîchement tondue. En voyant le garçon rire aux éclats, il sut qu'il avait bien fait de ne pas tout plaquer au décès de Rosie. Il n'était peut-être pas fait pour vivre au soleil finalement, sa femme avait raison, ils appartenaient à Carson Mills, ses habitudes, ses souvenirs et ses liens sourdaient de cette terre, de ces habitants. Le véritable squelette qui retenait ensemble la chair et l'âme de Jarvis, c'était cet endroit, ces gens. Et puis ce chien était son rayon de lumière et c'était bien assez pour un bonhomme comme lui.

Les cris de joie de Riley ricochèrent dans l'esprit du vieil homme tandis que les larmes s'épuisaient sur sa moustache.

*

Le lendemain matin, ils promenèrent ensemble Sunny le long des champs de maïs qui jalonnaient l'arrière de la propriété du shérif, tandis que le soleil se levait, déjà incandescent. Une journée cuisante d'août se préparait.

Jarvis s'était réveillé tôt, comme à son habitude, depuis le décès de Rosie il dormait peu, passant des heures à fixer le plafond dans la pénombre, à se remémorer leurs plus belles années. Il occupait ses nuits avec la lecture également, des piles de vieux Jim Thompson, Raymond Chandler, James Crumley, Ross Macdonald et John D. MacDonald, James M. Cain, et bien sûr Dashiell Hammett. Il avait déjà lu la plupart, mais aucun auteur plus moderne ne trouvait grâce à ses yeux. Lorsqu'il avait entendu le plancher craquer au bout du couloir, il s'était enveloppé dans sa robe de chambre en coton toute peluchée pour descendre préparer le petit déjeuner de Riley, et il avait accueilli le garçon autour d'une table beaucoup trop encombrée de bacon, d'œufs, de saucisses, de tomates poêlées, de toasts, et même de céréales dans un fond de lait. Mais Riley avait de suite demandé s'ils pouvaient sortir le chien ensemble et tandis que les rayons brûlants du soleil rasaient entre les épis dodelinants de maïs, nimbant l'horizon d'un voile d'or et soulignant la rosée comme des perles de diamants par millions, Riley Ingmar Petersen se rapprocha doucement du vieil homme, tenant la laisse de Sunny d'une main, avant que sa petite paume ne vienne se glisser dans celle, rêche, de Jarvis Jefferson.

Ils marchaient ainsi depuis plusieurs minutes, au rythme des curiosités olfactives du chien, quand Riley demanda :

— Vous allez arrêter la personne qui a tué mon père ?

— Si je fais bien mon travail, oui.

Le garçon hésita, cherchant comment formuler en mots ce qu'il ressentait.

— Vous ne serez pas trop sévère avec lui, alors.

Les doigts de Jarvis s'enfoncèrent dans les cheveux du garçon. Tout était dit.

Une fois de retour au bureau du shérif, Jill sortit de son sac un Rubik's Cube.

— Regarde ce que mon frère vient de rapporter de New York !

— Qu'est-ce que c'est ?

— De quoi t'occuper les mains et la tête.

Pendant que Riley appréhendait le jouet, Jarvis retrouva Bennett dans son bureau pour lui donner ses consignes du jour. Il expédia son adjoint au *Loup solitaire* pour y guetter le retour de Joyce Petersen, et chercher à en savoir plus sur l'homme avec lequel elle avait été vue partir la veille. Mais une heure plus tard, ce fut en compagnie de Douglas que la mère de Riley franchit le seuil. Elle était plus pâle qu'une aube d'hiver, maigre à déranger le regard, et l'air absent, comme si son esprit était resté loin en arrière dans les primes années de sa jeunesse encore pleine d'espoir. Jarvis l'observa serrer son fils dans ses bras et l'embrasser sur le front, ni l'un ni l'autre n'exprimant une joie ou une peine excessive. Ce fut même Riley qui tapota le dos de sa mère pour la rassurer. Ce garçon était par certains aspects encore très immature, et parfois il réagissait comme un adulte, s'étonna Jarvis avec tendresse.

Ensuite, ils firent passer Joyce dans la pièce d'à côté, sans son fils, et le shérif s'installa en face d'elle, après lui avoir servi un café chaud qui fumait entre ses longs doigts fins. Elle portait une chemise froissée à carreaux rouges et blancs, et un pantalon en toile qui godait. Ses cheveux noués en queue de cheval étaient gras, plusieurs mèches récalcitrantes s'échappaient de l'élastique ; elle n'arborait pas trace de maquillage, et ne sentait pas très bon, Jarvis avait détecté un léger relent acide dans son sillage. Il ne faisait aucun doute qu'elle n'avait pas dormi chez elle, voire ne s'était pas couchée du tout.

— Je suis désolé pour votre mari, madame Petersen.

Elle hocha la tête sans conviction, le regard dans le vague.

— Et je suis encore plus navré d'avoir à vous poser cette question, mais vous la comprendrez, j'en suis sûr… Est-ce que vous y êtes pour quelque chose ?

Les prunelles d'un vert profond glissèrent sur le vieil homme et soudain un peu de vie les ralluma.

— Vous me demandez si je l'ai tué ?

Jarvis approuva, les mains jointes sous le menton.

— Jamais eu le courage, avoua-t-elle. Mais j'aurais dû, il y a longtemps.

— Vos relations étaient... compliquées, j'ai cru comprendre.

— J'appelle pas ça des « relations ».

— Madame Petersen, on ne va pas faire semblant vous et moi, nous savons tous les deux ce que vous faites au *Loup solitaire*, ça n'est un secret pour personne. C'est votre mari qui vous y poussait ?

Elle acquiesça d'un geste résigné.

— Je savais bien qu'un jour je finirais là à causer de ça. Je suis même étonnée que vous m'ayez pas arrêtée plus tôt.

— La juste application de la loi, c'est de savoir quand il est bon de détourner le regard et quand les limites sont franchies. Jon vous obligeait à vous prostituer ?

— Oui.

— Comprenez que ça pourrait faire un mobile.

— Je sais. Et je peux vous en faire une liste, les raisons de tuer ce fumier me manquaient pas.

— Vous ne pouviez pas refuser ?

— Jon était tellement possessif que j'ai cru qu'il voulait me tester la première fois, alors j'ai pas voulu... Mais il... il savait obtenir ce qu'il voulait. Alors j'ai compris qu'il n'y avait plus la moindre once d'amour, que j'étais plus qu'une chose, comme une vieille bagnole qu'on n'arrive pas à revendre et à laquelle il faut trouver une utilité. Au début j'ai cru mourir... mais au fil du temps c'est devenu un moyen de fuir la ferme.

— Où étiez-vous cette nuit, Joyce ?

— J'ai marché le long de North Carson Mills Road.

— Toute la nuit ? s'étonna Jarvis.

— Une partie.

Le shérif se pencha sur le bureau pour se rapprocher de celle qu'il interrogeait.

— Vous voulez dire que la nuit suivant le meurtre de votre mari, vous avez marché jusqu'au petit matin sur une route, sans aucun but ?

— J'ai pas dit ça exactement. J'ai dit que j'ai marché.

— Pour quoi faire alors ?

— Pour pas rentrer. Pour réfléchir.

— À quoi ?

— À moi. À ma vie. Je voulais pas le revoir. J'étais à bout. J'étais pas en état de supporter ses remarques, son regard, ses insultes ou ses coups.

— Des témoins au *Loup solitaire* vous ont vue partir avec un homme, qui est-ce ?

— Clark, ou Kent, je ne sais plus trop. Un géographe ou un truc comme ça. Je crois qu'il travaille à faire les cartes routières, un job dans ce genre, je ne sais pas vraiment, j'écoutais qu'à moitié.

— Un client ?

— Oui.

— Il était quelle heure quand vous êtes partie avec lui, vous vous souvenez ?

— Le début d'après-midi peut-être, je ne suis pas sûre.

Jarvis avait la chronologie des faits en tête. D'après Mapel et Riley, Jon Petersen devait avoir été tué entre treize heures trente et quatorze heures quarante-cinq, heure à laquelle le pasteur Alezza et Riley étaient arrivés à la ferme pour découvrir le corps. Cela laissait amplement le temps à Joyce et son complice de rouler jusque-là, de tuer Jon et de filer avant que quiconque ne puisse les remarquer.

— Vous êtes allés où ?

— On a roulé vers le nord, et un peu avant Viola il s'est arrêté dans un sous-bois pour que je lui fasse son affaire.

— Et ensuite ?

Joyce avait les yeux grands ouverts, comme une junkie plongée dans le souvenir de sa dernière extase chimique. Elle cligna des paupières et revint à la réalité, l'air triste.

— J'ai pas voulu qu'il me paye. Je lui ai demandé à la place s'il voulait me garder un peu avec lui et rouler. Juste rouler loin, pour s'éloigner de Carson Mills.

— Et il l'a fait ?

— Au départ, il était pas trop chaud, il disait qu'il avait du travail, qu'il ne pouvait pas se permettre de perdre du temps à me ramener. Je lui ai dit qu'il n'aurait qu'à me déposer sur le bord de la route quand on aurait fini et il a accepté. On a roulé en écoutant la radio, et puis à Clearwater il m'a invitée à dîner.

— De quoi avez-vous parlé pendant le repas ?

— Je ne sais plus trop. Je le laissais causer, ça lui faisait du bien. Il a déblatéré sur sa femme, je crois bien, sur son patron aussi.

— Et ensuite ?

Elle haussa les épaules.

— Ensuite il a dit qu'il devait rester à Clearwater pour son travail, il a pris une chambre de motel, on a remis ça, et après, quand il s'est endormi, je suis partie.

— Vous êtes rentrée à pied depuis Clearwater ?

— Oui.

Jarvis laissa échapper un sifflement.

— Ça fait un sacré bout de chemin tout de même !

— J'ai mis presque toute la nuit en effet. Je crois bien que j'ai les talons en sang, fit-elle en levant une jambe montrant une chaussure ouverte tout usée, le pied bleui.

— Vous pourriez me donner le nom du motel ?

— Non mais je peux le retrouver, je sais où il se trouve.

— Vous n'aviez pas peur de la réaction de Jon à l'idée de découcher ?

Nouveau haussement d'épaules.

— Je crois bien que je n'en étais plus là.

— Et pour votre fils, ça ne vous dérangeait pas de le laisser comme ça ?

— Il a son père. Et puis… je crois que ça fait longtemps que je ne suis plus une bonne mère. Riley le sait. Il se débrouille bien, vous savez.

Jarvis l'avait constaté mais il n'avait pas envie de le partager avec Joyce Petersen.

— Il va falloir qu'on retrouve votre client, Joyce.

— Il conduit une Datsun marron, immatriculée dans l'Ohio, ça je m'en souviens. Il a dit qu'il devait rester dans le secteur pendant encore quelques jours.

— Très bien, ça peut vous aider. D'ici là, vous allez devoir loger ailleurs qu'à la ferme, l'enquête est en cours. Vous savez où aller ?

— Non, pas vraiment. Ah si, peut-être… Je vais demander à Ron et Patsy s'ils peuvent me laisser dormir au-dessus du bar.

Jarvis imagina Riley essayer de trouver le sommeil avec le vacarme du *Loup solitaire* et de sa faune indigente en dessous, et il secoua la tête.

— Laissez-moi passer quelques coups de fil, je vais vous trouver une chambre avec deux lits pour quelques jours. Inutile de préciser que vous ne devez pas quitter la ville. Et…

Jarvis hésita, cela dépassait le cadre de ses fonctions, mais il finit par s'en moquer.

— Et arrêtez ce que vous faites là-bas, dans ce bar. Tenez-vous à carreau désormais. Plus personne ne vous oblige à ça. Je ne plaisante pas, je serai vigilant. C'est important pour vous, et pour Riley. Il faut vous reprendre en main, Joyce.

— J'ai que ça pour vivre, shérif.

— On va se débrouiller pour vous trouver de quoi manger le temps que vous puissiez regagner la ferme. Ensuite occupez-vous de votre potager, il y a du boulot mais ce n'est pas une si vilaine terre, je la connais depuis plus longtemps que vous, elle peut fournir ce qu'il faut, et il y a les porcs et les poules. Je vais envoyer Bennett les nourrir le temps de votre absence. Après on verra ce qu'on peut faire pour vous aider.

Joyce observait le shérif d'un air soupçonneux, presque craintif.

— J'aurais jamais cru dire cela à une femme qui vient de perdre son mari, mais… c'est une seconde chance, Joyce. Ne la laissez pas filer. Pour vous et pour Riley. C'est un chouette bonhomme, il le mérite.

Elle finit par approuver d'un mouvement de tout le corps, d'avant en arrière. Puis elle se leva lorsque Jarvis l'invita à sortir. Mais une fois sur le palier, il l'interpella.

— Vous ne m'avez posé aucune question sur mon enquête. N'êtes-vous pas curieuse de savoir qui a tué votre mari ? Vous avez votre idée, Joyce ?

Elle prit une profonde inspiration, presque un spasme, avant de toiser le shérif et de répondre :

— Si notre Seigneur existe vraiment, je crois bien que c'est lui en personne qui l'aura puni. Il peut pas avoir toléré l'existence de Jon aussi longtemps sans finalement réagir. Dieu sait forcément quand il faut réparer ses propres erreurs.

28

Jarvis fit héberger Riley et sa mère chez Meredith Conwall, la propriétaire du salon de coiffure qui disposait depuis le départ de son fils d'un petit mobile home inoccupé au fond du jardin, et Malcolm Tuna, le pasteur luthérien, s'arrangea avec ses ouailles pour qu'elles se relayent afin d'apporter chaque jour de quoi manger à la veuve et à l'orphelin. Jarvis savait qu'ils ne manqueraient plus de nourriture et qu'il les retrouverait lestés d'au moins deux bons kilos d'ici la fin de la semaine. Il n'y a pas plus efficace qu'une armada de dévots frustrés de bonnes œuvres à qui vous confiez soudainement des estomacs à la dérive.

De leur côté, le shérif et Douglas sillonnèrent tous les lieux de la ville susceptibles d'abriter des témoins ayant vu passer une Datsun marron dans l'après-midi de la veille. Ils commencèrent par le secteur ouest pour vérifier si Joyce n'avait pas menti, si elle ne s'était pas rendu à la ferme avec son complice, amant, homme de main ou victime soumise, mais personne n'avait rien vu qui puisse ressembler à une Datsun. Puis ils s'orientèrent vers le nord, et là un des ouvriers œuvrant dans une tranchée depuis deux jours et une vieille commère rivée à la balancelle de son jardin en bord de route se souvinrent d'une telle voiture avec un couple à son bord. L'ouvrier fit même une description plutôt convaincante de la passagère ; il était en train de boire une bière pour se rafraîchir à cause de la chaleur infernale, lorsque la voiture était passée à son niveau, et son regard avait croisé celui de la fille, qu'il avait trouvée d'une beauté triste, et trop rachitique à son goût. Joyce venait de gagner un bon point. Jarvis missionna Douglas en direction de Clearwater pour vérifier le motel que Joyce leur avait décrit et demander aux autorités locales de les aider à mettre la main sur le géographe immatriculé dans l'Ohio. Pendant ce temps, le shérif passa voir Tyler Clawson pour lui demander ce qu'il faisait la veille en début d'après-midi. Il n'avait jamais oublié l'état dans lequel Jon Petersen l'avait mis plus de vingt ans auparavant ; même s'il y avait prescription pour la plupart, le visage déformé de Tyler et sa vie chaotique, encore aujourd'hui, pouvaient dessiner un mobile plausible, surtout s'il était alcoolisé ou dans un de ses mauvais jours dépressifs. La vengeance pouvait parfois se traduire par une pulsion inattendue, jaillie des tréfonds de la mémoire par la faute d'un mot, d'une odeur ou d'un son, et transformer un individu devenu tout à fait respectable en une machine de guerre aveuglée par l'appel du talion. Cela s'était déjà vu, surtout par ici où les haines entre vieilles familles se transmettaient de génération en génération, fomentant des atavismes belliqueux qui dépassaient la raison. Mais Tyler Clawson, dont la grosse cicatrice boursouflée se dandina tel un immense ver sur son visage pendant tout le temps qu'il parla, avait le meilleur des alibis : il était de service à la station essence, et il parvint à dresser une liste d'une demi-douzaine de personnes du coin qui pourraient témoigner l'y avoir vu entre treize et quinze heures. Jarvis nota scrupuleusement chaque nom mais il savait que Tyler ne pouvait lui mentir, surtout lorsqu'il l'entendit citer le nom de Mrs Bromish, une méthodiste aussi fanatique qu'incorruptible.

En fin de journée, déshydraté par la chaleur, Jarvis passa chez Al Metzer s'acheter une *root beer* glacée. Ils bavardèrent un peu, l'épicier suant à grosses gouttes (il était tellement gros que Jarvis s'étonnait qu'il soit encore en vie), puis le shérif traversa la rue pour s'asseoir à l'ombre sur le banc devant son bureau. Le bilan de ces premiers interrogatoires était clair : Jon Petersen était détesté de tous, il s'était querellé avec la plupart des familles de la ville, mais ça ne suffisait pas à en faire des meurtriers. Il fallait une bonne raison pour monter sur la colline et quasiment lui arracher la tête en la lui dévissant. Et la plus évidente avait jailli de la bouche même de son propre fils : Jon semblait avoir eu un penchant pour les jeunes filles. C'était aussi effrayant qu'intolérable pour un homme aussi consciencieux que Jarvis. Comment un prédateur pareil avait-il pu sévir sous son autorité sans qu'il s'en aperçoive ! Jon Petersen de surcroît ! Jarvis s'en voulait terriblement. Il se souvenait de ce dont Jill l'avait prévenu un jour : une mère de famille s'inquiétait de voir Jon Petersen rôder un peu trop souvent autour de l'école, elle craignait qu'il revende de la drogue aux élèves, mais Jarvis n'en avait pas tenu compte, estimant que si Petersen était certes un sale type, il n'avait pas le profil du dealer, et encore moins les connexions nécessaires. Bon Dieu, il avait pourtant croisé le regard sans fond de ce salaud lorsqu'il était tout gamin, et déjà il en avait frissonné ! Comment avait-il pu le laisser grandir dans l'ombre de Carson Mills sans même envisager qu'il deviendrait bien pire encore avec les années ? Quel satané optimisme l'avait influencé, quel genre de shérif pouvait se vanter de protéger ses concitoyens tout en étant le dernier des humanistes ? Il était peut-être le seul type de tout le comté à porter des bottes, un stetson mais aucun flingue à la ceinture, pas même dans la boîte à gants de sa voiture ! Lui, le shérif de la ville !

Jarvis but la moitié de sa *root beer* et se calma. Il fallait enquêter dans cette direction. Le père d'une gamine agressée par Jon Petersen avait peut-être préféré exercer sa propre justice que d'aller trouver le représentant aveugle de la loi. Et si c'était bien le cas ? Que ferait Jarvis s'il découvrait qu'un de ces braves gars qu'il croisait tous les jours dans la rue avait soudainement vu rouge en apprenant le viol de sa fille ? L'arrêterait-il pour l'expédier devant un tribunal à Wichita où il serait jugé par des inconnus qui ne sauraient rien de sa vie, du bon père de famille, de l'ami fidèle, du travailleur honnête qu'il était ? Jarvis lissa sa moustache blanche. *Chaque chose en son temps,* estima-t-il. L'heure n'était pas aux questions d'éthique personnelle mais à la vérité.

Il termina sa bouteille et pourtant ne se leva pas. Quelque chose le tracassait encore. Une pensée fantôme flottant en lisière de sa conscience. À propos de ce qu'avait raconté le gamin, Riley. Jarvis se creusait les méninges mais rien ne venait. Ça lui avait sauté au visage lorsque le garçon en avait parlé, pour être aussitôt effacé par ce qu'il avait dit ensuite, comme un mot à peine inscrit dans le sable avant que le ressac ne l'efface. Et tandis que l'écume laiteuse de la mémoire refoulait vers le large, Jarvis sondait la plage de ses souvenirs pour tenter d'y lire ce mot dont ne persistaient que les sillons et les boucles tracés d'une écriture ronde d'enfant. Rien à faire. Et pourtant c'était juste là, l'empreinte mourante d'un mot devenu illisible. Ce que c'était rageant de vieillir.

Après cinq minutes, Jarvis finit par abandonner, frustré. Il jeta sa bouteille vide dans la poubelle du trottoir et entra dans son bureau en faisant craquer ses os douloureux. Il entreprit d'abord de reconstituer l'arbre généalogique des Petersen et souligna les deux noms de Rakel et Hanna. Ingmar était mort, même si son cadavre n'avait jamais émergé de la Slate Creek, il ne faisait plus aucun doute que depuis tout ce temps le squelette de l'irascible fermier fermentait sous les alluvions vaseux. Restaient les deux filles, tantes de Jon, dont l'une s'était mariée à un des fils Dickener avant de quitter l'État, et l'autre ressemblait à une harpie jaillissant de sa boîte au moment où on l'attendait le moins. Avaient-elles une bonne raison d'en vouloir à leur neveu ? Pour la première, cela semblait difficile à croire, elle ne fréquentait plus la région depuis si longtemps. Pour l'autre, Rakel, il se murmurait que Jon l'avait mise dehors avec perte et fracas après la mort du vieil Ingmar. Cela pouvait se révéler intéressant, même si Jarvis n'y croyait guère. Il fallait la retrouver pour au moins entendre ce qu'elle aurait à raconter.

Ce soir-là, Jarvis dîna de thon à la tomate à même la boîte, assis sur le perron de sa maison, sous le regard quémandeur de Sunny, avant que les deux compagnons n'aillent profiter d'un peu de la fraîcheur le long des stries du maïs. En rentrant, Jarvis s'immobilisa devant le paquet de Pall Mall fièrement dressé sur le rebord de la fenêtre de l'entrée, sans qu'on sache bien s'il s'agissait d'un totem ou d'une provocation. À la mort de Rosie, il avait failli reprendre ses vieilles habitudes de suceur de nicotine, avant de se contenir. Pour elle, il n'avait pas le droit. Alors il avait posé ici même le paquet fraîchement acheté et depuis passait devant chaque jour pour tester la puissance de sa détermination, et surtout la vitalité de son amour. Il savait que le jour où il poserait la main sur une de ces cigarettes, ça signifierait que Rosie était partie depuis trop longtemps et qu'il serait temps de la rejoindre.

Quand Sunny se roula en boule dans son panier en osier garni d'un épais coussin que Jarvis lavait chaque semaine, le shérif comprit le signal. Il monta à son tour, lut quelques pages de James Crumley puis éteignit la lumière.

La maison craquait la nuit, ses os de bois se refroidissaient enfin, et sa structure se contractait après les dilatations terribles de la journée. Même le shingle du toit, trop cuit, tiédissait lentement sous le regard des étoiles, comme une crêpe molle. Une porte grinça doucement, probablement chatouillée par un quelconque courant d'air nocturne qui en profita pour déplisser la chemise que Jarvis avait mal pliée en se couchant, et brusquement la silhouette de Rosie apparut au bord du lit. Penchée sur le corps frêle de son mari, elle tira le drap pour le couvrir jusqu'aux épaules et le vieil homme se recroquevilla tel un enfant. La main de Rosie lui caressa les cheveux et elle déposa un baiser sur sa tempe avec la tendresse que seule une épouse qui connaît son homme depuis cinquante ans peut manifester. Ce n'était plus de l'amour, c'était au-delà, quelque chose de cosmique, lorsque deux âmes se sont tant entremêlées qu'il n'existe plus que la barrière de leur corps pour les séparer. Puis elle lui murmura des souvenirs d'amour, et elle se dissipa, ne laissant que des volutes argentées à travers lesquelles se réfléchissait la lune, pareilles à un dernier clin d'œil.

Jarvis se redressa sur les coudes, hagard et béat, le cœur palpitant, avant de comprendre que tout ça n'était pas réel. Alors il se laissa choir sur son oreiller, la gorge lourde, le regard triste. Puis il se remémora toute la scène et de nouveau se redressa brusquement.

Dans son rêve, sa femme lui câlinait les cheveux, mais dans son autre main elle tenait une fleur.

Un coquelicot.

29

Une vie était passée lorsque le soleil daigna se lever enfin.

Jarvis s'était rendu à son bureau alors que la ville dormait du sommeil du juste, il avait retourné les archives jusqu'à retrouver le dossier du viol de la petite Louise Mackie, vieux de presque vingt ans, puis il s'était mis en tête de remettre la main sur ses notes au sujet d'Ezra Monroe, elle aussi présumée victime d'une agression sexuelle. Il avait lu les quelques pages, réfléchi longuement, avant de replonger à nouveau dans la longue pièce encombrée de boîtes en carton un peu moisies pour déterrer celle, plus lourde que les précédentes, du meurtre de Theresa Turnpike. Il avait toujours été convaincu que les trois affaires étaient liées. Trop rapprochées pour ne pas avoir de lien. Surtout dans un endroit comme Carson Mills, d'habitude si paisible.

Dans le rêve qu'avait fait Jarvis, la silhouette diaphane de sa femme avait fait ressurgir de son inconscient ce qui le hantait la veille au sujet du petit Riley. Le gamin avait parlé de coquelicots, et au beau milieu de la nuit, cela avait fait *pop* dans la cervelle pas si flasque de l'antiquité qu'estimait être le shérif. À l'époque il n'y avait pas vu un élément tangible de son investigation, toutefois il avait souvent repensé à ce coquelicot tout séché qu'il avait ramassé sous la fenêtre de Louise Mackie. Les premières heures, il avait cru que c'était elle qui l'avait posé là, avant de l'interroger. Personne dans la famille n'avait compris de quoi il parlait. Il s'était alors demandé si le violeur pouvait l'avoir perdu en escaladant la fenêtre mais quand bien même ça aurait été le cas, ce n'était pas un vulgaire coquelicot séché qui aurait pu permettre de remonter jusqu'à lui, et Jarvis avait rejeté cet indice. Sans jamais envisager que ça pouvait être une signature. Il avait entendu parler de ça dans un article de journal, un tueur multirécidiviste qui éprouvait le besoin de signer ses crimes, à l'image d'un artiste qui appose sa griffe sur ses œuvres. Jon Petersen avait violé Louise Mackie, et pour une raison qui ne relevait que de ses obsessions de pervers sexuel, il avait pris soin de faner un coquelicot entre les pages d'un livre pour marquer du sceau de sa présence les lieux du sévice. Jarvis s'en voulait de n'avoir pas mieux sondé les environs de la propriété des Monroe, il avait fait le tour, examiné les huis, mais ne sachant que chercher, il n'avait rien trouvé de significatif. Et pourtant c'était là, depuis toutes ces années, juste sous son nez, et il n'avait rien remarqué.

La relecture des trois enquêtes à l'éclairage de ce qu'il savait à présent n'apporta hélas guère plus d'informations. Jon Petersen avait certainement violé les deux filles, peut-être même d'autres, mais pour ce qui était du meurtre de Theresa Turnpike, rien dans le rapport de fouille n'indiquait la présence d'un coquelicot. Et puis Jarvis ne voyait pas quel lien il pouvait bien y avoir entre la bibliothécaire, les deux adolescentes et Jon Petersen. Sinon l'évidence même de ce qu'elle incarnait pour tous les gamins de cette époque. Theresa était leur confidente, celle qui pouvait tout écouter, et parfois tout arranger. Jon Petersen l'avait-il battue à mort avant qu'elle n'agisse, avant qu'elle ne prévienne les autorités ? Mais dans ce cas comment avait-il découvert que Louise, ou Ezra, s'était confiée à Theresa ? Les traquait-il comme un prédateur pour épier chacun de leurs mouvements, chacune de leurs visites ? Les avait-il effrayées pour les faire parler ? Jon n'avait que quinze ans à l'époque, et il était déjà capable du pire. Un violeur en série, et un tueur. Cogner la pauvre malheureuse de ses poings rageurs jusqu'à ce qu'elle perde connaissance, ça c'était plausible, Tyler Clawson pouvait en témoigner. Puis fumer cigarette sur cigarette en observant son cadavre… Pourtant Jarvis l'avait vérifié, Jon ne fumait pas la même marque que celle des mégots retrouvés autour du cadavre de la bibliothécaire, mais après tout, cela devait-il suffire à l'innocenter ? Jon Petersen, du haut de ses quinze ans, devait surtout fumer ce qu'il trouvait ! Avait-il éprouvé de la fierté pour ce qu'il venait de commettre ? Cela lui avait-il donné le goût de la violence ? Fallait-il voir en Theresa Turnpike le point de départ d'une abominable fresque meurtrière qui jalonnait la chronologie macabre de Jon Petersen, jusqu'à son apothéose : sa propre mort, un meurtre, pour que la boucle soit bouclée ?

À huit heures, Jon avait enfin en ligne un agent du FBI de l'antenne de Wichita qui le renvoya vers le bureau de Kansas City, plus à même de le renseigner. Là, Jarvis exposa sa situation, plein d'espoir.

— Vous cherchez quoi au juste, mon brave ? répéta l'agent Harper sur un ton condescendant qui irrita Jarvis au plus haut point.

— Un moyen de savoir s'il y a eu des agressions sexuelles, voire des meurtres au cours des vingt, disons même des vingt-cinq dernières années, qui auraient été signés d'un coquelicot. Je ne peux pas appeler chaque comté un par un et leur demander de fouiller toutes leurs archives, on va me rire au nez et ça me prendrait les quelques années qui me restent.

— Et pourquoi est-ce nous que vous appelez ?

— N'est-ce pas à ça que sert le fichu FBI ? Vous ne centralisez pas toutes les enquêtes criminelles ?

— Lorsqu'il s'agit de procédures fédérales, oui, pas pour les investigations locales, mon ami !

Jarvis serra le combiné dans sa main, il détestait la suffisance de l'agent Harper qu'il imaginait sans peine en train de lisser sa cravate sur son ventre, les pieds posés sur le sous-main en cuir impeccable qui lui servait à « travailler ».

— Vous n'avez pas une sorte d'armada de fichiers Rolodex classés par rubriques ou je ne sais quoi pour répertorier tous les crimes commis dans l'État ?

— Et puis quoi encore ? Un harem de secrétaires opérant nuit et jour pour trier les meurtres de chaque patelin ? Atterrissez, mon vieux, vous n'êtes pas à la bibliothèque du Congrès ici, le FBI agit à un tout autre niveau !

— Alors qui rassemble, relie et supervise tous les crimes de notre nation ? Vous êtes en train de me dire qu'aux États-Unis d'Amérique personne ne surveille le pays dans son ensemble ?

— Du calme, shérif, du calme. On y bosse, justement. Nous sommes en train de mettre au point un système qui permettra de faire le lien entre des affaires d'un État à un autre, ça fonctionnera avec des ordinateurs et…

— Des ordinateurs ? grommela Jarvis qui détestait rien que le nom. Et quand est-ce que je pourrai en interroger un d'ordinateur ?

— Oh, pas avant quelques années encore, j'en ai peur.

Jarvis soupira pour étouffer le juron qui lui montait dans la gorge.

— C'est maintenant que j'en aurais eu besoin, lâcha-t-il bougon.

Le long souffle exaspéré de l'agent Harper grésilla dans le combiné.

— Bon, écoutez, je ne vous promets rien, mais dites-moi exactement ce que vous cherchez, et je vais voir si je ne peux pas faire une demande par télex à tous les bureaux reliés. On verra ce qu'il en ressort. Ça vous va ?

— Si ma femme était encore là, je lui demanderais de vous cuisiner une tarte aux fraises du jardin et je vous la ferais livrer dans la journée même.

— Un merci suffira.

*

En début d'après-midi de ce même jour, le ciel ressemblait à l'humeur du shérif de Carson Mills : l'excitation de la chaleur avait fini par rendre l'air électrique et d'immenses nuages noirs remplaçaient le bleu des cieux, évoquant de monstrueux cachalots prêts à vomir toutes les mers du monde sur le comté de Sumner. Le vent avait forci en quelques minutes, et il faisait à présent tourner si vite les moulins, les girouettes et les enseignes qu'ils grinçaient tous la même sérénade d'un orchestre désaccordé. Les habitants s'empressaient de rentrer chez eux ou de s'abriter dans les commerces, la plupart des volets étaient fermés pour protéger les vitres.

Jarvis revenait de chez les Frazier où il avait longuement cuisiné Louise, anciennement Mackie, sur son agression. Il avait été difficile de lui tirer les vers du nez, elle avait mis tout ça derrière elle, ça ne la concernait plus, disait-elle, gênée d'aborder le sujet devant son mari. En fin de compte, elle avait assuré à Jarvis qu'elle n'avait jamais parlé de ce qui lui était arrivé à Theresa Turnpike ; de toute façon elle ne voyait pas ce qu'elle aurait pu lui raconter puisqu'elle n'en savait pas grand-chose elle-même, vingt ans après elle continuait d'affirmer qu'elle n'avait pas vu son agresseur : il faisait trop noir, elle était sous le choc, tout avait été très vite, même si la blessure, elle, avait pris des années à cicatriser. L'hypothèse du shérif prenait du plomb dans l'aile, à moins que ce ne soit Ezra Monroe qui soit allée voir Theresa Turnpike pour se confier. Elle en aurait eu le temps après son viol, quelques jours séparant son attaque du meurtre de la bibliothécaire… Sauf qu'Ezra était introuvable depuis plusieurs années, Jarvis l'avait déjà cherchée pour le compte de sa mère, trois ans auparavant, sans succès. Il était dans une impasse.

Douglas revint juste avant que la pluie ne se déverse

brutalement, la rue devint plus sombre qu'au crépuscule et se noya dans un camaïeu fuligineux qui crépitait et cognait furieusement contre les carreaux.

— J'ai battu le déluge à la course ! s'exclama Doug en retirant sa veste. Je voyais les nuages dans mon rétroviseur, ils me suivaient depuis Clearwater !

Jarvis, Jill et Douglas guettèrent l'orage derrière la grande baie floquée d'une étoile dorée, un café à la main, avant que l'adjoint du shérif n'aille s'enfermer avec son supérieur pour lui rapporter ce qu'il avait découvert. Il avait retrouvé le tenancier du motel où Joyce disait avoir pris une chambre avec un client et l'homme avait confirmé les avoir vus ensemble. Mieux encore, avec l'aide des flics locaux, Doug avait mis la main sur Clark Kenneth, le géographe, qui avait terminé d'innocenter Joyce – à moins d'imaginer qu'ils étaient complices et avaient réussi à rouler à toute vitesse jusqu'à la ferme dans l'ouest sans que personne les voie, avant de filer encore plus vite vers le nord pour que cette fois plusieurs témoins puissent les identifier. Non, Jarvis n'y croyait pas une seconde. Joyce n'avait pas fait le coup, point final.

Le téléphone sonna dans l'autre pièce, et Jarvis supposa que c'était le début des ennuis. Lorsqu'un gros orage plombait Carson Mills, les appels ne tardaient pas à se succéder, les habitants signalant un poteau électrique tombé ici ou là, réclamant du secours pour écoper leur cave inondée ou juste pour se rassurer en discutant avec quelqu'un. Mais Jill annonça en transférant l'appel à son supérieur :

— C'est Bennett, shérif !

— Bon sang, je l'avais oublié celui-là ! Je l'ai

envoyé à la ferme des Petersen pour nourrir les poules et les cochons ! Allô, Bennett ?

— Shérif, je suis coincé là-haut, il tombe assez d'eau pour que les truites de la Slate Creek remontent jusqu'ici ! Je peux pas rentrer en ville.

— Idiot, je le vois bien ! Que crois-tu qu'il fasse comme temps par chez nous ? Reste sur place jusqu'à ce que ça se calme.

— Et si ça passe pas ?

— Eh bien tu as de quoi manger, non ?

— Sans rire, shérif, je fais quoi ?

— Parfois je me demande si tu le fais pas exprès.

— C'est glauque ici, je veux pas rester là, ça pue, la maison n'arrête pas de craquer et l'eau s'infiltre par les trous !

— Alors va t'enfermer dans ta voiture et écoute une de tes fichues cassettes de Hank Williams, qu'est-ce que tu veux que je te dise !

Mais Bennett ne répondit rien. La ligne venait d'être coupée. Jill réessaya plusieurs fois avant de passer la tête à la porte.

— C'est tout le téléphone qui a sauté, confirma-t-elle.

Jarvis souffla, agacé. Ils étaient les esclaves du progrès, songea-t-il, dès qu'ils perdaient l'électricité et les télécommunications, ils se perdaient eux-mêmes. Le sursis américain transite par les câbles qui jalonnent ses routes.

Le tonnerre gronda et les murs tremblèrent. Doug et Jarvis se regardèrent comme deux enfants surpris.

— Je crois bien qu'on a plus qu'à attendre nous aussi, concéda Douglas.

— Attendre et tirer les leçons.

— De quoi ?

— De ça, fit Jarvis en désignant le mur d'eau opaque qui effaçait le monde de l'autre côté de la fenêtre.

Douglas fronçait les sourcils comme s'il venait de recevoir son bulletin de paye amputé de ses primes.

— Quelles leçons ?

— Aucune idée, mais il y en a forcément. C'est au moins ça qui est bien quand tu vieillis : tu prends tout avec philosophie, et tu deviens capable de donner un sens à tout ce qui n'en avait pas avant.

— Et si on n'y arrive pas ?

— Alors on devient fou.

30

Les églises sont des aimants. Quoi que vous fassiez, quelles que soient vos convictions personnelles, vous finissez toujours par mettre le pied dans un lieu de culte. Toujours. Quel que soit le prétexte. Pieux, touristique, pour accompagner quelqu'un, pour une cérémonie ou par simple curiosité. Les églises, les temples, les mosquées et autres synagogues fonctionnent ainsi, ils vous happent et vous recrachent, sauf qu'entre-temps vous avez reçu votre petite dose de rappel. Ces endroits sont l'incarnation du conditionnel et de son corollaire exponentiel vers le doute et donc la prudence, par conséquent vers une forme de foi, même minime ; rien qu'une porte ouverte transforme un athée en agnostique, ce qui est déjà une forme de croyance. « Peut-être que... », « Et si... » Que vous soyez religieux ou pas, consciemment ou pas, ces sanctuaires injectent en vous le doute, la possibilité d'une probité supérieure, d'un jugement omniscient, et donc ils contribuent à faire de vous un être moral, au-delà même des lois qui ne sont que les marqueurs de nos tolérances. « Dans l'hypothèse où » suffit à recadrer la notion de bien et de mal dans les esprits de chacun. Les églises sont ainsi le mortier de la civilisation.

Quand j'entends à la radio ou que je lis dans les journaux qu'il faut anticiper le déclin de la religion, je frissonne en me demandant à quoi ressemblerait un monde qui ne reposerait que sur l'éthique personnelle de chacun. Je crois qu'il serait pire que ce qu'on peut trouver dans les romans d'anticipation les plus sinistres. Mais je sais aussi que l'homme ne tue jamais véritablement le père, même dans sa plus farouche indépendance d'adulte il a besoin, ponctuellement, de se retourner vers une image rassurante, supérieure. Et ce que les bouquins d'histoire m'ont appris c'est que nous sommes le fruit de cycles, nous répétons nos erreurs, incapables de tout corriger la première fois, nous procédons par petites touches, lentement, comme si l'humanité était un élève un peu limité, ou trop dissipé. La religion peut bien décliner officiellement, je sais qu'elle reviendra, massivement, des guerres jailliront, hélas, de ses entrailles, mais aussi le salut de notre espèce, j'en suis convaincu.

À la mort de Rosie, la prédiction du pasteur Alezza s'était révélée fondée : Jarvis s'était fait de plus en plus rare à la messe, pour finir par ne plus venir du tout. Mais tout homme retourne toujours à la base, je le sais. Et pour ce qui est de Jarvis Jefferson, il revint frapper à la porte de l'église un mercredi matin. Alezza l'accueillit du sourire de celui qui s'y attendait, et le fit entrer pour qu'ils s'assoient sur un banc au premier rang.

— La foi vous manque ? demanda le pasteur.

— Je ne l'ai jamais quittée.

— Pourquoi ne plus être venu alors ?

Jarvis désigna le Christ sur la grande croix.

— Pour qu'il sache que je n'étais pas content.

— Et vous êtes apaisé à présent ?

— Non. Mais il faudra bien que ça passe, je ne voudrais pas faire tout un scandale au moment de monter les retrouver. Ça ferait de la peine à ma Rosie.

— J'en déduis que si vous êtes là, ce n'est pas pour parler avec le Seigneur, mais avec moi ?

— Ce n'est pas le fidèle, si je puis dire, qui se présente à votre porte, mais le shérif. Je voulais vous poser quelques questions au sujet de Jon Petersen.

Le regard d'Alezza se durcit, de petites rides se creusèrent autour de ses yeux. Le pasteur méthodiste au physique d'acteur n'était pas beau lorsqu'il se laissait aller à ses émotions.

— Je suis un suspect ?

Jarvis ouvrit la bouche mais les mots s'accumulèrent contre sa langue, avant qu'il ne hausse les sourcils.

— J'avoue que jusqu'à présent, je ne vous avais même pas mis dans la liste, finit-il par répondre, mais maintenant que vous le dites… Est-ce qu'un pasteur, s'il tue un homme qu'il sait être mauvais, irait en enfer ?

— S'il agit de son propre fait ? Certainement. Tuer est un péché capital.

— Parce qu'il existe un moyen d'agir autrement que de son propre fait ?

— Sur le commandement de Dieu, par exemple.

Un rictus moqueur dessina une virgule sous la moustache du shérif.

— Et Dieu ordonne souvent à ses pasteurs de tuer pour son compte ? Dites-le-moi, que j'aille de suite lui passer les bracelets !

Alezza fixa Jarvis intensément et le rire du vieil homme s'estompa aussitôt.

— C'est une métaphore, shérif.

— Bon, je voudrais revenir sur ce qui s'est passé ce jour-là. Vous avez reçu un coup de téléphone de Riley Petersen, c'est bien ça ?

— Oui, il était chez les Stewart. Il m'a dit que si j'étais sincère l'autre jour, je devais venir tout de suite, que son père allait faire du mal à quelqu'un.

— L'autre jour ?

— Oui. Je… Un matin j'avais croisé Riley, et je lui avais dit que s'il voulait passer me voir pour parler, ma porte lui serait toujours ouverte.

— Pourquoi ça ? Ce sont des luthériens, non ?

— Ce sont des êtres humains avant tout, des enfants du Seigneur. Et je suis comme tout le monde, j'avais entendu ce qui se racontait sur la vie là-bas, à la ferme des Petersen. Il fallait que cet enfant sache qu'il n'était pas seul.

— N'était-ce pas au pasteur Tuna de jouer ce rôle ?

— Allez donc le lui dire.

Jarvis hocha la tête.

— Et vous avez foncé chez les Stewart donc. Il était quelle heure ?

— Je ne sais pas exactement. Le début d'après-midi.

— Le gamin et Travis Stewart affirment qu'il a fallu appeler deux fois pour que vous décrochiez.

— Possible. J'étais dehors, pour écrire, on n'y entend pas très bien la sonnerie.

— Bon. Et ensuite ?

— J'ai récupéré le garçon, j'ai dit à Travis de me laisser gérer, et nous sommes allés à la ferme.

— Pourquoi ça ? Pourquoi ne pas lui avoir demandé

de vous accompagner ? Petersen, quand il était en colère, il fallait être plusieurs pour espérer le maîtriser, vous n'avez pas craint cela ?

— J'avais promis au gamin de l'aider, c'était mon devoir, je ne voulais pas mêler les Stewart à ça. De plus, je crois qu'un pasteur seul est plus intimidant, ma fonction inspire le respect, si nous étions arrivés en groupe Jon Petersen aurait pu le prendre comme une provocation.

Jarvis approuva.

— Et quand vous êtes arrivé sur place, Jon était seul ?

— Oui. J'ai enfoncé la porte, et il était là, étalé de tout son long. Mort, sans aucun doute.

— Riley dit que vous êtes resté cinq bonnes minutes seul dans la maison. Je peux savoir pourquoi ?

Alezza ne dissimula pas sa surprise.

— Je croyais que je n'étais pas suspect !

— Non, c'est juste pour que tous les détails soient parfaitement éclaircis, vous connaissez les gens des tribunaux à Wichita, s'il manque une précision ils vont encore dire que nous autres ruraux travaillons comme des sagouins.

— Je suis d'abord resté stupéfait. Je connaissais Jon, vous savez. Je veux dire que je le connaissais mieux que ce que vous pourriez croire. Il était venu me voir une fois.

— Vous ? Un méthodiste ?

— Oui. Je crois bien qu'Ingmar s'est retourné dans sa tombe ce jour-là.

— Qu'est-ce qu'il voulait ?

— Parler.

— Que vous avait-il dit ?

— Je ne peux vous le répéter shérif, je suis désolé. C'était entre lui et Dieu.

Jarvis soupira, agacé.

— Et donc ?

— Donc je savais à qui j'avais affaire, et le découvrir ainsi, mort, ça m'a fichu un coup. Non pas que j'aie pleuré sur son sort, ne vous méprenez pas, mais tout de même, c'était un choc. Ensuite je vous ai appelé, et je suis ressorti. Oui, tout ça m'a peut-être pris cinq minutes.

— À aucun moment vous n'avez entendu de bruit à l'intérieur ? Vous n'avez vu personne au loin ?

— Vous parlez de Mapel ? Non, elle n'était pas là, ou alors elle était bien cachée.

— Et le gamin est resté tout ce temps-là dans la voiture ?

— Exactement.

— Et ensuite vous m'avez attendu dehors. Il vous semblerait envisageable que si quelqu'un était alors dissimulé dans la maison, il puisse s'être enfui à ce moment ?

— Oui, je suppose que par-derrière nous n'aurions rien vu.

— Sur le trajet pour vous rendre à la ferme, vous n'avez croisé personne ?

— Je ne crois pas. J'avoue ne pas y avoir prêté attention, j'étais inquiet. Vous pensez vraiment que le meurtrier était encore sur place ?

— Je ne sais pas. C'était une attaque éclair, Jon Petersen a été surpris, ça c'est sûr, sinon il se serait débattu. Et le laps de temps entre son arrivée à la ferme avec Mapel et vous le découvrant mort est assez court. Le tueur était en tout cas dans les parages.

— Mapel n'a rien vu ?

— Non, elle a dit que Jon avait eu un moment d'hésitation, comme s'il avait vu quelque chose, et qu'elle en avait profité pour se carapater. Il est mort dans la foulée.

— Vous la soupçonnez ?

Jarvis hésita à répondre puis secoua la tête.

— Non, même en colère Mapel ne serait probablement pas capable de plumer une poule, alors tuer un homme…

— J'ai vu sa gorge tordue, il faut une sacrée force pour parvenir à ça, non ? C'est ce que je me suis dit. Comme s'ils étaient plusieurs.

Alezza exhiba ses mains devant lui et ajouta :

— En tout cas regardez, je n'ai aucune plaie, aucune griffure, si cela peut me disculper.

Jarvis balaya l'air devant lui comme s'il chassait une mouche imaginaire.

— Laissez tomber, vous êtes trop consciencieux avec lui, fit Jarvis en pointant le menton vers le Christ, pour vous attirer ses foudres.

— À moins de me trouver un bouc émissaire que le Seigneur en personne ne pourrait remettre en cause !

Alezza attrapa le poignet du shérif et se pencha pour parler plus doucement.

— Ce serait mentir que de dire que je n'ai pas souhaité sa mort, avoua-t-il. Jon Petersen était un sale type, Jarvis.

— Je le sais. J'ignore ce qu'il avait pu vous raconter, mais c'était une ordure, et personne ne pleurera sa mort. Pas même son fiston, j'en ai peur.

— Oh, il m'a dit beaucoup. Trop. Je suis bien heureux qu'il ait été luthérien, j'ignore comment j'aurais pu assurer le service en sa présence sinon.

Jarvis se leva, accompagné par le pasteur.

— Et si vous restiez un peu ? l'invita ce dernier. Je suis sûr qu'il y a beaucoup à dire sous ce crâne contrarié par Dieu.

— Oh, moi, vous savez, j'ai passé l'âge et le besoin de me confesser. J'en garde un peu pour le solde de tout compte, histoire de les embêter un peu là-haut, pour quand je monterai faire ma paperasse.

— Je ne parlais pas de confession, juste de bavarder. Plus de shérif ni de pasteur, juste deux hommes, une bonne bière et des côtelettes à cuire sur le gril.

L'œil de Jarvis pétilla.

— Une autre fois peut-être, je dois hélas poursuivre. La vérité a cela d'insupportable qu'elle s'effiloche avec le temps. Il faut savoir lui courir après comme derrière la plus belle fille du bal si vous ne voulez pas qu'elle aille se marier avec un autre.

— Venez quand vous voudrez. Je ne promets pas d'avoir de la viande à chaque fois, mais une bière fraîche en été, ça c'est mon engagement. Et d'ici là, tâchez de revenir nous voir à la messe. Dieu sait se faire pardonner pour la peine qu'il nous inflige.

— Avec moi il aura du boulot, je ne suis pas certain que ça vaille tout le mal qu'il devra se donner. Mais j'y réfléchirai, c'est promis, en tout cas autour d'une bière avec vous.

Jarvis prit le volant et se dirigea vers le centre-ville de Carson Mills, soit une simple rue posée au milieu de quelques pâtés de maisons. Chemin faisant, il ressassait pour la centième fois son enquête, et invariablement il en revenait aux trois premières affaires qui l'avaient confronté, sans le savoir, à Jon Petersen. Il était convaincu que la réponse à ses questions gisait là, entre les viols de Louise et Ezra, et le meurtre de Theresa Turnpike. Il avait fait le tour de ses options au sujet de la mort de Jon Petersen. Il ne se faisait aucune illusion quant au rapport du coroner, cela n'allait pas lui apporter grand-chose de nouveau, les empreintes relevées dans la ferme ne feraient pas surgir le diable de sa boîte, il y en avait trop, informes, inexploitables pour la plupart, et Jarvis n'allait de toute façon pas faire du porte-à-porte à Carson Mills pour comparer les empreintes de chaque habitant à celles enregistrées là-haut. Le shérif ne croyait même pas à l'aide du FBI, au mieux le Bureau rapporterait l'existence d'un autre viol où les flics avaient noté la présence d'un coquelicot, mais c'était peu probable, et cela lui permettrait seulement de confirmer que Jon Petersen était un salaud dont la mauvaise sève coulait au-delà des limites du comté de Sumner. Soit il avait été tué par le père d'une gamine agressée et il fallait désormais compter sur des remords à venir pour apprendre la vérité, soit tout remontait à l'époque de ses quinze ans, lorsque Jon avait révélé sa profonde nature. Mais pour cela, Jarvis n'avait plus aucune piste, sinon retrouver Ezra Monroe.

Lorsque Elaine était venue le trouver en bas de chez lui, trois ans auparavant, Jarvis avait déjà tout fait pour mettre la main sur sa fille. Il avait appelé les flics de Wichita, plusieurs fois, il avait appelé les privés, ses contacts dans des bars, à la gare routière, à l'assistance sociale, il avait même harcelé les gens de la mairie, il avait appelé une à une toutes les bonnes œuvres pour savoir si la description d'Ezra leur disait quelque chose, il avait écrit plusieurs lettres à l'administration en quête de P-V dressés à son nom, il avait soudoyé des jeunes archivistes des journaux locaux pour fouiller les anciens numéros à la recherche d'une brève pouvant être reliée à la disparition d'une jeune femme correspondant au signalement, il s'était même fait envoyer la liste nominative des cadavres retrouvés au cours des deux années précédentes, depuis qu'Elaine n'avait plus de nouvelles. Sans aucun résultat. Ah ça, il n'avait pas ménagé sa peine, il avait insisté encore et encore, pendant plus de trois mois, jusqu'à ce qu'il se rende à l'évidence : Ezra avait décidé de disparaître, et pour ce qu'il en savait, elle avait probablement quitté Wichita, sinon le Kansas, et à moins qu'elle ne décide de donner de ses nouvelles, jamais plus il n'entendrait le son de sa voix ni ne reverrait son joli minois.

Et tandis que le shérif se repassait tout ce qu'il avait tenté, juste pour s'assurer une énième fois qu'il n'avait rien oublié, une évidence lui sauta aux yeux.

La leçon qu'il fallait tirer de la pluie de la veille.

Jarvis cogna sur le dessus de son volant. Il allait pouvoir le dire à Douglas : il y avait *toujours* une leçon à tirer de chaque chose.

Jarvis avait tout fait pour retrouver Ezra. Du moins tout fait pour un shérif occupé et accaparé par ses responsabilités locales. Mais il s'était trop reposé sur les fichus moyens modernes. Il avait donc tout fait à distance, sans se déplacer. Sans prendre l'enquête à bras-le-corps, et battre le pavé lui-même.

En un instant, il prit sa décision. Il ne repassa même pas chez lui prendre des vêtements propres et une trousse de toilette, ni à son bureau pour prévenir que le shérif quittait son territoire, son troupeau, et il prit la direction du nord.

Vers Wichita.

31

Les grandes villes se différencient principalement des bourgades par leur nombre d'habitants au mètre carré et leur faculté paradoxale à créer d'autant moins de relations sociales. C'était l'avis simple de Jarvis, et déambuler dans les rues larges bordées de falaises sculptées de béton et d'acier ne fit que renforcer son sentiment. Il réalisa qu'il n'était plus revenu à Wichita depuis la mort de Rosie, et se sentit comme un étranger dans son propre pays. Il marchait, témoin de cette quête permanente d'informations comme si chacun devait toujours plus se remplir pour mieux s'insérer dans le système, tandis que d'autres se précipitaient dans les magasins pour acheter non pas ce qui leur était utile mais ce qui leur conférait un statut. En quelques décennies, le règne publicitaire semblait avoir conquis le monde, chacun se devant d'être la réclame vivante de son individualité. Jarvis était décidément trop vieux, il avait oublié d'évoluer avec son monde, et constatant comme il était en marge de ces rituels codifiés, il prit conscience qu'il venait d'une autre époque, et qu'il était dépassé. Pas seulement ici, dans les artères saturées de Wichita, mais également par chez lui.

Il avait trop souvent évoqué l'idée de prendre sa retraite tout en repoussant la décision à plus tard. L'heure avait maintenant sonné, cela ne faisait plus l'ombre d'un doute. Même à Carson Mills la modernité ferait son chemin, la ville ne pouvait s'exclure du progrès, et elle méritait un shérif plus jeune, plus enclin à comprendre ses habitants, à contribuer à l'avenir de ses enfants, à son développement. Mais avant cela, Jarvis avait une dette à régler vis-à-vis des siens. Une vérité à dévoiler. Il leur devait ça. Du moins le croyait-il.

Il commença par rendre visite à un vieux flic comme lui, pour lui demander de passer quelques coups de fil, de poser une salve de questions à ses collègues, histoire de ressusciter les anciennes affaires concernant une jeune femme pouvant correspondre à Ezra Monroe. C'était probablement peine perdue, mais ça ne coûtait rien d'essayer. Jarvis se rendit compte qu'il était parti sans photo d'elle. Ce n'était peut-être pas un mal. Lorsque Elaine Monroe lui avait confié sa mission, elle lui avait donné une enveloppe consignant brièvement ce qu'Ezra était devenue, et ça n'était pas très beau à lire, alors Jarvis imaginait sans peine que ça ne devait pas non plus être très beau à voir : Ezra avait changé, sans l'ombre d'un doute, et ne ressemblait plus aux clichés de sa belle époque, lorsqu'elle n'avait pas encore plongé dans les sournois tourbillons de la drogue et les affres de la prostitution. L'enveloppe contenait également toutes les adresses fréquentées par Ezra, et Jarvis les avait tant et tant répétées au téléphone qu'il s'en souvenait encore parfaitement.

Il se rendit sur le campus de l'université, sans grande conviction, et il y perdit en effet le reste de sa journée, avant de glisser vers les quartiers nord où Ezra avait pris l'habitude de se fournir en drogue. La faune de junkies errait, hagards comme des antilopes dans une savane de briques et de détritus, et par moments Jarvis repérait le crâne d'un lion tapi dans les ombres d'un porche, guettant d'un œil carnassier, frottant entre ses pattes griffues les sachets d'aluminium qui faisaient dresser les oreilles de ses proies pour les attirer à lui. Quelles chances avait-il de tomber sur Ezra par hasard ? Probablement autant que de gagner deux fois d'affilée le gros lot du loto. C'était idiot. Pourtant il ne put s'empêcher de rester dans sa voiture, à scruter ce spectacle contre-nature dominé par les produits de synthèse qui coulaient dans les veines contrariées de ces animaux malades.

Au bout d'un moment, lorsqu'il fit parfaitement nuit et que les rares réverbères encore fonctionnels ne suffirent plus à éclairer cette lande d'un jaune chassieux, un grand type noir s'approcha de la voiture de Jarvis. Il portait une fine moustache et des dartres lui écorchaient les traits de sorte qu'il faisait penser à une photo abandonnée trop longtemps sous le plein soleil d'août. Il se pencha et ses mains se posèrent presque à l'intérieur de la voiture car Jarvis avait baissé la fenêtre à cause de la chaleur.

— Tu cherches quoi, papy ?

— Une fille.

— Comme nous tous. T'as du blé ?

— Pas ce genre-là, encore que… Elle s'appelle Ezra, ça te dit quelque chose ? La trentaine. Blonde, en tout cas sa couleur naturelle.

— Tu te crois où ? Ici tout se paye, le droit de stationner chez nous et aussi celui de poser des questions. Alors, t'as du blé ?

Jarvis fit claquer sa langue contre son palais d'agacement. Et d'un geste particulièrement vif pour un homme de son âge, il saisit l'homme par l'oreille et la tourna brutalement pour le faire se baisser complètement, la joue collée contre le rebord de la portière.

— Aux dernières nouvelles, c'est encore un pays d'hommes libres, mon gars, répliqua Jarvis en arrachant ses clés de contact pour en enfoncer l'extrémité sous l'œil du type qui grimaçait autant de surprise que de douleur. Ezra, t'as entendu parler ?

— Non, non ! Lâche-moi, le vieux !

La clé mordit la peau jusqu'au sang et le bonhomme poussa un cri.

— Ezra ! répéta le shérif.

— Je connais pas ! Je le jure ! Il y a une Edna qui tapine si tu veux ! Mais c'est une brune, une Black !

Jarvis le repoussa et remit la clé dans son logement pour démarrer. Le type reculait en se touchant la joue pour vérifier s'il saignait.

— Espèce de taré !

— Je reviendrai. Fais passer le mot, je cherche une Ezra, tu as entendu la description. Et fais aussi passer que je ne suis pas patient.

— C'est ta p'tite-fille ou quoi ?

— En quelque sorte.

Le type cracha dans sa direction avant de s'éloigner pour se noyer dans le dédale graffité de clairs-obscurs. Jarvis prit le temps de respirer, les mains sur le volant, son cœur battant la chamade, presque douloureux. Il s'était surpris lui-même de sa célérité. Il n'était pas totalement grabataire en fin de compte, même si son palpitant, lui, trimait pour se remettre. Après quoi il roula dans les parages de la gare routière, là où la prostitution fleurissait. Ici tout le monde payait pour voyager, d'une manière où d'une autre. Jarvis détailla les filles fardées jusqu'aux oreilles qui le prenaient pour un vieux pervers n'arrivant pas à se décider, posa quelques questions, et finit par se garer pour aller les confronter à pied, en prenant son temps.

Peu à peu, elles se rassemblèrent autour de lui, étrange bouquet à la corolle multicolore mais au pistil déjà fané, et piaillèrent en l'écoutant raconter pourquoi il était là. Aucune ne connaissait une Ezra, ni quiconque pouvant lui correspondre, et personne n'avait entendu parler d'une nana venue de Carson Mills, encore moins d'une fille de grossium. Ici, il n'y avait que des factotums du vice, des pétales prêts à recueillir la sève des fantasmes que les maîtresses de maison bien propres sur elles refusaient de s'abaisser à satisfaire, préférant l'étiquette d'épouses débonnaires à celle de garces souillées. Ici, les putes venaient toutes du caniveau ou pas loin, en tout cas de là où s'écoule toujours la merde que les autres daignent ramasser, selon leur expression.

Sur les conseils d'une certaine Margueritte, Jarvis loua une chambre d'hôtel pas chère pour la nuit, et pour la première fois depuis bien longtemps il dormit d'une traite jusqu'à l'aube. Il faut croire que l'âme a besoin de temps pour panser les escarres que la dépravation inflige lorsqu'on la côtoie sans protection.

À son réveil, il téléphona à Douglas pour lui demander s'il y avait du nouveau et l'informer que jusqu'à nouvel ordre il était le patron de la ville, puis il raccrocha, pas surpris d'entendre que rien n'avait bougé à Carson Mills sinon qu'ils avaient retrouvé Rakel Petersen. La vieille tante n'avait pas d'alibi à l'heure du déjeuner mais elle avait repris le travail chez un couple qui lui donnait quelques heures de ménage à quatorze heures, ce qui lui laissait trop peu de temps pour commettre le crime et redescendre par ses propres moyens jusque dans le centre. Jarvis demanda à son adjoint qu'il conduise Rakel auprès de Joyce et Riley afin qu'ils se soutiennent.

En passant devant une supérette, le shérif s'improvisa une trousse de toilette, acheta des sous-vêtements et deux chemises propres, puis il passa toute la journée dans les archives du *Wichita Eagle*, le journal local, le nez sur des microfilms qui lui raclaient les prunelles pire qu'une lame de rasoir, sans rien trouver qui lui paraisse pertinent. Craignant le pire, il voulait tout savoir des jeunes femmes retrouvées mortes ces trois dernières années, depuis qu'il avait cessé de rechercher Ezra, et s'enquilla toutes les rubriques de faits divers jusqu'à ne plus y voir clair. De toute façon la plupart des morts ne figuraient même pas dans le journal. Il dîna d'œufs sur le plat avec de la purée dans un restaurant du centre-ville, et retourna se coucher dans son meublé à la fréquentation douteuse.

Le lendemain, il repassa voir son ami flic qui n'avait rien de neuf pour le satisfaire, et s'attaqua aux cinq adresses où Ezra avait séjourné avant que sa mère ne perde définitivement sa trace. À l'époque de son enquête, Jarvis avait appelé les bailleurs, puis les gardiens lorsqu'il y en avait, sans succès. Il se présenta à chaque appartement des trois premiers immeubles, se demandant si on n'allait pas finir par le prendre pour un ancien VRP atteint d'Alzheimer, avec sa dégaine et son âge, interrogeant chaque locataire à propos d'Ezra. Personne ne la connaissait, la plupart n'habitaient pas là du temps où elle y était, et les autres se souvenaient à peine d'une timide qui rasait les murs.

À la quatrième adresse, tandis que le jour déclinait, Jarvis sonna à six appartements avant qu'une fille qui semblait approcher la quarantaine, très forte et des bigoudis dans les cheveux, scrute attentivement le shérif en lui crachant la fumée de sa cigarette au visage et finisse par lui demander :

— Pour quoi vous la recherchez ?

— Pour savoir ce qui lui est arrivé, répondit Jarvis en chassant la fumée de la main.

— Pour ses parents ?

— Pour la vérité avant tout.

La fille fronça le nez, qu'elle avait large, et ressembla soudain à un cochon coiffé d'une perruque blonde.

— Vous êtes un proche ?

— Pas directement. Mais je sais qu'elle a eu une vie difficile. Et j'aurais besoin de lui parler. Je peux peut-être l'aider, et, on ne sait jamais, elle aussi peut peut-être m'aider.

Miss Piggy agita sa cigarette devant elle à l'image d'une baguette magique, et prononça la formule tant attendue :

— Allez, entrez. Vous avez l'air de quelqu'un qui aurait bien besoin d'un coup de main, en effet.

32

Miss Piggy occupait un meublé étroit puant le graillon et servant de repaire à toute une bande de mouches bruyantes qui zigzaguaient entre des rouleaux de papier collant qui pendaient mollement d'un lustre tordu, arabesques mortuaires exhibant leurs maigres trophées. Elle invita Jarvis à s'asseoir sur le canapé recouvert d'un dessus de lit rose à franges tout taché et le shérif préféra ne pas détailler davantage l'endroit pour ne pas être plus mal à l'aise. Sur la table basse trônaient un flacon de lubrifiant et une boîte de préservatifs, et juste en dessous plusieurs revues pornographiques vantaient les splendeurs des cavités biologiques de starlettes délurées. Manifestement Miss Piggy avait la cuisse légère pour garnir son porte-monnaie.

— J'ai de la limonade fraîche si vous voulez, proposa-t-elle.

C'était probablement la seule chose de frais qu'elle pouvait lui offrir, songea Jarvis avant d'entendre aussitôt la voix outrée de sa femme résonner dans son crâne.

— Va pour de la limonade.

— Vous êtes qui pour elle ? cria Miss Piggy depuis la cuisine.

— Une sorte de grand-oncle qui n'a pas fait son boulot, lâcha Jarvis en s'écartant d'une auréole douteuse.

Elle revint avec deux grands verres remplis d'un jus tirant sur le jaune pâle.

— Comment ça, « pas fait son boulot » ?

— Il y a presque vingt ans, et il y a trois ans. À chaque fois qu'elle aurait eu besoin de moi.

La grosse femme tendit son verre pour trinquer.

— Je m'appelle Liz.

— Jarvis.

— Vous la connaissiez bien ?

Jarvis laissa Liz conduire la conversation. Elle savait manifestement quelque chose au sujet d'Ezra et voulait savoir s'il était digne de l'entendre.

— Assez pour savoir qu'elle avait des problèmes, mais pas assez pour savoir comment l'en tirer.

— Vous êtes au courant des deux grandes dates de sa vie, ce qui vous différencie de la majorité des gugusses qui sont passés par son lit.

— Je n'ai pas tout à fait l'âge pour être un de ceux-là.

— Vous seriez surpris.

— Elle a eu beaucoup de petits amis ?

— Tout dépend de comment vous définissez un petit ami.

— Je vois. J'étais au courant aussi pour cet aspect-là de sa vie.

— Vous saviez que ses vieux étaient des ordures également ?

— Je dirais surtout qu'ils ne savaient pas comment s'y prendre avec elle.

— Une belle brochette d'*enfoirés*, oui !

Elle avait appuyé sur l'insulte avec une pointe de colère. Si Ezra avait fini dans un endroit pareil alors que ses parents occupaient la plus belle maison de Carson Mills et que son père brassait des fortunes, il y avait fort à parier qu'aucun des « amis » que la jeune femme avait pu se faire ici, dans sa nouvelle vie de débauche, ne pouvait éprouver de sympathie pour des parents capables d'abandonner leur progéniture. Ezra n'était peut-être pas entrée dans les détails, et comme souvent avec les enfants, les parents avaient le mauvais rôle, sans tolérance ni excuse. Mais dans le cas d'Ezra, le shérif pouvait difficilement lui en vouloir d'avoir présenté sa famille comme des vampires cyniques, une mère plus effrayée par ce que la rumeur allait dire d'elle à cause de sa fille et un père l'ayant rayée de son existence parce qu'il ne pouvait la discipliner comme une de ses employés. Il y avait du vrai là-dedans, même si le jugement sur Elaine Monroe était caricatural et excessif. C'était tout de même elle qui avait sollicité l'aide de Jarvis.

— Vous savez où elle est maintenant ? demanda-t-il.

— Oh ça oui. Mais ne comptez pas sur moi pour vous le dire !

— C'est un secret ?

— Je ne veux pas que son clan remette la main sur elle. Une promesse que je lui ai faite.

— Elle était à ce point brouillée avec eux ?

— On peut dire ça. Vous le saviez pas ? fit Liz méfiante.

— Non, avoua Jarvis avec franchise. C'est à cause de son agression lorsqu'elle était adolescente ? Elle ne leur a jamais pardonné de ne pas l'avoir soutenue ?

Liz éclata de rire, dévoilant des dents jaunes enchâssées de tartre.

— C'est le moins qu'on puisse dire ! Prétendre qu'une chose n'a jamais existé, ça ne la fait pas disparaître pour autant. Ezra ne l'a jamais toléré. Mais je vois que vous la connaissiez bien, c'est vrai. Peu étaient au courant de cette histoire.

— Vous vous êtes rencontrées où ?

— Ici même. Elle logeait juste en face.

— Oui, je sais, entre…

Jarvis se pencha pour relire ses notes dans le calepin usé qu'il sortit de sa poche de pantalon.

— Laissez tomber les dates, l'interrompit Liz, parfois je me réveille le matin et je ne me souviens même plus quelle année on est. Ezra a vécu en face deux fois. La première fois elle s'est barrée quand elle a compris que sa mère la faisait surveiller. Puis, un an après, elle est revenue, lorsqu'elle était sûre qu'elle était tranquille. Et ces cons n'ont jamais pensé à revenir voir.

Jarvis se mordit l'intérieur des joues. Pour le coup, il était l'un de ces « cons » qui n'avaient même pas envisagé qu'elle puisse être retournée sur ses pas.

— Vous étiez proches ?

— J'étais sa meilleure amie. La seule en fait. « Copines de querelles, copines éternelles » qu'on disait.

— Elle vendait son corps pour vivre, n'est-ce pas ?

— Sûr que c'était pas pour le plaisir.

— Et pour payer sa drogue ?

Miss Piggy renversa la tête en arrière et dodelina.

— Vous savez pour ça aussi.

— Ce que je sais, c'est qu'elle était tombée dedans pendant son université.

— Pour s'évanouir, pour ne plus penser, pour se donner l'illusion du bonheur, au moins une fois de temps en temps. Sauf qu'elle s'est fait bouffer par la dope. C'était moche. Au début c'était une sacrée beauté, j'ai vu des photos, elle en était fière, elle aurait pu réclamer de jolies sommes à ses clients, rien que des types de la haute si elle avait voulu ! Mais avec ce qu'elle s'injectait, ça n'a pas duré longtemps, elle est devenue maigre à plus la voir – remarquez, ça devait bien l'arranger – et puis elle a perdu ses cheveux et ses dents ont fini toutes pourries.

— C'est un miracle qu'elle ait survécu.

Liz se frotta le visage nerveusement avant d'ajouter :

— Le miracle c'est qu'elle ait réussi à arrêter. Un sacré tempérament cette fille, je vous le dis !

— Elle s'est sevrée ? fit Jarvis avec un brin d'espoir.

— Quand elle est revenue en face, la deuxième fois, oui, elle était clean. Elle faisait encore des passes de temps en temps, pour le loyer, pour manger, et pour mettre de l'argent de côté surtout.

— Elle avait un projet ? Partir ?

— Oui.

— Vous ne me direz pas où ?

Liz observa Jarvis et son regard changea, il ne sut s'il lui inspirait de la pitié ou de l'amusement.

— Pour la Californie. Elle a toujours rêvé de soleil et de voir des stars.

L'attrait pour le climat chaleureux fit sourire Jarvis. Ezra et lui se ressemblaient peut-être en fait. Deux âmes solitaires en quête d'un peu de lumière pour se réchauffer l'intérieur.

— Hollywood ?

— C'est ce qu'elle avait en tête.

Jarvis opina, satisfait. C'était déjà une piste. Lointaine et complexe, mais qui avait au moins le mérite d'exister.

— Et puis tout a capoté, lâcha Liz soudain, l'air sombre.

— Pardon ?

— Un jour elle a reçu une visite, un client, et ça l'a toute chamboulée. Après ça elle n'a plus jamais été la même.

— Comment ça ?

— C'est assez vague. Elle n'a jamais trop voulu en parler. En fait elle ne causait plus beaucoup à partir de là. C'était un mec qu'elle avait déjà vu ou qu'elle connaissait, c'est tout ce que je sais. Le soir, quand je l'ai trouvée en train de pleurer, elle m'a juste dit qu'elle était tombée si bas que même la pire raclure de bidet de son trou paumé était au-dessus d'elle. Je ne sais pas ce qu'il lui avait fait ou dit, mais ça l'avait anéantie. Après ça, le peu d'amour-propre qu'il lui restait s'est envolé.

Les doigts de Jarvis s'étaient enfoncés dans le sofa, entièrement crispés, une goutte de sueur froide dévala le long de son échine et il eut la chair de poule.

— Elle n'a pas dit son nom ? voulut-il savoir.

— Non. Jamais plus elle n'en a reparlé mais ça l'avait détruite, ça c'est sûr.

Au contraire de Jarvis, Jon Petersen l'avait retrouvée, lui. Par hasard probablement, en fréquentant assidûment les quartiers de prostituées pendant des mois, sinon des années, et il l'avait reconnue. Se faire prendre par l'homme qui l'avait violée des années auparavant avait terminé de briser Ezra Monroe. À cet instant, Jarvis songea que si cette ordure avait été encore en vie, il aurait pu commettre la folie de l'abattre lui-même d'une balle entre les yeux.

— Je suis désolé, fit-il du bout des lèvres.

— Après elle a fini par partir, et je ne l'ai plus jamais revue.

— Quand était-ce ?

— Je ne sais pas, peut-être trois ans ou un peu moins.

Peu après qu'Elaine Monroe fut venue lui demander de la retrouver, calcula Jarvis. Il s'en était fallu de peu, et cela lui brisa le cœur.

Jarvis reposa la limonade qu'il avait à peine entamée et se leva.

— Merci pour votre aide, Liz.

— Ça fait du bien de parler d'elle. Elle me manque.

— Vous n'avez plus du tout de nouvelles ?

Liz secoua la tête et Jarvis griffonna quelque chose sur un morceau de feuille qu'il arracha de son calepin.

— Si jamais un jour elle refait surface, appelez-moi. Je ne trahirai pas son secret, mais ça me fera plaisir de savoir qu'elle va mieux.

Liz prit le papier qu'elle fit disparaître dans sa grosse main. Elle fixait le vieil homme.

— Vous pleurez ? demanda-t-elle.

— Oh, c'est le pollen, ma femme et moi y sommes très sensibles.

Elle acquiesça d'un sourire feint et s'écarta pour le laisser passer. Jarvis avait toujours été trop compatissant, et avec les années ça ne s'était pas arrangé.

Lorsqu'il fut sur le palier, elle lui rendit son morceau de papier.

— Ça ne sert à rien d'entretenir une illusion, dit-elle, je ne vous appellerai pas.

Il reprit la feuille, déçu et gêné.

— Bon. Au moins vous êtes franche.

— Qu'est-ce que vous avez de plus cher dans votre existence ?

— De plus cher ?

— La personne ou la chose à laquelle vous tenez le plus.

— Je dirais… ma femme. Le souvenir de ma femme.

— Jarvis, vous pouvez me faire une promesse à l'aveugle ?

— Ça consiste en quoi ?

— À me jurer que vous garderez un secret, sans même savoir ce dont il s'agit.

— Eh bien… d'accord.

— Jurez-le sur le souvenir de votre femme.

Jarvis fronça les sourcils, puis jura.

— Je vais vous dire où elle se trouve, fit Liz. Mais vous ne pourrez pas le dire à ses parents, vous avez juré.

Jarvis recula d'un pas, surpris.

— Et ça risque de nc pas vous plaire, ajouta la fille aux bigoudis dans les cheveux.

33

Ezra Monroe était bien partie, un samedi soir ; pendant que les voisins célébraient un anniversaire, elle avait disparu, et Liz n'avait pas menti : elle ne l'avait plus jamais revue ensuite. D'ailleurs, personne ne reverrait plus Ezra, comprit le shérif en se tenant avec Miss Piggy face au petit bloc de granit taillé au milieu de deux thuyas.

Les lettres au-dessus des deux dates indiquaient « Elizabeth Ezra Howard » avec de belles boucles pour les trois initiales.

— Pourquoi ce nom ? demanda Jarvis, son chapeau contre le cœur.

— C'est le mien. J'ai juste rajouté son prénom au milieu. Elle m'avait fait promettre de pas donner son vrai nom quand elle mourrait, elle ne voulait pas que sa famille puisse mettre la main sur sa dépouille.

— Et ils vous ont laissée faire à l'administration ?

— Une junkie retrouvée morte sans papiers, vous croyez vraiment qu'ils en avaient quelque chose à foutre ? Ça les arrangeait surtout de pas avoir à ouvrir une enquête pour tenter de savoir qui elle était et à la mairie ils étaient bien contents de pas avoir à payer pour la mettre dans le trou des indigents. J'ai montré un vieux permis de conduire à moi tout chiffonné au gars qui remplissait le formulaire en disant que c'était le sien et il n'y a vu que du feu ! Faut dire qu'à l'époque de la photo, j'étais toute mince... De toute façon j'ai payé pour son enterrement. Je voulais pas qu'elle aille à la fosse commune ou qu'on la brûle ou un truc dans ce genre.

— Comment est-ce arrivé ?

— Pas longtemps après la visite du type. Elle avait replongé dans la came, et puis ce soir-là... elle a poussé sur la dose.

— Vous pensez qu'elle l'a fait exprès ?

— Ezra, c'était pas le genre à se planter dans la quantité. Une vraie pro. Elle n'avait plus envie de continuer, c'est tout. Ce mec l'avait vraiment amochée.

Bien plus que ça, pensa Jarvis. Il avait semé sa graine corruptrice en elle lorsqu'elle n'était encore qu'une adolescente fraîche et malléable, avant de revenir, bien plus tard, afin de terminer le boulot.

— Elle a fait ça chez elle ? Dans son appartement ?

— Non, dans la contre-allée sous les escaliers de secours, elle s'est allongée sur les sacs-poubelle, entre deux containers, et elle a poussé le piston pour baisser le rideau.

La symbolique était forte, et l'imaginer si honteuse de ce qu'elle était devenue au point d'aller mourir au milieu des détritus accabla encore plus Jarvis.

— Comment vous avez su ? demanda-t-il.

— Elle avait glissé un mot sous ma porte. La garce savait que je faisais un extra dans un bar, que je rentrerais tard dans la nuit, elle savait que lorsque je la découvrirais il n'y aurait plus rien à faire.

— Que disait le mot ?

— Juste où elle se trouvait et « honore ta promesse, copine éternelle ».

Liz renifla et s'essuya une joue du revers de sa manche.

— C'était bien son écriture, vous l'avez reconnue ?

— À deux cents pour cent. C'était pas un meurtre déguisé si c'est à ça que vous pensez, répliqua-t-elle catégorique, la voix encombrée de sanglots refoulés.

Ils restèrent ainsi un moment tandis que la nuit tombait. Jarvis laissa quelques billets à Liz pour qu'elle puisse venir fleurir la tombe le lendemain. Une cloche sonnait quelque part pour indiquer la fermeture des grilles du cimetière.

— Vous m'autorisez au moins à annoncer sa mort à ses parents ?

Liz le fusilla de ses prunelles porcines.

— Croyez-vous vraiment qu'elle n'aurait pas jubilé à l'idée qu'ils apprennent sa mort ? insista-t-il.

Et puis il pensait qu'envers et contre toute la colère d'Ezra à leur égard, tous les parents du monde disposaient d'un droit inaliénable de savoir lorsque leur enfant venait à disparaître.

Liz fit une grimace indécise avant d'approuver.

— Mais pas un mot sur sa tombe, avertit-elle. Elle m'a fait promettre que jamais ils ne récupéreraient son corps.

— Entendu.

Lorsqu'ils se séparèrent dans la rue, la rumeur de la civilisation semblait bien lointaine aux oreilles de Jarvis qui flottait dans une ouate étrange, groggy d'émotion.

Miss Piggy pointa un dernier doigt dans sa direction lorsqu'elle fut à l'angle du pâté de maisons et s'écria :

— Déconnez pas, Jarvis ! Vous avez juré !

*

Jarvis roula de nuit, cramponné à son volant comme à la vérité, focalisé sur le ruban d'asphalte qui jaillissait, capturé entre ses phares, se forçant à croire que trop de fatigue lui rougissait les yeux. Une fois chez lui, il grimpa les marches aussi vite que sa carcasse douloureuse le lui permit et se laissa tomber sur le lit pour dormir dans ses draps, au milieu des odeurs de sa vie. Il espéra que sa femme viendrait lui rendre visite, il avait besoin de sa main contre lui, rien que le spectre de sa présence lui suffirait, mais il ne se réveilla qu'avec l'écho des rires de ses propres démons.

Il se doucha, se rasa et s'habilla comme pour un dimanche, mangea sur un coin de table un bout de pain rassis accompagné d'un café chaud, avant de se rendre dans le quartier sud de Carson Mills. Cette fois il gara sa voiture juste sous le porche de la villa des Monroe, sous les colonnes blanches et les glycines mauves qui plongeaient depuis leur encorbellement. Bien qu'il n'ait pas rendez-vous, la gouvernante accepta de le faire entrer et le fit patienter dans le petit salon le temps de vérifier si Cormac Monroe pouvait le recevoir.

— Je préférerais qu'il y ait également Elaine, précisa-t-il.

— Madame est absente, elle est à son club d'équitation.

— Bon, très bien. Alors Mr Monroe déjà.

La domestique revint chercher le shérif presque aussitôt pour le conduire au bout d'un long couloir orné de tableaux de famille et au parquet rutilant, puis elle l'introduisit dans la bibliothèque qui servait de bureau au maître des lieux, où Jarvis pénétra le chapeau entre les mains. La pièce sentait un mélange de cigare froid et de cire, et en découvrant les hauts rayonnages en cerisier couverts de livres, le vieil homme se sentit subitement tout petit et terriblement ignare. Assis dans un fauteuil en cuir et occupé à signer des documents, Cormac Monroe leva les yeux vers lui pour le gratifier d'un sourire aimable avant de retourner à sa lecture.

— Je vous en prie, shérif, asseyez-vous, je n'en ai que pour une minute.

Mais Jarvis préféra rester debout, le temps de se sentir un peu plus à son aise. Cormac Monroe, à l'instar de sa femme, avait pris un coup de vieux. Des mèches blanches striaient son impeccable coiffure de jais et les rides qui soulignaient autrefois ses joues verticalement ressemblaient à présent à des cicatrices creusées par le temps. Ne voulant se montrer impoli à le fixer ainsi, Jarvis chercha à se donner une contenance et il longea lentement les étagères garnies d'œuvres plus ou moins célèbres, avant de tomber sur plusieurs romans de Dashiell Hammett, William R. Burnett, Dorothy B. Hughes ou William P. McGivern ; il en attrapa un pour se détendre.

— Vous vous intéressez à la littérature ? fit Cormac Monroe sans lever le nez de ses papiers.

— Les romans policiers, oui, surtout les classiques.

Cette fois Cormac releva le menton pour distinguer ce que Jarvis tenait dans la main avant de lever les yeux au ciel et de revenir à ses affaires.

— Ah, ça… C'est Elaine qui les lit.

— Vous n'aimez pas ?
— La fin n'est jamais à la hauteur.
— N'est-ce pas réaliste ?
— Je préfère les ouvrages sérieux.
— Vous avez tort, il y a dans certains romans noirs plus de cervelle que dans toute l'œuvre d'auteurs plus académiques.

Cormac maugréa une réponse entre ses lèvres sur le ton de celui qui n'aime pas remettre en question les préceptes inculqués et signa d'un mouvement ample quelques papiers avant de claquer la page du porte-documents qui semblait peser le poids d'un animal mort.

— Je suis à vous, shérif. Qu'est-ce qui nous vaut votre visite ? questionna-t-il en venant s'asseoir sur le devant de son bureau. C'est la première fois si je ne m'abuse…

— Non, mais la première fois c'était pour un motif que nous préférerions tous oublier, lorsque votre fille… Je venais à la demande d'Elaine, c'était il y a près de vingt ans.

Cormac acquiesça d'un air sombre après avoir fait rejaillir de sa mémoire surchargée le souvenir de ce morne jour.

— C'est vrai… Comme vous le dites, j'ai préféré oublier.

— Et hélas j'ai bien peur qu'une fois encore je sois l'oiseau de mauvais augure.

Cormac inclina la tête, intrigué et inquiet.

— C'est au sujet d'Ezra, monsieur Monroe. Je ne suis pas en mesure de vous en apporter la preuve irréfutable, mais j'ai hélas la conviction qu'elle n'est plus.

Cormac demeura presque une minute sans bouger,

le regard dans le vague, avant que sa main ne vienne machinalement ouvrir un petit coffret incrusté de nacre d'où il extirpa une cigarette pour l'embraser d'un briquet en argent puis d'en inspirer longuement la première bouffée.

— Vous en êtes certain ? demanda-t-il enfin.

— Faute de corps, il persistera toujours un infime doute, mais cette fois j'ai bien peur que le pire soit arrivé.

— Comment ?

— Je ne sais pas si je dois vous…

— À moi vous pouvez, nous sommes entre hommes, Jarvis.

— C'était il y a un peu plus de deux ans et demi. Une overdose.

Cormac ferma les paupières un instant et soupira douloureusement.

— A-t-elle souffert ?

— Non, mentit Jarvis.

La cigarette se consumait entre les doigts fixes du magnat de l'industrie, sa fumée l'enveloppant comme si son corps partait rejoindre son esprit, loin de ce monde.

— Je ne l'ai jamais comprise, avoua-t-il après un silence pesant.

À travers les arabesques diaphanes qui ceignaient Cormac Monroe de leurs tentacules, ses rides semblaient palpiter mais son regard était mort.

— Je suis sincèrement désolé, dit Jarvis.

Cormac secoua la tête.

— Au fond, je le savais depuis longtemps. Tôt ou tard nous en aurions eu confirmation. Pour Elaine toutefois ça va être un choc. Elle n'a jamais cessé de croire qu'elle la retrouverait, et qu'elle arrangerait tout. Ezra tenait d'elle son côté idéaliste.

Jarvis n'était pas convaincu que sa fille puisse être considérée comme une idéaliste mais ça n'était pas le moment de le faire remarquer.

— Comment l'avez-vous appris ? s'enquit Cormac.

— Je suis allé à Wichita, j'ai posé quelques questions et je suis tombé sur la bonne personne.

— Ezra n'a rien laissé ?

— Non, mentit à nouveau Jarvis.

— S'il n'y a pas de corps, comment croire ce qu'on vous a raconté ?

— La confiance, monsieur Monroe. Parfois il n'y a que ça. Et l'instinct.

— Ne dites rien à Elaine, voulez-vous ?

— Mais… elle a le droit de savoir.

— Oui, un jour, mais pas maintenant. Elle n'est pas prête. Et puis s'il n'y a pas de corps… on ne sait jamais.

Jarvis ignorait si Cormac cherchait à se convaincre lui-même ou s'il jouait une fois encore son rôle de chef de famille contrôlant tout sous son toit, mais il fit signe que c'était entendu.

Cormac prit une autre cigarette qu'il alluma et poussa le coffret vers Jarvis.

— Vous fumez, shérif ?

— Non, et j'essaye de me tenir à distance de cette malédiction.

— Vous ne devriez pas. Il faut bien mourir après tout, et parfois plus vite que ce que la nature nous réserve, lança Cormac avec un cynisme presque risible tandis qu'il attrapait une cigarette et la tendait au shérif.

Avec son regard éteint mais son physique charismatique, il était l'incarnation même de la tentation.

— Merci, mais non. Une vieille promesse que j'ai faite.

— Vous avez tort.

Jarvis posa le regard sur la cigarette qui le narguait.

Et puis tout désir s'envola immédiatement.

À la place, il n'y eut plus que stupeur et évidence.

Alors il ferma les yeux.

34

Contre toute attente, et après presque vingt ans, le mystère du meurtre de Theresa Turnpike se résuma à un petit morceau de liège et à un nom.

Herbert Tareyton.

Le coffret en bois et nacre ouvragé qui trônait sur le bureau de Cormac Monroe contenait tout un stock de ces cigarettes à l'embout caractéristique.

Jarvis Jefferson était particulièrement calme, et cela le surprit lui-même. Il désigna la tige de nicotine que lui tendait Cormac.

— Des Herbert Tareyton avec le bout en liège, c'est rare.

— Vous êtes un connaisseur. Oui, je les fais venir tout spécialement de Wichita mais elles deviennent difficiles à trouver. Une vieille manie. Pour moi le liège change tout, rien à voir avec ces filtres mous sans saveur.

— Vous les fumez depuis toujours ?

— Oh que oui. Elles m'aident à réfléchir.

— Bien sûr, cracha Jarvis, tristement résigné. Il vous en a bien fallu trois ou quatre pour savoir quoi faire du corps de Theresa Turnpike, avant de finalement écraser la dernière contre son front et de l'abandonner sur place.

La cigarette redescendit lentement dans les airs, jusqu'à tomber sur le parquet dans un bruit mat presque inaudible. Le regard mort de Cormac Monroe se réveilla, et il se mit à briller, mais son faciès, lui, conservait son impassibilité, ses rides comme des ouïes pour mieux respirer. Les deux hommes se fixaient avec l'intensité de deux ennemis séculaires qui s'affrontent enfin, le rayon qui les reliait plus tranchant qu'une scie circulaire électrique.

Cormac Monroe avait bien des défauts mais pas celui de se défiler. C'était un homme de responsabilités. Acculé, démasqué, il finit par acquiescer.

— C'était une tête de mule, dit-il froidement. Une sacrée garce aussi. Le sénateur McCarthy aurait dû aller jusqu'au bout et nous débarrasser de cette vermine communiste ! Elle avait des idées socialistes bien arrêtées. Et quand elle a eu l'occasion de se payer un bourgeois local, elle en a jubilé comme un pourceau devant sa gamelle de graisse !

— Vous l'avez battue à mort, Cormac.

— Elle allait tout balancer ! Qu'auriez-vous fait à ma place ? J'ai protégé ma famille du scandale, voilà tout ! Même Ezra aurait dû comprendre !

— Ezra était détruite, elle avait besoin qu'on la soutienne, pas qu'on lui ordonne comment réagir.

Et puis le pire tomba telle une sentence implacable, de celles qu'on sait définitives, sans appel, déchirantes et inattendues.

— Ça n'est arrivé qu'une seule fois, bon sang ! s'emporta Cormac. J'étais ivre ! Et j'étais seul, terriblement seul... Vous croyez que c'est tout rose de vivre aux côtés d'Elaine ? Plus figée que le sourire sur la gueule d'un clown mort ! C'est déjà un miracle qu'on ait eu un enfant ! J'étais débordé, mal, épuisé, en manque de tout, et puis Ezra était si belle... Plus encore que sa mère à son âge... Je ne sais pas ce qui m'a pris, le temps que je réfléchisse le mal était déjà fait.

Pour la première fois de son existence, en voyant Cormac craquer et se prendre le visage à deux mains, Jarvis, petit shérif local sans grande éducation, ne se sentit plus terriblement inférieur à ces gens de la haute société.

— Vous avez violé votre propre fille ? dit-il du bout des lèvres.

Comprenant soudainement que Jarvis n'en savait rien et que c'était lui-même qui venait de tout lui avouer, Cormac se redressa d'un coup, le regard mauvais.

— Vous... Elle ne vous l'a pas dit ? Je pensais que... Elle n'a rien écrit ?

— Non, voyez-vous, malgré tout ce que vous pensiez d'elle, vous étiez tout de même parvenu à lui inculquer le culte du secret jusqu'au bout pour protéger les siens. C'est vous-même qui venez de me le confesser.

— Mais..., fit-il en se tournant vers le coffret de cigarettes.

— J'ai juste compris que vous étiez l'assassin de Theresa. Maintenant j'ai le mobile. Ezra s'était confiée à la bibliothécaire, bouée de sauvetage des adolescents en détresse de Carson Mills, et celle-ci, par excès de rancœur, n'a pu s'empêcher de vous contacter pour vous annoncer qu'elle savait tout et qu'elle allait vous faire tomber.

Le magnat secouait la tête, refusant l'évidence.

— Une garce ! C'est à cause d'elle que tout ça est arrivé…

— Oh non, Cormac, c'est à cause de vous. C'est vous qui avez brisé votre propre fille. Comment avez-vous pu ?

Toutes les circonstances du drame étaient restées gravées dans la mémoire du shérif, et il sut exactement ce qui s'était passé. Elaine était absente pour la nuit, chez sa sœur à Tulsa, Cormac à une soirée de poker entre amis. Il avait bu, joué de déveine et il était rentré plus tôt que prévu. Avait-il été embrasser sa fille pour la nuit ou l'avait-il surprise encore éveillée ? Quoi qu'il en soit, il avait franchi la limite, il avait perdu toute humanité, les barrières morales, religieuses et civiles effondrées, englouties par la pulsion primitive. Soudain Jarvis comprit qu'il mettait le doigt sur quelque chose d'absolu. Le Mal se nichait là, quelque part entre l'animal et la sexualité. Le Mal était électrique, instantané, enfoui dans les cavités profondes de l'homme, une onde chtonienne qui rejaillissait lors de tremblements de terre de la personnalité. Le Mal était une pulsion. Et chacun de nous pouvait la ressentir, mais elle s'exprimait surtout chez les individus fragiles, bâtis sur des structures instables, des êtres qui s'érigeaient sur des failles sismiques plus ou moins importantes. Cormac Monroe était l'un d'eux, il s'était trouvé non loin d'un épicentre, et chaque secousse avait ses répercussions sur lui.

Jon Petersen, lui, était un épicentre du Mal. La quintessence même de ces secousses qui ébranlaient moralement parfois une ville entière, toute une société.

Mais était-ce vraiment l'aura maléfique de Petersen qui avait rejailli sur Cormac ? Non, c'était peu probable. C'était une excuse facile. Chacun était indépendant. Cormac Monroe avait seulement eu la « chance » de commettre l'irréparable en même temps que Jon Petersen violait Louise Mackie, et les deux criminels s'étaient télescopés. Jarvis avait tout mélangé, ne cherchant qu'un seul auteur.

— Je peux faire de vous un homme puissant, annonça Cormac après un long silence.

Ses mèches noires et blanches luisantes de gomina retombaient à présent de part et d'autre de son visage, comme des vers témoignant que tout en lui pourrissait depuis longtemps. Il sentait que la situation lui échappait et ne pouvait l'accepter, il secouait la tête frénétiquement.

— Si vous avez des ambitions politiques, insista-t-il, je peux vous promettre la mairie. J'ai aussi mes appuis à Wichita, vous pourriez prendre des fonctions importantes là-bas, dans la police. Vous seriez utile, vous êtes un sacré bon flic.

Jarvis tourna la tête vers les hautes fenêtres et scruta le jardin en fleurs, les clochettes blanches dans un arbre, les trompettes rouges d'un arbuste, et le ciel d'azur qui recouvrait ce petit fragment de paradis que l'homme venait de perdre. Il prit une profonde inspiration.

— Cormac, à bien y réfléchir, vous aviez raison : la fin des histoires policières est toujours décevante.

35

Jarvis avait toujours été un homme d'instinct. Il n'écoutait que ses tripes, ses profondes convictions. Au-delà même de ce que la loi dictait, la justice se devait d'être une affaire d'opinion, particulièrement dans des endroits comme Carson Mills, il s'agissait d'une valeur bien trop importante pour qu'on la confie à des livres seuls, sans interprétation.

Ezra Monroe aurait-elle voulu que toute la ville sache qu'elle avait été violée par son propre père ? Certainement pas, même des années après elle avait refusé d'en parler, sinon probablement à sa seule amie, Miss Piggy. Sa phrase prononcée sous le coup de la colère – « Une belle brochette d'*enfoirés* oui ! » – résonnait à présent avec un arrière-goût amer dans l'esprit du shérif qui n'avait su voir, entendre. Et pourtant Ezra avait cherché une solution en dehors de son propre clan en allant se confier à Theresa Turnpike. À présent, l'une et l'autre n'étaient plus là, il ne demeurait que l'intime conviction du shérif sur ce que devait être la justice, et surtout la vérité. La vérité n'existe-t-elle que si elle éclate au grand jour ? Ou la vérité du monde n'est-elle qu'une vaste supercherie assise sur les morceaux de vérité que chacun conserve bien sagement pour soi ?

Ezra avait quitté sa maison pourtant si confortable à cause de son père, et aussi parce que sa mère ne comprenait rien. Ezra avait été incapable de lui dire ce qui s'était passé, de détruire son univers, et pourtant elle avait espéré de celle qui lui avait donné la vie qu'elle devinerait, qu'elle entreverrait l'odieuse réalité. Mais Elaine, infirme des démonstrations excessives, farouche prêcheuse du qu'en-dira-t-on, ne pouvait envisager ce qui l'aurait anéantie. Ezra l'avait détestée pour cela, pour ses silences, pour son amour si distant. Jarvis se demandait s'il avait le droit d'aller à l'encontre de ce qu'Ezra elle-même avait décidé. Quel était le meilleur moyen d'honorer sa mémoire ?

Il prit sa décision en un fragment de seconde.

Le club hippique consistait en une grande bâtisse blanche au toit rouge, installée au centre d'une prairie de cinq hectares à l'extrême sud de la ville, où paissaient une vingtaine de chevaux. Là se rassemblait tout le gratin d'une petite bourgade comme Carson Mills, le maire, le directeur du journal local, la douzaine de femmes des hommes les plus influents, autrement dit les plus riches du comté, ainsi qu'une poignée d'invités triés sur le volet. Une sorte de country-club à la dimension de Carson Mills.

Jarvis poussa les portes sans ménagement et en découvrant qu'il s'agissait du shérif, le personnel recula pour le laisser passer. Il fit irruption au milieu de la salle principale où tout le monde discutait dans la joie et la bonne humeur, une tasse ou une mignardise à la main, et il chercha Elaine Monroe avant de la trouver assise en compagnie de son professeur de golf et d'une amie.

— Madame Monroe, il y a vingt ans vous m'avez fait faire une promesse. Eh bien je suis là pour l'honorer. Voici l'homme qui a violé votre fille.

Et il poussa Cormac qu'il tenait par le col, la chemise froissée, quelques boutons arrachés et du sang sur le menton, pour qu'il tombe aux genoux de son épouse, sous les cris indignés de l'assistance.

36

Jon Petersen avait violé Louise Mackie alors qu'il n'avait que quinze ans, et il avait signé son affront d'un coquelicot. Le FBI trouva deux autres agressions similaires répertoriées dans tout l'État, mais Jarvis n'en doutait pas, il avait dû y en avoir bien d'autres qui resteraient à jamais le secret de Jon Petersen et de ses victimes. Cormac Monroe était le violeur de sa fille Ezra et l'assassin de Theresa Turnpike. Ezra, pauvre gamine brisée par son propre père, avait par la suite dévalé la pente de l'existence jusqu'à ce qu'un hasard vicieux, à moins que ça ne soit l'œuvre de Jon Petersen en personne, ne la place sur la route du pervers de Carson Mills. Là, réalisant qu'elle était descendue si bas que même un type comme Petersen pouvait venir la payer pour jouir d'elle à sa convenance, elle avait décidé de quitter ce monde où elle ne valait plus rien. Tout était à présent clair.

Restait à comprendre qui avait pu tordre le cou de Petersen et pourquoi.

Jarvis Jefferson s'employa à tout explorer, la moindre piste qu'il parvenait à faire surgir de son cerveau attentif, il finit par tout de même exploiter les centaines d'empreintes digitales récupérées dans la ferme, mais le travail avait été effectué à la va-vite, par un adjoint peu formé qui, de son propre aveu, avait abandonné rapidement en constatant qu'il y en avait partout, tant et tant qu'il devenait impossible de poursuivre. Jarvis étala devant lui les dizaines de pages de documents dactylographiés et se demanda comment il allait procéder pour faire les comparaisons. Et surtout avec qui. Là s'arrêta sa tentative d'approche « scientifique » du meurtre de Jon Petersen. Après ça, il revint à des méthodes qu'il maîtrisait mieux, à savoir faire parler les gens et observer. Mais les semaines filèrent, et personne ne se souvint de quoi que ce soit de nouveau. Après un mois, il n'eut d'autre choix que de rouvrir la ferme à ses propriétaires pour que Joyce et Riley la réintègrent. Meredith Conwall en fut la plus peinée, elle s'était habituée à avoir de la compagnie dans le mobile home au fond de son jardin, et Jarvis se soucia de savoir si Riley mangerait à sa faim désormais qu'il n'était plus approvisionné par les cohortes de luthériens charitables.

C'était sans compter sur les scrupules des uns et la ténacité des autres. Les mêmes qui avaient subvenu aux besoins des Petersen pendant un mois se relayèrent encore par la suite pour vérifier que la ferme n'avait pas besoin de quelques réparations, ou faire bénéficier Riley et sa mère d'un pantalon ou d'une robe qui encombraient les placards des généreux donateurs, et aucun ne venait sans une tourte, un pain de viande ou de la mortadelle fraîchement tranchée. Quand vint la rentrée, le comportement de Riley était méconnaissable. Certes il ne devint pas le plus malin ni le plus concentré des élèves, mais pour la première fois il manifestait la volonté d'écouter et de comprendre. Deux professeurs se proposèrent de l'aider à combler ses plus grosses lacunes, et à la fin de l'année, celui qui aurait dû vivre dans une cabane au fond des bois selon ses plans était un élève moyen mais résolu et il passa dans la classe supérieure avec l'ambition de faire mieux. Pendant ce temps, Joyce ne fut plus aperçue au *Loup solitaire* sinon pour discuter avec Patsy ou Ron, les propriétaires, et elle enchaîna les petits boulots de ménage en ville. Tante Rakel finit par revenir à la ferme, en même temps qu'un poste de télévision qui termina de les réinsérer dans le cours de l'Amérique normale, et si la vie chez les Petersen n'avait rien d'un conte de fées, elle s'améliora nettement après la mort de Jon. Il faut dire qu'ils partaient de si bas que ça n'était pas difficile.

De temps en temps, sous prétexte de les tenir au courant de son enquête, Jarvis passait à la ferme pour discuter avec Joyce et surtout garder un œil sur le garçon. Les quelques heures qu'ils avaient partagées le jour du décès de Jon restaient pour Jarvis comme un moment fort et vrai de ces dernières années. Ses propres enfants, happés par la spirale de leur quotidien, ne lui rendaient que rarement visite, il ne voyait pas ses petits-enfants grandir sinon en photos et à travers quelques coups de téléphone polis mais peu concernés, si bien que Riley représentait les derniers filaments de la jeunesse dans son entourage. Il était la vie. L'avenir. L'espoir donc.

Lorsque l'hiver approcha, Jarvis s'enferma dans son bureau un matin gris où la pluie menaçait, et il relut tout ce dont il disposait sur le meurtre de Jon Petersen. Le soir même il rédigea sa dernière note pour conclure qu'il archivait l'enquête, et qu'à défaut d'un deus ex machina providentiel, l'affaire ne serait jamais élucidée.

Le lendemain matin, il annonça à Douglas qu'il démissionnait, et que son adjoint devait se préparer aux élections qui suivraient, mais il ne doutait pas qu'il les remporterait, faute d'autre candidat, et surtout compte tenu de son ancienneté et de ses compétences. Jarvis Jefferson avait fait son temps et cette fois il ne se défila pas. Il profita des mois suivants pour aller fleurir plus souvent la tombe de sa femme ainsi que celle d'Ezra, et pour faire de longues promenades le long des champs de maïs en compagnie de Sunny.

Lorsqu'il avait signé les papiers qui le faisaient renoncer à ses fonctions de shérif, Jarvis avait présupposé qu'il signait par là même son arrêt de mort. À présent que Rosie n'était plus et qu'il n'avait même plus son métier à exercer pour le tenir occupé, il savait que la déchéance ne tarderait plus, qu'elle serait rapide et qu'il partirait en quelques mois. Il n'en fut rien et, aux dernières nouvelles, il se porte comme un vaillant gamin fraîchement centenaire qui n'a rien à envier aux plus jeunes pensionnaires de la maison de retraite où il glisse lentement, à son rythme, vers le jour où il grimpera solder le compte de sa vie et faire sa paperasse avec le Seigneur pour enfin retrouver sa Rosie. Je sais juste qu'il profite du soleil quelque part en Géorgie, non loin de la frontière avec la Floride, près de là où vit un de ses fils, et il m'a été rapporté qu'il a encore toute sa tête et n'a plus jamais touché une cigarette.

Riley, de son côté, s'accrocha coûte que coûte à l'école. Avec la mort de son père il prit conscience qu'à ne rien faire on devient souvent le prolongement de ses propres parents, et il était terrifié à l'idée de ressembler à son paternel. L'école était un moyen de s'affranchir de sa condition, de se remplir d'autres choses, pour modifier sa trajectoire, et il sut s'en servir. À la longue il convint qu'il ne s'agissait pas tout à fait de changer mais d'avoir le choix des chemins à prendre. Pendant ces années, il se fit de plus en plus d'amis qui n'avaient plus peur de la ferme sur la colline, il continua de voir Jarvis de temps à autre et de boire une limonade avec lui, et il alla également parler avec le pasteur Alezza – tout en gardant cela pour lui afin de ne pas froisser Malcolm Tuna le luthérien. Alezza lui avait tendu une main au bon moment, et le garçon ne l'oublia jamais. Ensemble ils parlaient de tout, du passé, des options de l'avenir, mais jamais de Dieu. Comme quoi... Lorsqu'il quitta Carson Mills pour aller à l'université, Riley continua de donner des nouvelles de temps à autre par le biais de cartes postales qu'il ornait de plaisanteries, et à chaque fois qu'il en découvrait une dans sa boîte aux lettres, Jarvis affichait le sourire d'un gamin le matin de Noël avant de la punaiser sur le trumeau entre les deux fenêtres de sa cuisine. Même si je n'étais pas là le jour où il a déménagé pour le Sud, j'ai cru comprendre que c'est la dernière chose que Jarvis a emportée dans ses cartons : la maison était entièrement vide, mais un bout de mur couvert de cartes postales vibrait encore de rires, de confidences et de souvenirs émus ; il paraît qu'il les a décrochées une à une, en prenant soin de toutes les relire, un rictus accroché à la moustache.

Ce qu'il advint de Riley avec le temps n'est pas essentiel à ce récit. Toutefois je peux vous dire qu'il n'est jamais revenu vivre à Carson Mills, preuve s'il en faut que le paradis n'est pas une question de mérite mais d'opinion. Il rencontra plusieurs filles mais épousa celle qui, un matin, le réveilla avec l'odeur des brioches au sucre qu'elle faisait cuire dans le four de son minuscule appartement. J'ignore si un psychiatre crierait à l'infâme œdipe ou à la structuration, mais Riley, lui, en fut comblé. Il vécut deux ou trois histoires rocambolesques qu'il traversa avec le soutien de sa femme et de leurs enfants, mais il n'appartient pas à ce livre de vous en faire la narration. Il vit désormais quelque part dans l'est du pays où, la plupart du temps, il est journaliste indépendant, et je crois pouvoir dire qu'il est globalement heureux. En tout cas il n'offre jamais de coquelicot aux filles, c'est déjà ça.

Et puis Douglas reprit le flambeau à Carson Mills, mais après deux mandats, il jeta l'éponge. Il n'avait jamais eu d'ambition et n'aimait pas les responsabilités. Un jeune de la ville se présenta aux élections et devint le nouveau shérif, et pour ce que j'en pense, je crois que ça n'était pas une mauvaise chose. Notre ville est un peu comme ces fossiles qui pullulent tant dans des coins comme le Montana qu'il suffit de se pencher pour en ramasser un, et du coup on finit par ne plus trop y prêter attention, on ne termine même pas de le nettoyer et il finit sur une étagère à prendre la poussière. Le progrès n'est pas une épidémie, c'est une couverture ; il ne vient à vous que si vous tirez dessus. Carson Mills a trop longtemps cru qu'elle affronterait l'hiver des saisons toute seule, mais une nouvelle génération prend peu à peu le pas, une génération connectée, interconnectée avec l'extérieur même, et les choses vont changer, j'en suis convaincu.

Pourtant, la mort de Jon Petersen, même aujourd'hui, reste l'un des mystères de notre ville. Pour tous. Ou presque.

Au début de cette histoire, je vous ai confié être votre guide, entre la grande Histoire et celle de chacun des protagonistes de cette petite ville. Je suis l'un d'entre eux, j'ai vécu une large partie de mon existence à Carson Mills, et comme tout bon guide, je me dois de tout connaître de ce que je vous présente. Je vous dois d'être franc, et d'aller jusqu'au bout. Je vous dois la vérité, celle qui stagne sous les lits ou les tapis, parfois dans les placards, la vraie, l'unique, celle qui se morcelle en une infinité de pièces individuelles que chacun réajuste à sa manière pour constituer une vérité moins sincère mais plus vaste, et surtout plus présentable. Celle-ci, cette dernière vérité de société, vous la connaissez à présent : personne n'a jamais été arrêté pour le meurtre de Jon Petersen. Mais qu'en est-il alors de l'autre vérité, la plus pure, l'unique, l'originelle ?

Plus tôt dans ces pages, lorsque le glissement de terrain révéla l'odieuse nécropole qu'entretenait Jon Petersen, j'ai partagé avec vous ma vision de ce qu'est Dieu. Pour résumer, Dieu existe parce que des dizaines de milliers puis des centaines de milliers de gens et plus encore ont cru en lui. Parce que nous ne pouvons être si nombreux à vouloir quelque chose sans que cela finisse par se produire. C'est l'impact de la persévérance et du nombre sur le cosmos. Je crois fondamentalement que si nous sommes tant et tant à croire, à vouloir de toutes nos forces, alors des courants qui nous dépassent finissent par se mettre en action, et agissent. L'humanité ne peut se focaliser sur la même chose depuis si longtemps sans que cela ait un effet sur le monde. Des églises sont sorties de terre, des millions sont morts à cause de ces croyances, mais tout autant sont nés, protégés par le tuteur qu'elles ont formé au fil du temps, et des marées humaines se sont rassemblées côte à côte pour prier dans la même direction. Rien que cela, c'est la preuve que quelque chose a germé d'une simple conviction chez une poignée d'individus. Donc que si nous croyons tous en la même chose, cette chose devient vraie, et réelle. Telle est la puissance de la masse.

Vous, lecteur, avez haï Jon Petersen. Avouez-le. Alors qu'il s'approchait de Mapel pour lui faire subir les sévices que vous saviez venir, vous avez exhorté toutes les énergies conscientes et inconscientes à intervenir pour qu'elle s'en sorte et que cette ordure de Jon Petersen s'arrête. Vous avez prié pour que tout cela prenne fin, pour qu'il paye, pour qu'il brûle en enfer ou du moins, selon votre spiritualité, qu'il finisse mal. En tout cas sa mort fut une délivrance.

Si j'en avais la capacité, je vous imposerais de vous mettre face à un miroir à présent, juste avant de lire ce qui suit, et de vous regarder quelques secondes.

Vous êtes prêt ?

Je suppose que vous avez compris maintenant.

Je sais que ça doit être difficile à encaisser, à accepter. Et pourtant, c'est un fait, inscrit noir sur blanc, incontestable.

VOUS avez tué Jon Petersen.

Ne le niez pas. Vous étiez aux premières loges, de toutes vos fibres vous avez voulu qu'il cesse, qu'il tombe. Et tandis que sa tête se dévissait, c'est à toutes les abominations dont il était capable que vous pensiez et à rien d'autre. Aucune mère, aucun père, aucune femme ou homme ne pourrait en savoir autant des actes odieux d'un tel monstre sans être capable d'agir dans pareilles circonstances. C'était une décision immédiate, instinctive, collégiale pourrais-je dire. Ne nous sommes-nous pas déjà tous posé la question de savoir jusqu'où nous irions pour protéger ce qu'il y a de plus fragile, de plus innocent, de plus précieux ? Serions-nous capables de tuer par amour, par vengeance, pour sauver, ou parce que ça nous semble être *ce qu'il faut faire*, être juste ? Jusqu'à quel point peut-on savoir, encaisser, avant que notre désir le plus primaire ne nous dépasse ? Ne vous êtes-vous jamais demandé si vous pourriez tuer un individu s'il s'avérait être un danger imminent ? Si vous deviez agir sur le coup ? Ces questions qui rôdent dans nos consciences modernes sont légion, elles fomentent, elles mûrissent, et finissent par inscrire la possibilité d'un acte, même si celui-ci n'est pas pleinement assumé. Et un jour, confronté au pire, elles nous dépassent.

C'est notre haine à tous qui a tordu la nuque de Jon Petersen.

C'est la force du plus grand nombre.

Parce que nous sommes beaucoup à l'avoir désiré plus que tout, trop pour que cela n'ait pas d'impact, que notre volonté ne finisse pas par déteindre sur ces pages. L'encre n'est que le reflet d'un besoin, d'un dessein, lequel s'écoule selon l'attraction de celui qui tient la plume, sauf lorsque ses propres convictions sont dépassées par la détermination d'un bouillonnement supérieur.

Je sais qu'endosser ce rôle n'est pas agréable, même à travers le confort que la littérature procure. Ces pages sont le bouc émissaire de votre conscience morale. Et pourtant, remémorez-vous la lente agonie que Jon Petersen vous a infligée. Convoquez à la surface de votre honnêteté le souvenir de ses atrocités qui vous ont fait le haïr, espérer qu'il souffre à son tour, et en définitive, à ce qu'il s'arrête, d'une manière ou d'une autre. Lorsque vient l'heure des comptes, il est bon de se montrer franc, car avec les émotions rien ne peut être feint, ce qui a été éprouvé a existé, et ce qui a transpiré de vos âmes s'est aggloméré dans ces pages. L'histoire qu'elles racontent le prouve. Elle est inscrite, gravée sous l'influence de vos besoins, de vos prières les plus viles, les plus personnelles, les plus sincères. Vos vœux ont éclos : il est mort. Par votre volonté. Il cristallisait tant de ressentiment qu'il n'y avait qu'une issue possible face à une telle puissance, une telle urgence. Parce qu'il fallait agir, tout de suite, sans attendre, le mettre hors d'état de nuire, pour sauver l'innocence. Vous êtes ainsi l'assassin de cette histoire, et à chacun de vivre avec cette évidence, parce qu'elle, cette vérité, survivra là où vous entreposerez ce livre ensuite, pour toujours. C'est entre ces pages et vous désormais.

Puissiez-vous un jour me pardonner de vous avoir entraîné ici, chez moi, à Carson Mills et au-delà. Mais vous savez ce qu'on dit des livres et des lecteurs qui les choisissent, n'est-ce pas ? On les sélectionne en fonction de nos humeurs, c'est une question d'instinct la plupart du temps. Sous le prétexte du divertissement sommeille la nécessité de confronter nos imaginaires à ce que nous sommes, tout au fond, ou à ce que nous pourrions être. Les livres répondent à nos manques, bien qu'on appelle cela de la « fiction » parce que c'est plus rassurant. Réfléchissez donc à cela.

Pour ma part, j'ai entamé l'écriture de ce récit lorsqu'il m'est apparu évident que je touchais moi-même à la fin de ma propre histoire. Il fallait que je raconte ce que je savais, il fallait que tout soit dit. Je ne peux me résigner à envisager un monde où Jon Petersen aurait continué de faire souffrir – car il ne se serait jamais arrêté, il aurait continué à moissonner les champs de coquelicots. J'ai donc agi parce qu'il le fallait. Je n'aurais pu rester là sans rien faire, sinon pleurer sur ma couardise, priant le Seigneur de m'autoriser à remonter le temps pour faire ce que je n'avais osé à l'époque. Il n'y a que la littérature pour cela.

Par respect pour la vérité, j'ai conservé le véritable nom de chacun, tous sauf celui de votre serviteur puisque pour être tout à fait franc il m'a fallu, parfois, me mettre en scène. Ma fonction m'interdit d'en dire plus, mais je ne doute pas que le lecteur attentif aura percé à jour mon identité depuis longtemps, et qu'il comprendra ainsi pourquoi j'en savais autant sur certains et moins sur d'autres. Je n'ai retranscrit que ce qu'ils sont venus me confier, un jour ou un autre, j'ai recherché des témoins, j'ai accédé à quelques journaux intimes débusqués au gré de longues tractations, d'où cette narration panoptique par moments incomplète même si j'ai parfois usé d'un brin d'imagination pour combler quelques blancs et donner un peu de chair à ce corps. Je me suis travesti derrière un nom évocateur pour mieux vous livrer ce récit, chronique de notre rencontre avec le Mal et de la façon dont nous y avons survécu.

Pour conclure, je ne suis pas dupe, les plus sceptiques affirmeront qu'il y a manipulation, qu'il ne s'agit que d'un lâche tour de passe-passe sémantique pour mieux me dédouaner de mes propres responsabilités, pour diluer la culpabilité de ce qui demeure un crime ; ils diront que ce crime, c'est le mien, que je savais tout, que j'ai eu la possibilité de le commettre, quand bien même ce désir de meurtre, c'est à tous que la victime l'inspirait. Mais je leur rappellerai que s'ils doutent du pouvoir du plus grand nombre, ils doutent de Dieu en définitive, ils ne peuvent nier qu'il est bien un domaine où ce dernier existe indéniablement : à travers la littérature et le pouvoir omniscient de son narrateur et auteur. Et si vous ôtez à notre existence sa littérature, alors à quoi bon vivre ?